가난한 처녀들

THE GIRLS OF SLENDER MEANS

가난한 처녀들

The Girls of Slender Means

뮤리얼 스파크
Muriel Spark

김재욱 옮김

앨피

"참을 수 없이 가볍고, 심연보다 더 깊은"

뮤리얼 스파크의 세계에 대한 〈해설〉은 이 책 223쪽 참조

일러두기

본문 각주는 모두 옮긴이 주이다.

1

오래전 1945년, 착한 영국 사람들은 죄다 가난했다. 몇몇 빼고. 도시 거리에는 허술하게 수리되었거나 전혀 수리되지 않은 건물이 줄지어 늘어서 있었고, 폭격으로 파괴되어 돌무더기로 뒤덮인 현장과 충치를 뽑아내 구멍만 남은 거대한 치아 모형의 집들도 볼 수 있었다. 폭격으로 갈가리 찢긴 몇몇 건물은 폐허가 된 고대의 성처럼 보였는데, 벽면 한쪽이 사라져 버린 건물들 가까이 가 보면, 군데군데 벽지가 붙은 꽤 평범한 방들이 마치 복층 무대처럼 드러나 있었고, 5층이나 6층 천장에서는 사슬로 된 양변기 레버가 변기도 없이 홀로 대롱거렸다. 대부분의 계단은 그 원래 형태를 보존해 마치 새로운 유형의 예술 작품을 보는 듯했고, 꼭 상상 속 목적지 어딘가로 이어지는 것 같아 사람들의 마음속에 기묘한 충동을 불러일으켰다. 착한 사람들은 죄다 가난했고, 부자들은 대체로 마음이 가난하다고 믿어지던 시대였다.*

하지만 이런 환경 때문에 우울해할 이유는 전혀 없었다. 이는 마치 그랜드캐니언이나 인간의 통제력을 벗어난 지구 규모의 사건에 관해 우울해하는 것과 마찬가지였기 때문이다. 사람들은 우울한 런던 날씨와 기삿거리에 대해 이야기하고, 개전 이래 여태껏 폭격은커녕 흔들림조차 없이 말짱히 서 있는 앨버트 기념탑에 대한 야릇한 감정을 공유하면서 지냈다.

'5월의 테크 클럽(The May of Teck Club)'은 앨버트 기념탑 부지 맞은편에 한 줄로 늘어선, 폭격을 간신히 견뎌 낸 높은 건물들 사이에 비스듬히 자리 잡고 있었다. 클럽 후원(後園)과 주변에 폭탄이 떨어져 건물 외벽에 금이 가고 내부도 튼튼하지 않았지만, 당분간은 살 수 있는 건물이었다. 폭격으로 산산조각 난 창문들은 창틀과 규격이 맞지 않아 헐겁게 덜컹거리는 새 유리로 교체되었고, 최근에는 층계참과 화장실 창문에 발라 둔 역청 암막 페인트도 모두 벗겨져 나간 상태였다. 전쟁이

* "All the nice people were poor; at least, that was a general axiom, the best of the rich being poor in spirit." 스파크 특유의 중의적인 문장. 일반적이진 않지만 "착한 사람들은 죄다 가난했고, 부자들 중 가장 훌륭한 이들은 적어도 영혼이 청빈하다고 믿어지던 시대였다."는 식의 번역도 의미론적으로는 가능하다. 그러나 스파크가 '가장 착한 사람들the nicest people'이 아닌 "모든 착한 사람들all the nice people"을 언급하며 '질'이 아닌 '양'에 집중하고 있음을 고려해야 한다.

막바지**에 접어들며 창문은 중요해졌다. 사람이 사는 집인지 아닌지 창문이 한눈에 알려 줬기 때문이다. 특히 지난 몇 년 간 창문은 가정의 일상 공간에서 전쟁이 벌어지는 바깥 세계로 통하는 주요 위험 구역으로 기능하면서 갈수록 큰 의미를 지니게 되었다. 예를 들어, 사이렌 소리가 울리면 다들 이렇게 말했다.

"창문을 조심해. 창문 가까이 가지 말고. 유리가 깨지는 걸 조심해야 해."

5월의 테크 클럽 건물은 1940년 이래로 세 번이나 창문이 깨졌지만, 건물 자체가 폭격당한 적은 없었다. 위층 침실 창문에서는 길 건너 켄싱턴 공원의 나무 우듬지들이 그려 내는 능선을 감상할 수 있었고, 목을 약간 길게 빼고 고개를 숙이면 앨버트 기념탑도 볼 수 있었다. 또 공원 맞은편 거리에서 난쟁이처럼 보이는 이들이 멀끔한 차림으로 홀로 또는 남녀가 짝을 이뤄 송곳 머리 형태의 아기나 배급품을 실은 작은 유모차를 밀거나, 작은 점(點) 같은 바구니를 들고 다니는 모습을 내려다볼 수도 있었다. 사람들은 배급품 외에 갑작스럽게 재

** "that year of final reckoning"(최종 심판의 해). 성경적 암시다.

고품이 생긴 가게를 운 좋게 지나칠 때를 대비해 모두 바구니를 들고 다녔다.

건물 아래층 공동 침실에서는 거리를 지나는 사람들이 더 크게 보였고, 켄싱턴 공원의 샛길도 보였다. 착한 사람들은 죄다 가난했고, 그중에서도 이른 아침에 날씨를 확인하려 창밖을 내다보거나 다가올 사랑과 로맨틱한 관계를 상상하듯 푸릇한 여름날 저녁을 바라보는 5월의 테크 클럽 소녀들만큼 착한 사람은 거의 없었다. 클럽 소녀들의 눈은 마치 천재처럼 열정으로 불타는 형형한 안광을 내뿜었지만, 실은 단순한 젊음의 눈빛이었다. 지난날 순수했던 에드워드 시대*에 작성된 클럽의 첫 조항은 얼마간 여전히 클럽 회원들에게 적용되었다.

> 5월의 테크 클럽은 일자리를 구하기 위해 가족과 떨어져 맨손으로 런던에 온 30세 미만 여성들의 금전적 편의와 사회적 보호를 위해 존립한다.

클럽 소녀들 스스로도 대체로 인식하고는 있었지만, 그 당

* 1901~1910.

시에는 이 '맨손'뿐인 소녀들보다 더 발랄하고, 더 독창적이며, 더 감동적일 만큼 사랑스럽고, 때로는 더 야만적일 수도 있는 사람은 거의 없었다.

"할 말이 있어."

신문사 칼럼니스트인 제인 라이트가 말했다. 수화기 반대편에서 잘나가는 모델사를 운영하는 도로시 마컴의 목소리가 들려왔다.

"제인! 대체 이게 얼마 만이야?"

사교계에 발 들인 뒤부터 습관이 된 열정적인 어조로 도로시가 물었다.

"할 말이 있어. 니콜라스 패링던 기억해? 전쟁 직후에 5월의 테크 클럽에 종종 왔었는데. 무정부주의자에 시인 비슷하고. 키가 큰…."

"설리나랑 같이 밖에서 자려고 옥상에 올라갔던 남자?"

"그래. 그 남자 말이야."

"그 사람이 왜? 다시 나타났대?"

"아니. 순교했대."

"뭣?"

"아이티에서 순교했대. 살해당했다고. 기억하지? 그 사람 선교사 된 거…."

"얼마 전 타히티에 갔을 때 보니까 되게 좋던데. 사람들도 다 친절하고. 그 얘기 어디서 들은 거야?"

"타히티가 아니라 아이티. 방금 《로이터 통신》 기사에서 읽었어. 선교사에 전직 시인이라고 적힌 걸 보면 우리가 아는 니콜라스 패링던인 게 확실해. 정말 놀랐다니까. 그때 나랑 꽤 친했잖아. 하지만 순교자로 만들려면 당시 일들은 감추려고 할 거야."

"어떻게 죽은 건대? 끔찍하게 당했대?"

"그것까지는 몰라. 기사가 한 단락뿐이라."

"소식통에게 더 물어보지 그래? 완전 충격이야. 너한테 할 말이 진짜 많아."

클럽의 관리위원회는 응접실 벽지에 대한 회원들의 항

의에 당혹감을 감출 수 없습니다. 위원회는 회원들의 주거비가 클럽의 운영비를 충당하기에 턱없이 모자란 금액임을 알려 드립니다. 5월의 테크 재단의 기강 해이로 이러한 항의가 발생한 데에 심심한 유감을 표합니다. 위원회는 회원들에게 클럽 재단 규정을 확인해 줄 것을 상기합니다.

조안나 차일드는 시골 교구 목사의 딸로, 영리하고 감정을 거의 드러내지 않는 여성이었다. 조안나는 발성법 교사가 되는 교육을 받고 있었고, 연극학교에 다니면서 이미 여러 명의 학생을 가르치고 있었다. 조안나 차일드가 발성법 교사직에 끌린 이유는 본인의 좋은 목소리와 시에 대한 애정 때문이었는데, 이 애정은 순수한 사랑이라기보다는 고양이가 새를 사랑하는 마음 같은 포식자로서의 본능에 더 가까웠다. 특히 조안나는 열변을 토하는 듯한 웅변적인 시에 흥분하고 매료되었다. 그런 시를 보면 맹금처럼 사납게 파고들어 떨리는 심장으로 분석했고, 모두 암기한 후에는 황홀감에 격정적으로 낭송했다. 조안나 차일드는 그녀의 능력을 높이 평가하는 5월의 테크 클럽에서 발성법을 가르치며 시를 탐독하고 낭송하는 유희에 더 깊이 탐닉해 갔다. 조안나의 방이나 그녀가 자주 시를 낭송하는 휴게실에서 울려 퍼지는 그녀의 매혹적인 음성은 클럽에 특유의 멋과 분위기를 더해 주어, 클럽 아가씨들의 남자 친구가 방문할 때마다 그들에게 진한 여운을 남겼다. 조안나의 시 취향은 곧 클럽의 취향이 되었다. 그녀는 《흠정 영역 성서》와 《성공회 기도서》, 셰익스피어, 제라드 맨리 홉킨스의 특정 구절들에 깊이 심취했고, 최근에는 딜런 토머스의 시에 빠져 있었다. 엘리엇과 오든의 시에는 감동하지 않았지만, 다음과 같은 오든의 구절만은 예외였다.

그대 졸린 머리를 뉘여요, 내 사랑,
신실하지 못한 내 품속의 사람이여.*

조안나 차일드는 체격이 크고, 윤기 나는 밝은 머릿결에 푸른 눈과 진분홍빛 볼이 인상적인 아가씨였다. 위원회 의장인 줄리아 마컴 여사가 서명한 통지문을 읽은 조안나는 초록색 게시판 주위를 서성이는 다른 젊은 여성들 곁에 서서 이렇게

* 〈자장가〉 1-2행.

중얼거렸다.

“그는 분노하고, 또 분노한다. 시간이 얼마 남지 않은 것을 알기에.”**

이 말이 악마에 대한 성경 구절임을 아는 사람은 많지 않았지만, 대부분은 조안나의 말을 듣고 웃었다. 그녀가 의도한 바는 아니었다. 적절한 경구를 인용하는 것도, 그것을 평이한 대화조로 구사하는 것도 조안나의 평소 행동과는 거리가 멀었다.

이제 성인이 된 조안나는 앞으로 있을 총선에서 보수당에 투표할 예정이었고, 당시 5월의 테크 클럽 회원들은 이상적이고 질서 정연했던 삶으로 돌아가고자 보수당을 지지했다. 물론 그런 삶을 직접 경험해서 기억할 만큼 오래 산 이는 아무도 없었지만. 원칙적인 면에서는, 클럽의 모든 이가 위원회의 통지문이 주장하는 바에 동의했다. 그래서 조안나는 자신이 인용한 성경 구절에 회원들이 이제 응접실 벽지 같은 문제로 언성을 높이면 안 되는 시절이 다 끝났음을 이해하는 진정한 웃음을 터트려서 놀라워했다. 원칙이 어떻든 이 통지문 자체가 빌어먹게 웃기다는 것을 모두가 잘 알고 있었다. 통지문에

** 〈요한계시록〉 12장 12절.

서 줄리아 여사의 절박함이 고스란히 드러나는 듯했다.

"그는 분노하고, 또 분노한다. 시간이 얼마 남지 않은 것을 알기에."

노동부에서 속기사로 일하는 키가 작고 검은 머릿결의 주디 레드우드가 말했다.

"우리도 클럽 회원으로서 행정부에서 발언권을 가질 자격이 있다고 생각해. 제프리에게 물어봐야겠어."

제프리는 주디의 약혼자로, 아직은 군복무 중이지만 소집 전에 변호사 자격을 취득했다. 게시판 주위를 서성이던 제프리의 누나 앤 바버튼이 말했다.

"나라면 제프리와 의논하는 건 최후 수단으로 삼을 거야."

앤의 이 발언은 일종의 애정 섞인 비아냥으로, 주디보다 자신이 더 제프리를 잘 알고 있다는 것을 암시하기 위함이었다. 앤은 사실 동생을 자랑스러워했고, 자랑스러운 누나라면 그런 식으로 말하는 게 당연하다고 생각했다. 그 외에도 "나라면 제프리와 의논하는 건 최후 수단으로 삼을 거야"라는 앤의 말에는 짜증 또한 섞여 있었는데, 클럽 회원들끼리 응접실 벽지 문제를 상의해 봤자 아무 소용이 없다는 걸 알고 있었기 때문이다.

앤은 분홍색과 회색 타일이 뒤섞인 널따란 빅토리아풍 현관홀 바닥에 경멸하듯 담배꽁초를 밟아 껐다. 클럽 초창기 회원은 아니지만 몇 안 되는 중년 회원 중 하나인 비쩍 마른 여성이 앤을 지적했다. "건물 바닥에 담배꽁초 버리는 거 금지야." 중년 회원의 말은 게시판 주위를 서성이던 여성들의 관심을 그녀들 뒤편의 괘종시계 초침 소리만큼도 끌지 못했다. 앤이 물었다. "그럼 바닥에 침 뱉는 건 괜찮아요?" "당연히 금지지." 중년 회원이 대답했다. "아, 괜찮은 줄 알았어요." 앤이 말했다.

5월의 테크 클럽은 메리 여왕이 조지 5세와 결혼하기 전, '5월*의 테크 공주'라 불리던 시절에 설립되었다. 메리 공주는 약혼식을 올리고 결혼을 준비 중이던 어느 날 오후, 런던을 방문해 여러 재력가와 부유한 단체의 온정 어린 후원을 받은 5월의 테크 클럽 개설을 공식적으로 발표했다.

클럽의 창립 회원 중 지금까지 이곳에 남아 있는 여성은 아무도 없었지만, 30세로 규정된 연령 제한을 초과해 머무는 초기 회원이 세 명 있었다. 현재 50대가 된 이들은 제1차 세계대전 이전부터 5월의 테크 클럽에서 지내 왔고, 그 당시에는 모

* 여왕의 이름인 'Mary (of Teck)'를 5월을 뜻하는 'May'로 애칭한 것.

든 회원이 저녁 식사 때 옷을 차려입었다고 얘기했다.

이 세 회원이 어떻게 서른이 넘은 후에도 클럽에 머물 수 있었는지 아는 사람은 아무도 없었다. 클럽 관리인과 위원회조차도 그 이유를 알지 못했다. 이제 그녀들을 공손하게 내보내기에는 너무 늦어 버렸고, 심지어 그녀들의 거주 문제를 언급하는 일조차 클럽 구성원들의 기억에서 사라져 버린 지 오래였다. 아마도 1939년 이전의 클럽 위원회에서는 이 나이 든 세 회원의 존재가 젊은 회원들에게 모범이 될 거라 판단하지 않았을까 추측할 뿐이었다.

전쟁 통에는 클럽 침실이 반이나 비어 있었으므로 이 세 회원의 거취 문제를 논할 이유가 없었고, 여하간 회비가 필요했으며, 인근의 폭격이 무차별 학살과 파괴를 자행하던 때라 그녀들이 클럽 건물에서 마지막까지 살아남을 수 있을지도 미지수였다. 1945년이 될 때까지 세 회원은 새로운 소녀가 들어와 나이 들어 떠나는 모습을 숱하게 보았고, 대체로 젊은 회원들의 호감을 샀으며, 무엇이건 간섭하려 들면 욕을 먹었지만 무심한 척하면 외려 내밀한 속내를 털어놓을 만큼의 신뢰를 얻었다. 물론 신뢰한다고 모든 진실을 공유하는 것은 아니었지만. 꼭대기 층에 거주하던 젊은 아가씨들의 경우에는 특히. 이 세 중년 회원은 시간이 흐르면서 각각 콜리(콜먼 여사), 그레기(맥그리거 여사), 자비(자먼 여사)라는 애칭으로 불리게 되었다. 게시판 근처를 서성이던 앤의 행동을 지적한 사람은 그레기였다.

"건물 바닥에 담배꽁초 버리는 거 금지야."

"그럼 바닥에 침 뱉는 건 괜찮아요?"

"아니, 금지지."

"아, 괜찮은 줄 알았어요."

그레기가 짐짓 관대한 한숨을 내쉬며 젊은 회원들 사이를 지나갔다. 그러고는 널따란 현관의 활짝 열린 문가에 서서 손님을 기다리는 가게 주인처럼 여름날의 저녁을 내다보았다. 그레기는 언제나 자신이 클럽의 주인인 양 행동했다.

곧 종소리가 울릴 시간이었다. 앤은 구두 앞코로 바닥의 담배꽁초를 어두운 구석으로 밀어 넣었다. 그레기가 어깨를 슬쩍 뒤로 젖히며 말했다.

"앤, 저기 네 남자 친구 오는구나."

"제시간에 올 때도 있네."

앤이 동생 제프리에 대해, "제프리와 의논하는 건 최후 수단으로 삼을 거야"라고 했을 때처럼 짐짓 비아냥대는 투로 말했다. 문 쪽으로 다가가는 앤의 엉덩이가 무심하게 씰룩거렸다.

떡 벌어진 체형에 생기 있는 피부색의 영국 대위복 차림 청년이 미소를 지으며 들어왔다. 최후의 의논 상대를 보는 듯한 표정으로 앤은 남자 친구를 바라봤다.

"좋은 밤이에요."

제대로 교육받은 사내라면 문간에 서 있는 중년 여성에게 이렇게 인사를 건네는 게 자연스럽다는 듯, 청년이 그레기에게 말을 걸었다. 앤에게는 어렴풋한 콧소리로, 제대로 발음했으면 "안녕"이라 들릴 인사를 건넸다.* 앤은 남자 친구의 인사 방식에 아무런 말도 하지 않았다. 둘은 거의 결혼을 약속한 사이였다.

"들어와서 응접실 벽지 볼래요?"

앤이 말했다.

"아니, 바로 나가지."

앤이 계단 난간에 걸쳐 둔 코트를 찾으러 가자, 앤의 남자 친구가 그레기에게 말했다.

"저녁 날씨가 좋네요, 그렇죠?"

* 당시 영국 상류층의 고상한 체하는 과장되고 인위적인 말투를 조롱한 묘사. 'Heh-eh'[hɛ'ɛ]쯤으로 들린다(원문은 "Hallo").

앤이 코트를 어깨에 걸치며 돌아왔다.

"갈게요, 그레기."

앤이 말했다.

"안녕히 계세요."

군복 차림의 남자 친구가 말하자 앤이 그의 팔짱을 꼈다.

"즐거운 시간 보내요."

그레기가 말했다. 저녁 식사를 알리는 종소리가 울리자, 게시판에서 멀어지는 부산한 발걸음 소리와 위층에서 뛰어오는 소란한 달음질 소리가 동시에 들려왔다.

지난주의 어느 여름밤에는 40여 명 남짓한 클럽 회원 전원이 켄싱턴 공원을 찾았다. 그날 저녁 우연히 클럽을 방문한 젊은 남자들이 동행했고, 일행은 철새처럼 날쌔게 켄싱턴 공원의 시원하고 어두운 밤공기 속으로 이동했다. 그들은 공원의 광활한 부지를 직선으로 가로질러 버킹엄궁전 방향으로 향했고, 궁전 앞에서 다른 런던 주민들과 독일과의 전쟁에서 승리한 기쁨을 나눌 예정이었다. 일행은 군중에게 밟힐까 봐

두세 명씩 짝을 지어 걸었고, 혹시 짝과 떨어지면 바로 옆 사람과 다시 짝을 지었다. 그들은 바다 물결 같은 군중의 일원이 되어 저 멀리 조그맣게 보이는 버킹엄궁전의 발코니에서 네 개의 곧게 뻗은 가는 손가락 같은 왕과 여왕, 그리고 두 공주가 찬란한 불빛 아래 모습을 드러낼 때까지 30분 간격으로 목청껏 노래를 불렀다. 왕실 가족이 오른팔을 들어 올렸고, 산들바람과 하나가 된 듯 손이 흔들렸다. 그중 셋은 제복을 두른 양초 같았고, 민간인 신분이었던 여왕은 전시에 상시 걸치던 두툼한 옷깃의 모피 차림이라 알아볼 수 있었다. 활기찬 생명체의 소리라기보다는 거대한 폭포나 지질학적 소란 같은 군중의 커다랗고 유기적인 웅성거림이 켄싱턴 공원과 더 몰*을 따라 퍼져 나갔다. 구급차 옆에서 대기하는 세인트존스 구급 대원들만이 자신들의 신분을 자각하고 있었다. 손을 흔들던 왕실 가족은 안으로 들어가려고 몸을 돌렸다가 잠시 뒤 한 번 더 손을 흔든 후 사라졌다. 많은 이들이 군중 속에서 낯선 사람의 몸에 팔을 둘렀다. 그날 밤 많은 인연이 맺어졌고, 일부 인연은 지속되었으며, 9개월 후 온갖 피부색과 인종

* 버킹엄궁전 앞 대로.

적 배경을 가진 사랑스러운 아이들이 혁신적인 다양성을 뽐내며 세상에 무수히 쏟아져 나오게 될 것이었다. 종소리가 사방에 울려 퍼졌다. 그레기는 이 밤의 행사가 세계적인 규모의 결혼식과 장례식을 혼합한 행사 같다고 생각했다.

다음 날부터 모든 이들이 새로운 질서 속에서 자신의 위치가 어디인지를 고민하기 시작했다.

많은 시민들이 무언가를 증명하거나 자신의 위치를 확인하고자 상대방을 모욕하고 싶은 충동을 느꼈고, 일부는 그 행위를 탐닉하기 시작했다.

정부는 국민에게 아직 전쟁 중임을 상기시켰다. 물론 이것은 공식적으로는 부인할 수 없는 사실이었지만, 가족이나 친척이 동아시아 감옥에 전쟁포로로 수감돼 있거나 버마에 갇힌 경우를 제외하고는 일반적으로 전쟁은 먼 세상의 일처럼 여겨졌다.

5월의 테크 클럽의 일부 속기사들은 전쟁과 관련이 없는 안전한 사기업 일자리를 알아보기 시작했다. 그들 중 다수가 전쟁으로 생긴 임시 부처에 고용돼 있었다.

군대가 해산되려면 아직 갈 길이 까마득했지만, 군복무 중인 회원들의 오빠나 남동생, 이성 친구들은 트럭을 사서 운송업에 뛰어들 계획을 세우는 등 평화로운 시기의 사업에 관해 활기찬 대화를 나누었다.

"할 말이 있어."

제인이 말했다.

"문 닫을게, 잠시만 기다려. 애들이 시끄러워서."

앤이 말했다. 잠시 후, 그녀가 전화기로 돌아왔다.

"이제 말해."

"니콜라스 패링던 기억해?"

"익숙한 이름인데."

"1945년에 내가 5월의 테크 클럽에 초대해서 저녁 먹으러 자주 왔잖아. 설리나와 그렇고 그런 사이였고."

"아, 니콜라스. 옥상에 올라갔던 남자 맞지? 정말 오래전 얘기잖아. 최근에 본 거야?"

"방금 《로이터 통신》에 올라온 기사를 봤는데 아이티에서 현지 반란 중에 살해당했대."

"정말? 끔찍하네! 아이티에서 뭐 하고 있었대?"

"그게 말이지. 선교사 같은 일을 하고 있었나 봐."

"말도 안 돼!"

"알아. 어쨌든 끔찍하지. 잘 알던 사람인데."

"소름 돋아. 옛날 생각 확 나네. 설리나한텐 말했어?"

"그게, 설리나하고는 연락이 안 돼서 말이야. 요즘 설리나 어떤지 알잖아. 직접 통화가 안 돼. 비서 같은 걸 수천 명은 거쳐야 해."

"너희 신문사 기삿거리로 괜찮을 것 같아, 제인."

앤이 말했다.

"나도 알아. 정보가 더 필요해서 기다리는 중이야. 꽤 오래 알고 지낸 사람이지만 흥미로운 기사를 쓸 수 있을 것 같아."

지금까지 일관성 있게 해 온 유일한 일이 시 짓기라서 시인이고, 그 순간 다른 모두를 제외한 5월의 테크 클럽의 두 아가씨에게만 사랑받던 두 사내는 베이즈워터*의 한 카페에서 코

* 런던 중서부에 위치한 지역.

르덴 바지를 입고 앉아 자리에 없는 친구의 소설 조판본을 넘기며, 조용히 경청 중인 그들의 추종자들에게 새로운 미래에 관해 이야기하고 있었다. 탁자 위에는 《평화 뉴스》* 잡지 한 부가 놓여 있었다. 둘 중 한 사내가 다른 이에게 말했다.

이제 야만인들이 없으니 우리는 어떻게 되는 거지?
그들이 일종의 해결책이었는데.**

상대방은 진부한 구절이라는 듯 미소 지었지만, 아직 이 런던이라는 대도시와 인근 지역에서는 이 구절의 출처를 아는 사람이 거의 없다는 사실을 잘 알고 있었다. 미소를 지은 사내는 니콜라스 패링던으로, 아직 유명해지기 전이었고 유명해질 것처럼 보이지도 않았다.

"누가 쓴 거예요?" 출판사에서 일하는, 머리는 좋은 것 같지만 사회적 신분은 평균보다 조금 떨어져 보이는 5월의 테크 클럽의 뚱뚱한 아가씨 제인 라이트가 물었다.

두 남자 모두 대답하지 않았다.

---

* Peace News: 영국의 평화주의 잡지. 1936년에 처음 간행되었다.
** C. P. 카바피, 〈야만인을 기다리며〉 34-35행.

"누가 쓴 건데요?"

제인이 다시 물었다. 제인 가까이에 앉은 두꺼운 안경을 쓴 시인이 대답했다.

"알렉산드리아 시인."

"새로 등장한 시인이에요?"

"아니, 하지만 아직 영국에서는 무명에 가깝지요."

"이름이 뭔데요?"

사내는 대답하지 않았다. 젊은 시인들이 다시 대화를 시작했고, 자신들이 태어난 섬나라에서 무정부주의 운동이 쇠퇴하고 몰락하는 것에 대해 해당 운동의 주요 인사들을 거론해 가며 이야기를 나누었다. 그날 저녁따라 젊은 아가씨들을 가르치기가 몹시 귀찮았다.

2

조안나 차일드는 휴게실에서 요리사인 하퍼 씨에게 발성법을 가르치고 있었다. 수업이 없는 날에 조안나는 주로 시험 준비를 했다. 클럽에서는 시나 연설문을 낭독하는 조안나의 목소리가 자주 울려 퍼졌다. 조안나는 가르치는 학생들에게 시간당 6실링을 받았고, 학생이 5월의 테크 클럽 회원이면 5실링을 받았다. 하퍼 씨에겐 교습비로 얼마를 받는지 아무도 몰랐는데, 당시에는 식료품 보관 캐비닛의 열쇠를 관리하는 이들이 모두 특별 대우를 받았기 때문이다. 조안나는 수업에서 먼저 시의 각 절節을 읽은 후 학생이 따라 읽도록 했다.

응접실의 모든 이가《도이칠란트호의 난파》를 낭송하는 조안나의 높은 음성에서 특별히 강조되는 음절과 그 감정의 격동을 들을 수 있었다.

찌푸린 그분의 얼굴이
앞을 막고, 지옥의 낭떠러지가
뒤를 막았으니 어디로, 어느 곳으로 피신할 수 있었던가?*

클럽 회원들은 조안나를 자랑스러워했는데, 그녀가 고개를 높이 쳐들고 당당하게 시를 낭송했을 뿐 아니라, 밝고 건강미 넘치는 외모에 체격도 좋았기 때문이다. 조안나는 훤칠하고 말끔한 교구 목사 딸의 이상적인 표본으로, 화장 따위는 해 본 적이 없었고, 개전 초에는 학교를 그만두고 교구 복지단체에서 지칠 줄 모르는 체력으로 밤낮없이 봉사활동에 매진했으며, 학창 시절에는 학교를 대표하는 학생으로서 그녀의 우는 모습을 보거나 상상하기가 어려운 천성적인 자제력의 소유자였다.

사실 조안나는 학교를 떠난 직후에 교구 부목사와 사랑에 빠졌었다. 하지만 둘 사이에는 아무 일도 일어나지 않았고, 그 남자와의 관계가 끝난 후 조안나는 그를 자기 인생의 유일한 사랑으로 남기기로 했다.

* 제라드 맨리 홉킨스, 제1부 17-19행. 번역은 김영남 옮김, 《홉킨스 시선》(지식을만드는지식, 2014)을 참조했다.

조안나는 시를 들으며 자랐고, 성인이 된 후에도 시 낭송이 전부였다.

…세상이 바뀐다고 뒤바뀌는 사랑도
임 떠나기에 함께 떠나는 마음도
사랑이 아닐지니.*

조안나는 수많은 시인에게서 영감을 받아 명예와 사랑에 관한 본인만의 견해를 구축해 갔다. 그녀는 인간의 사랑과 신의 사랑을 구분할 수 있었고, 두 사랑의 여러 특성과 미묘한 차이도 어렴풋이 판가름할 수 있었다. 그러나 그것은 신학을 깊이 공부한 성직자들이 교구 목사관을 방문했을 때 그들과의 대화를 통해 얻은 지식일 뿐이었다. 그 지식은 '시골에 사는 이가 더 신앙심이 깊다'는 통념이나, '정숙한 여인은 일생에 단 한 번만 사랑에 빠진다'는 관념 같은 평범한 가정의 믿음과는 차별화된 범주의 가르침이었다.

조안나가 사랑에 빠졌던 부목사가 떠나고, 후임으로 온 더

* 윌리엄 셰익스피어, 〈소네트 116〉 2-4행.

잘생기고 그녀에게 더 잘 어울리기까지 한 부목사가 그녀의 마음에 비슷한 열망을 불러일으키기 시작하자, 조안나는 이 감정을 허용하면 이전 부목사에 대한 자신의 열망이 더는 사랑이라 명명할 가치가 없게 되어 버릴 것이라는 강한 상념에 사로잡혔다. 한번 강렬히 열망했던 대상을 다른 대상으로 바꿀 수 있다는 사실을 인정해 버리면, 사랑과 결혼의 총체적 구조와 셰익스피어의 소네트 전체를 관통하는 철학이 훼손되리라. 그것이 교구 목사관과 그 '고상한 지성의 대지'에서 말로는 표현하지 않아도 당연하게 떠받드는 의견이었다. 그래서 조안나는 후임 부목사에 대한 감정을 억누르고 테니스와 전시(戰時) 봉사활동에 집중했다. 그렇게 정념을 일절 드러내지 않은 채 고요히 냉가슴을 앓던 그녀는, 어느 일요일에 후임 부목사가 강단에 서서 다음과 같은 성경 구절을 강독하는 것을 듣게 되었다.

> …네 오른눈이 너를 죄짓게 하거든 그것을 빼어 던져 버려라. 지체(肢體) 하나를 잃는 것이 온몸이 지옥에 던져지는 것보다 유익하느니.
>
> 또 네 오른손이 너를 죄짓게 하거든 그것을 잘라 던져

> 버려라. 지체 하나를 잃는 것이 온몸이 지옥에 던져지
> 는 것보다 유익하느니.*

저녁 예배 시간이었다. 지역의 많은 어린 아가씨들이 와 있었고, 일부는 군복 드레스를 입고 있었다. 그중에서도 특히 렌이 스테인드글라스를 통과해 그녀의 분홍빛 볼을 가볍게 비추는 저녁 빛 아래서, 해군 정모 위로 구붓이 올라가는 곱슬머리를 뽐내며 부목사를 올려다보고 있었다. 조안나는 이 후임 부목사보다 잘생긴 남자는 없을 거라고 생각했다. 그는 사제로 서품된 지 얼마 되지 않았고, 곧 공군에 입대할 예정이었다. 당시의 봄은 적에 맞설 제2전선을 구축하려는 준비로 분주했고, 전선이 어디에 세워질 것인지에 대한 무성한 추측이 나돌았다. 누군가는 북아프리카에, 또 누군가는 스칸디나비아반도와 발트해, 프랑스에 세워질 것이라고 했다. 조안나는 강단에 선 부목사의 설교에 완전히 사로잡혀, 한 마디라도 놓칠세라 귀 기울여 경청했다. 부목사는 키가 크고 검은 머리에, 곧고 짙은 눈썹 아래 우묵히 자리한 두 눈과 조각 같은 외

* 〈마태복음〉 5장 29-30절.

모가 인상적인 사내였다. 조안나는 그의 큼직한 입과 언변에서 훗날 주교가 될 특별한 가능성을 암시하는 관대함과 유머를 읽어 낼 수 있었다. 부목사는 운동 신경도 뛰어났다. 그는 이전 부목사와 달리 조안나에 대한 관심을 숨기지 않았다. 조안나는 교구 목사의 장녀답게 신도석에 가만히 앉아 이 매력적인 부목사의 설교에 별다른 관심이 없는 척했다. 예쁜 얼굴의 렌처럼 부목사 쪽으로 고개를 돌리지도 않았다. 부목사는 조금 전 읊은 성경 구절의 오른눈과 오른손이 우리가 가장 소중히 여기는 것을 의미한다고 말하고 있었다. 이 구절의 의미가, 우리가 가장 귀하게 여기는 무언가가 우리를 죄짓게 할 수 있으며, 이때의 죄는 다들 알다시피 그리스어 '스칸달론'(σκάνδαλον)으로, 사도 바울이 말했듯 성경에서 추문과 모욕, 방해물 따위를 가리킬 때 자주 등장하는 표현이라는 것이었다. 예배실을 가득 메운 시골뜨기 신도들이 동글동글한 두 눈으로 멍하니 부목사를 쳐다봤다. 조안나는 그녀의 오른눈과 오른손을, 즉 자신의 첫사랑에 대한 잠재적 모욕이자 방해물인 이 매력적인 사내를 뽑고 잘라 내버리기로 했다.

"지체 하나를 잃는 것이 온몸이 지옥에 던져지는 것보다 유익하느니."

부목사의 설교가 이어졌다.

“여기서 지옥은 물론 부정적인 개념입니다. 그러니 더 긍정적으로 바꿔 보지요. 더 긍정적으로, 이 구절은 이렇게 읽을 수 있습니다. ‘불구가 되어서라도 천국에 들어가는 것이 천국에 아예 들어가지 않는 것보다 낫다.’”

부목사는 후일 공군 목사로서 좀 더 현실을 배우게 되지만, 아직은 여러 면에서 경험이 부족했기 때문에 언젠가 이날의 설교를 자신의 설교 전집에 실어 출간하겠노라고 꿈꾸었다. 그리고 그 순간, 조안나는 불구가 되어서라도 천국에 들어가기로 결심했다. 그녀의 의연함은 전혀 불구가 된 사람의 것처럼 보이지 않았지만. 조안나는 런던에서 직장을 구해, 5월의 테크 클럽에 정착했다. 여가 시간에는 발성법을 연마했고, 전쟁이 끝나 갈 무렵부터는 그것을 더욱 체계적으로 공부해 전업으로 삼게 되었다. 조안나는 부목사에 대한 감정을 시에 대한 감정으로 대체했고, 발성법 교사 자격증 발급을 기다리는 동안 시간당 6실링을 받고 학생들을 가르쳤다.

말을 타고 지나가던 난폭한 기병들이 나의 어린 사슴
을 쏘았으니,

살아남지 못할 것이다.*

5월의 테크 클럽의 그 누구도 조안나의 과거사를 정확히 알지 못했지만, 다들 감정적으로 대담한 사연을 지녔을 거라고 짐작했다. 조안나는 잉그리드 버그만에 비견되었고, 전시 배급의 불가피성을 고려해도 클럽 음식에 살찌는 재료가 너무 많이 들어간다고 회원과 직원들이 벌이는 논쟁에도 참여하지 않았다.

* 앤드루 마블, 〈어린 사슴의 죽음을 슬퍼하는 님프〉 1-2행.

3

사랑과 돈은 클럽의 모든 침실에서 가장 중요한 주제였다. 사랑이 우선이었고, '공식' 암시장에서 1파운드당 여덟 개짜리 의복 구매용 쿠폰을 구입해 외모를 가꿀 수 있게 해 주는 돈은 두 번째로 중요한 것이었다.

5월의 테크 클럽 건물은 빅토리아 시대에 지어진 널찍한 대주택이었고, 개인 주거지이던 당시부터 별로 변한 게 없는 실내장식이 특징적이었다. 클럽 건물은 그 설계 면에서 여성들이 여성해방 운동으로 자유를 얻고 숙소가 필요해진 시절부터 번성하여, 저렴하고 운치 있는 분위기로 지금까지도 인기 있는 여성 호스텔과 닮아 있었다. 물론 5월의 테크 클럽의 누구도 클럽을 호스텔이라고 부르지 않았지만, 어린 회원들이 남자 친구에게 무시당해 자존감이 떨어질 때만은 예외였다.

클럽 지하실에는 부엌과 세탁실, 열풍기실, 연료 보관소 등이 있었다.

1층에는 직원 사무실과 식당, 휴게실, 진흙 같은 색감의 갈색 벽지로 새로 도배된 응접실이 있었다. 회원들이 질색하는 이 벽지는 애석하게도 벽장 안 깊숙한 곳에서 무더기로 발견되었는데, 그렇지 않았다면 응접실 벽도 다른 방들처럼 회색 벽지인 채 그을리거나 찢겨 있었을 것이다.

클럽 회원의 남자 친구들은 2실링 6펜스를 내고 손님 자격으로 식사할 수 있었다. 그 밖에도 휴게실과, 휴게실에서 이어지는 테라스, 그리고 당시 시대 상황상 매우 참회적인 분위기를 자아내던 이 진흙빛 갈색 벽지의 응접실을 이용하는 것도 허용되었다. 그때까지만 해도 회원들은 몇 년 안에 이 갈색 벽지가 대유행해, 자신들 중 상당수가 그와 유사한 색깔의 벽지를 골라 자기 집 벽을 장식하게 될 것이라고는 상상하지 못했다.

건물 2층에는, 지난날 개인 주거지 시절의 재력을 보여 주는 거대한 무도회실이 거대한 공동 침실로 개조되어 자리하고 있었다. 이 공동 침실은 접이식 가림막을 이용해 다수의 작은 공간으로 분할돼 있었다. 이곳에는 영국 전 시골 지역

학교의 기숙사 칸막이 생활에서 벗어난 지 얼마 되지 않아 공동 침실 생활의 실상을 처음부터 끝까지 속속들이 이해하는 18세에서 20세 사이의 가장 어린 회원들이 살고 있었다. 이 층에 사는 소녀들은 아직 남자에 대한 심도 깊은 대화를 나누기에는 경험이 부족했다. 남자가 춤도 잘 추고 유머 감각도 뛰어난지 정도가 대화의 전부였다. 소녀들 대부분 공군을 선호했고, 공군수훈십자훈장(D.F.C.)은 최상의 스펙이었다. 1945년, 2층 공동 침실에서 생활하던 소녀들의 눈에 브리튼 전투(1940) 경험은 나이 든 사내의 전유물처럼 보였다. 뒹케르크 철수작전(1940) 역시 아버지 세대의 위업이었다. 이 어린 아가씨들 사이에서는 클럽 응접실 쿠션에 파묻혀 빈둥거리는 노르망디 상륙작전(1944)의 공군 영웅들이 인기를 독차지했다. 이 영웅들은 재미있는 농담에 빠삭했다.

“윔블던에 간 두 고양이 이야기 알아요? 그게, 한 고양이가 친구 고양이를 설득해서 윔블던에 테니스 경기를 보러 갔대요. 경기가 몇 세트 진행되자 친구 고양이가 말했죠. ‘내 말해두겠네만, 정말이지 지루하기 짝이 없군. 자네가 왜 그리 테니스 경기에 관심을 보이는지 당최 이해할 수 없어.’ 그러자 다른 고양이가 대답했대요. ‘그게 말이지, 저기 테니스 라켓에 우리 아버지가 계시지 않은가!'"*

"말도 안 돼!"

소녀들이 까르륵대며 자지러지게 웃었다.

"그런데 이야기는 여기서 끝이 아니에요. 두 고양이 뒤에 어떤 대령이 앉아 있었거든요. 전시 중이라 '할 일이 없던' 대령이 테니스 경기를 보러 온 것이었죠. 이 대령은 개를 데리고 왔어요. 그래서 두 고양이가 대화하는 걸 들은 개가 대령에게 이렇게 말했죠. '우리 앞에 두 고양이가 대화하는 거 들려요?' '아니, 조용히 해.' 대령이 말했어요. '경기 보고 있잖아.' '그래요, 그럼.' 개가 대답했죠. 그러고는 아주 유쾌하게 덧붙였어요. '말하는 고양이한테 관심 있을 것 같아서 알려 준 거예요.'"

"정말이지," 몇 시간 후 공동 침실에서 한껏 상기된 소녀들이 새처럼 재잘거렸다. "정말이지, 마법사 같은 유머 감각이야!"

이들은 잠자리에 드는 소녀라기보다는 아침을 맞는 새들과 같았다. "정말이지, 마법사 같은 유머 감각이야"라는 감탄

* 두 가지 의미가 있는 말장난. 첫째는 테니스 라켓을 만들 때 사용하는 줄인 catgut(고양이 창자), 둘째는 테니스 '라켓racquet'과 발음이 같은 'racket(불법적인 활동, 또는 라켓의 북미식 표기)'을 암시한다. 공군(고양이)이 부패한 집단에 억류되어 있다는, 군대 시스템 자체에 대한 풍자이기도 하다.

은, 누군가가 들었다면 다섯 시간 후에 공원에서 울려 퍼질 새들의 즐거운 지저귐 같다고 생각했을 것이기 때문이다.

공동 침실 위층에는 직원용 방과 다인 침실이 있었고, 다인 침실은 아래층의 칸막이 침실에 머물지 않아도 될 금전적 여력이 있는 이들이 이용하는 공간이었다. 네 사람 또는 두 사람이 같이 쓰는 다인 침실은 잠깐 머물다 가는 젊은 여성이나, 아파트 혹은 단칸방을 찾고 있는 임시 회원이 주로 사용했다. 이곳 3층에서, 두 중년 독신 회원인 콜리와 자비가 노후 자금을 모으고자 8년째 같은 방을 쓰고 있었다.

이 위층에는 마치 무의식적인 합의라도 본 듯 독신녀들이 대거 모여들었는데, 단단히 뿌리내린 자아를 지닌 과년한 아가씨들부터, 독신의 삶을 결정했거나 앞으로 독신의 삶을 선택하게 되지만 아직은 그 사실을 인지하지 못한 이들까지 여러 나이대의 회원들이 살고 있었다.

4층에는 원래 다섯 개의 큰 침실이 있었지만, 건축업자들이 개조하고 난 지금은 열 개의 작은 침실로 나뉘어 있었다. 4층의 거주자들은 완전히 개방적인 여성이 되기에는 너무 예쁘고 새침한 어린 소녀들부터, 남자에게 굴복하기에는 지나치게 깨어 있는 20대 후반의 드센 여성들까지 각양각색이었다.

세 번째 중년 독신인 그레기가 이 층에 머물고 있었다. 그레기는 4층 여성들 중에서 가장 상냥하고, 가장 친절했다.

4층에는 미치광이 아가씨 폴린 폭스의 방도 있었는데, 그녀에게는 특별한 저녁마다 전후 몇 년간 잠깐 유행하다 말 긴 드레스를 세심하게 차려입는 기벽이 있었다. 또 그럴 때마다 폴린은 긴 곱슬머리를 어깨 위로 늘어트리고, 양손에는 긴 흰색 장갑까지 착용한 패션으로 그날 밤엔 유명 배우인 잭 뷰캐넌과 식사할 것이라고 얘기했다. 하지만 그 누구도 폴린을 대놓고 불신하지는 않았으므로 그녀의 광증은 명확히 드러나진 않았다.

4층에는 조안나 차일드의 방도 있었고, 이곳에서도 발성법을 연습하는 조안나의 목소리를 들을 수 있었다. 누군가 1층 휴게실을 이용 중일 때면.

> 봄철의 모든 꽃,
> 우리의 매장식(埋葬式)에 향기를 더하나니.*

* 존 웹스터, 〈악마의 심판〉 1-2행.

건물 꼭대기 층인 5층에는 가장 매력적이고, 세련되며, 활기찬 아가씨들이 머물고 있었다. 전쟁이 끝나고 모두에게 평화로운 시간이 서서히 다가옴에 따라, 5층 아가씨들의 마음도 각기 다른 사회적 열망으로 갈수록 더 깊이 젖어 들게 되었다. 다섯 명의 아가씨가 다섯 개의 꼭대기 층 침실을 각자 사용했다. 그중 세 아가씨에게 연인이 있었고, 그와 별개로 잠자리를 같이하지는 않지만 결혼을 염두에 두고 관계를 이어 나가는 이성 친구들도 있었다. 남은 두 아가씨 중 한 명은 사실상 약혼한 상태였고, 나머지 한 명은 뚱뚱하지만 출판사에서 일한다는 이유로 지적인 매력을 풍길 수밖에 없는 제인 라이트였다. 제인은 젊은 지식인들과 교류하면서 남편감을 찾고 있었다.

5층 위에는 지붕만 있었는데, 현재는 5층으로 향하는 층계참 화장실 천장의 채광문(창)으로 접근할 수 없는 상태이다. 이 채광문은 전쟁도 일어나지 않았던 오래전에, 한 사내가 그곳으로 침입해 클럽 아가씨 한 명을 공격한 후 벽돌로 완전히 밀봉해 버려, 이제는 그저 네모난 애물단지로 자리하고 있을 뿐이었다. 사실 이 괴한 침입 사건에는 불분명한 부분이 많았다. 먼저 사내가 도둑인지 클럽 회원 누군가의 연인인지조차 불확실했고, 클럽 아가씨를 의도적으로 공격한 것인지 어쩌다 마주친 것이었는지도 알 수 없었으며, 심지어 두 사람이 같은 침대에서 발견되었다고 말하는 이도 있었다. 그럼에도 불구하고 그 사내는 비명으로 가득했던 그날 밤의 전설을 남겼고, 그 후 누구도 이 채광문을 사용할 수 없게 되었다. 이따금 건물 윗부분에 일이 생겨 작업하러 온 일꾼들도 옆 호텔의 다락방을 통해서만 클럽 지붕에 올라갈 수 있었다. 그레기는 괴한 침입 사건의 모든 내막을 알고 있다고 주장했는데, 실제로도 그녀는 클럽의 모든 것을 알고 있었다. 벽장 속에 깊숙이 처박혀 있던 진흙 색깔 벽지를 불현듯 기억해 내 클럽 관리인에게 알려 준 것도 그레기였고, 이제 그 벽지는 응접실 벽을 불결하게 하며 따사로운 햇볕 아래서 모두에게 비소를 날리는 중이었다. 꼭대기 층의 아가씨들은 지붕에서 옥상으로 건너가 일광욕을 하면 좋겠다고 자주 생각했고, 의자 위에 서서 천장의 채광문이 열리는지 시험해 보기도 했다. 하지만 채광문은 꿈쩍도 하지 않았고, 그레기가 그녀들에게 그 이유를 다시 말해 주었다. 그레기의 이야기는 매번 발전했다.

"불나면 우리 다 갇히는 거잖아요."

숨 막히게 아름다운 외모를 자랑하는 설리나 레드우드가 말했다.

“비상시 행동 수칙을 전혀 숙지하지 않았구나.”

그레기가 대답했다. 그것은 사실이었는데, 설리나는 저녁 식사에 거의 참석하지 않았기 때문에 비상시 행동 수칙에 대해 들은 바가 없었던 것이다. 1년에 네 번, 클럽 관리인이 저녁 식사 후 비상시 행동 수칙을 큰 소리로 낭독했고, 그런 날 밤이면 손님을 받지 않았다. 저택 꼭대기 층에는 3층까지 이어지는 비상용 뒷계단이 있었고, 이 뒷계단에는 ‘완벽하게 안전한’ 화재 탈출구가 있었다. 소방 장비들도 클럽 곳곳에 설치돼 있었다. 손님을 받지 않는 이날 저녁에는 회원들에게 화장실 변기에 버려도 되는 것과 오래된 클럽 건물의 열악한 배관시설, 배관공을 구하기 힘든 저간의 상황에 대해서도 상기시켰다. 클럽에서 무도회가 열린 후에는 모든 것을 제자리에 돌려놓으라는 지시 사항도 전달되었다. 유감스럽게도 남자 친구와 나이트클럽으로 떠나 버려, 나머지 회원들에게 모든 책임을 떠넘기는 일부 회원을 도무지 이해할 수 없다고 클럽 관리인은 덧붙였다.

설리나는 관리인이 등장하는 저녁 식사에 한 번도 참석한 적이 없었기 때문에 이 모든 내용을 알지 못했다. 설리나의 방 창문에서는 굴뚝 뒤편으로 클럽 꼭대기 층과 높이가 같은 클럽 옥상이 보였는데, 이 옥상은 옆 호텔 옥상과 공유 공간으로 사용되고 있었고 일광욕하기에 최적의 장소처럼 보였다. 침실 창문으로는 이 옥상에 접근할 수 없었지만, 어느 날 설리나는 양변기실 창문을 통해서라면 옥상에 도달할 수 있다는 사실을 알아챘다. 언젠가 저택 화장실 안에 세면실을 새로 지으면서 화장실이 세면실과 양변기실로 나뉘고 변기 위쪽에 있던 창문도 반쯤 잘려 나가 그렇지 않아도 작은 창이 더 좁은 슬릿 창*이 되어 버렸지만, 시도해 볼 수 있을 듯했다. 양변기실 창문으로 옥상을 보려면 변기를 밟고 올라서야 했다. 설리나가 창문 크기를 재어 보니 가로 18센티, 세로 36센티였고, 창문은 바깥 방향으로 열렸다.

"양변기실 창문으로 나갈 수 있겠어."

설리나가 맞은편 방을 사용하는 앤 바버튼에게 말했다.

"왜 양변기실 창문으로 나가고 싶은 건데?"

앤이 물었다.

"옥상으로 이어지잖아. 창문에서 조금만 뛰어내리면 돼."

* 가로가 좁고 세로가 긴 형태의 창.

설리나는 아주 날씬했다. 체중과 신체 사이즈는 클럽 꼭대기 층에서 매우 중요한 문제였다. 몸을 옆으로 기울여 양변기실 창문 틈새로 꼬물꼬물 넘어갈 수 있는지를 확인하는 일은, 어쩌면 클럽의 음식 정책이 쓸데없이 살찌는 재료를 얼마나 많이 사용하는지만을 방증하는 결과로 이어질 수도 있을 것이었다.

"자살 행위야."

자신의 뚱뚱한 몸매를 비참하게 여기고, 다음 식사 시간을 온종일 두렵게 고대하며, 무엇을 먹고 무엇을 남길지를 결정해 놓고는, 출판사에서 하는 일이 본질적으로 정신노동이기 때문에 다른 사람들보다 뇌에 더 많은 영양을 공급해야 한다며 그 결정을 위반하길 반복하는 제인 라이트가 말했다.

꼭대기 층의 아가씨 다섯 명 중 설리나 레드우드와 앤 바버튼만이 양변기실 창틈을 꼼질꼼질 통과할 수 있었고, 앤은 벌거벗고 몸에 마가린을 발라 미끄럽게 만든 후에야 겨우 통과할 수 있었다. 창문을 통과해 옥상으로 가는 첫 시도에서, 아래로 뛰어내리다 발목이 접질리고 다시 창문으로 몸을 끌어올리다 피부가 쓸린 앤은 다음에는 배급 비누를 써서 더 가뿐히 빠져나갈 수 있게 하겠다고 말했다. 비누나 마가린이나 엄격히 관리되는 배급품인 건 똑같았지만, 어쨌거나 살찌는 재료인 마가린보다는 비누가 더 귀했다. 창문을 통과하는 모험에 쓰기에는 얼굴용 로션은 너무 비쌌다.

제인은 왜 앤이 설리나보다 고작 3센티 정도 더 큰 자신의 엉덩이 치수에 그리 신경 쓰는지 이해할 수 없었다. 앤은 이미 날씬했고 결혼 상대도 있었기 때문이다. 제인은 양변기를 밟고 서서, 앤이 미끈거리는 몸에 걸칠 수 있게 색 바랜 녹색 욕실 가운을 창문 밖으로 던져 주며 옥상이 어떤지를 물었다. 꼭대기 층의 다른 두 아가씨는 마침 이번 주말에 다른 곳에 가 있었다.

앤과 설리나는 옥상 가장자리에서 제인에게는 보이지 않는 곳을 관음하듯 내려다보았다. 그러고는 제인에게 돌아와 후원(後園)에서 그레기가 '신입 소녀 두 명을 위해' 클럽 구내 투어를 시켜 주는 중이라고 전달했다. 그레기는 신입 소녀들에게 폭탄이 떨어졌지만 폭발하지 않아 불발탄 처리반이 그것을 처리하는 동안 클럽의 모든 사람이 건물에서 대피해 있어야 했던 일화를 얘기하며, 그 폭탄이 떨어진 자리를 보여 주고 있었다. 또한, 본인이 생각하기에 폭발하지 않은 폭탄이 여전히 묻혀 있을 것으로 추정되는 장소도 보여 주었다.

신입 소녀들이 다시 저택 안으로 들어갔다.

"그레기 여사 과장하는 건 알아줘야 해."

제인이 비명을 지를 듯한 표정으로 말했다. 그리고 덧붙였다.

"오늘 저녁 메뉴 치즈파이지? 칼로리가 대체 얼마나 될까?"

세 사람은 음식별 칼로리표를 확인해 본 후 대략 350칼로리임을 알았다.

"디저트는 체리조림이었지."

제인이 말했다.

"1인분에 약 94칼로리래. 설탕 대신 사카린으로 단맛을 내도 64칼로리고. 게다가 오늘 우린 이미 천 칼로리 넘게 먹었어. 일요일엔 항상 이래. 아까 브레드앤버터 푸딩만 해도…."

"나는 브레드앤버터 푸딩 안 먹었어."

앤이 말했다.

"브레드앤버터 푸딩을 먹는 건 자살 행위야."

"나는 다 먹는데 대신 조금씩 먹지."

설리나가 말했다.

"그래서 항상 배고파 죽겠어."

"나는 두뇌 쓰는 일을 하잖아."

제인이 말했다.

앤은 스펀지로 몸에 묻은 마가린을 닦아 내며 층계참을 서성였다. 그녀가 말했다.

"비누하고 마가린까지 다 써 버렸어."

"이번 달에는 비누 못 빌려줘."

설리나가 말했다. 설리나는 P.X.라는 좋은 곳에서 온갖 종류의 물건을 가져오는 미 육군 장교에게 정기적으로 비누를 공급받고 있었다. 하지만 요즘에는 비누를 모으느라 더 이상 빌려주지 않았다.

앤이 말했다.

"네 비누 따위 필요 없어. 태피터나 빌려 달라고 하지 마."

앤이 말하는 태피터는 프랑스 디자이너 스키아파렐리가 디자인한 이브닝드레스로, 엄청나게 부자인 앤의 이모가 딱 한 번 입고는 앤에게 준 옷이었다. 사이즈가 맞지 않는 제인을 제외하고, 꼭대기 층의 모든 아가씨들이 특별한 날마다 어디서나 관심을 끄는 이 멋진 드레스를 공유했다. 앤은 드레스를 빌려주고, 의복 구매용 쿠폰이나 반쯤 사용한 비누 등 갖가지 물품을 대가로 받았다.

제인은 두뇌 쓰는 본업으로 돌아가기로 하고, 딸깍 소리를 내며 방문을 닫았다. '두뇌 쓰는 본업'과 관련해서 제인은 다소 횡포를 일삼았는데, 누군가 층계참에서 라디오를 들을라치면 신경질을 부렸고, 긴 드레스를 입는 파티가 늘어남에 따라 덩달아 인기가 오른 앤의 태피터 드레스를 두고 앤과 다른 꼭대기 층 아가씨가 시끌벅적 벌이는 이따위 좀스러운 흥정에도 언짢아했다.

"밀로이 바 갈 때는 태피터 입지 마. 너 밀로이 바에 두 번이나 입고 갔어…. 콰그리노 레스토랑 갈 때도 입었지. 이러다 런던에서 유명한 데란 유명한 데는 다 입고 가겠네."

"하지만 내가 입으면 다르게 보이잖아, 앤. 사탕 쿠폰 한 묶음 다 줄게."

"사탕 쿠폰 따위 필요 없어. 내 것도 전부 할머니한테 주는데, 뭐."

상황이 이쯤 되면 제인이 방 밖으로 고개를 내밀곤 했다.

"유치하게 굴지 말고 그만 좀 꽥꽥대. 나 지금 두뇌 쓰는 일 하잖아."

제인의 옷장에는 특별한 옷 한 벌이 있었는데, 아버지의 야회복으로 만든 검은색 코트와 치마였다. 전후 영국에서는 이 리폼 정장처럼 그 원래 형태를 유지한 야회복을 거의 찾아볼 수 없었다. 그럼에도 제인은 아버지에게서 빼돌린 이 정장이 너무 커서 아무도 빌려 입을 수 없었기에, 그 점에 한해 감사해했다. 클럽에서 제인의 두뇌 쓰는 일이 정확히 무엇인지는 모두의 미스터리였는데, 일에 관한 질문을 받을 때마다 제인이 예산과 인쇄, 출간 목록, 원고, 교정지, 계약에 관한 지나치게 전문적인 세부 사항을 속사포로 설명해 댔기 때문이었다.

"있잖아, 제인. 그렇게 퇴근하고도 일하니까 추가로 더 받아야겠네."

"책의 세계는 원래 돈에 무심한 거야."

제인이 말했다. 제인은 언제나 출판계를 책의 세계라고 불렀다. 그녀는 항상 돈에 쪼들렸고, 그래서 클럽 회원들은 제인이 박봉일 거라 짐작했다. 제인은 방의 가스불을 조절하는 계량기를 사용할 때도 1실링이라도 아껴 써야 했는데, 그 때문에 뇌에 영양을 공급하는 것뿐만 아니라 체온을 따뜻하게 유지하기 위해서라도 겨울에는 다이어트를 할 수 없다고 했다.

제인은 출판사에서 두뇌 쓰는 일을 한다는 이유로 클럽에서 제법 존경을 받았지만, 거의 매주 클럽 정문에 와서 제인의 사무실을 찾으며 "제인 라이트 씨와 사적으로 이야기하고 싶습니다"라고 꼬박꼬박 청하는, 비듬 많은 검은 외투 차림의 마르고 창백한 30대 외국인 때문에 그 존경심이 어느 정도 깎여 나갈 수밖에 없었다. 듣기로는 사무실에 걸려 오는 제인을 찾는 전화 대부분이 이 남자에게서 오는 것이라고 했다.

"거기, 5월의 테크 클럽인가요?"

"네."

"제인 라이트 씨와 사적으로 통화할 수 있을까요?"

한번은 전화를 받은 당직 비서가 이렇게 말했다.

"모든 회원의 전화 통화는 사적인 것입니다. 아무도 엿듣지 않아요."

"다행이군요. 엿듣는다면 제가 알지만요. 수화기를 내려놓는 딸깍 소리가 들리고 난 후에만 말하거든요, 저는. 기억해 두세요."

제인은 이 사내 때문에 사무실에 대신 사과해야 했다.

"외국인이잖아요. 책의 세계와 관련된 일이에요. 제 잘못이 아니라고요."

하지만 최근에는 책의 세계에서 온 더 세련되고 예의 바른 또 다른 사내가 제인을 찾아왔다. 제인은 그 사내를 응접실로 데려와 설리나와 앤에게 소개하고, 광증이 유독 심한 밤이면 잭 뷰캐넌을 위해 긴 드레스를 차려입는 미치광이 아가씨 폴린 폭스에게도 소개했다.

니콜라스 패링던이라는 이 사내는 다소 숫기가 없긴 했지만 꽤 매력적이었다.

"생각이 깊은 사람이야."

제인이 말했다.

"우리는 재능이 있다고 보는데, 본인은 아직 책의 세계에서 길을 찾는 중이라고 생각하지."

"출판계 일을 해?"

"지금은 아니야. 아직 길을 찾는 중이라니까. 그는 뭔가를 쓰는 중이야."

제인의 두뇌 쓰는 일은 세 종류로 나뉘었다. 비밀리에 작업하는 첫 번째 종류의 일은 철저히 비이성적인 구조의 시를 쓰는 것이었다. 제인은 체리 케이크에 포함된 체리 비율에 대해서도 썼고, 허리와 연인, 뿌리, 장미, 해초, 수의(壽衣)*같이, 그녀가 "타오르는, 혹은 타오르는 듯한 특성"을 지녔다고 묘사한 것들에 대해서도 썼다. 마찬가지로 '비밀리에 작업하는' 두 번째 종류의 일은 예의 창백한 외국인의 후원을 받아 우호적

* "the seawrack and the shroud." 전자에는 '난파'의, 후자에는 '파묻힘'(바닷속에, 혹은 불길과 연기에)과 '돛대 밧줄'의 뜻도 있다. 장미는 제라드 맨리 홉킨스의 《도이칠란트호의 난파》의 주요 모티프 중 하나이고, '뿌리' 또한 이 시의 유명한 다음 구절을 환기한다. "우리는 먼지이건만, 땅에 뿌리내렸다고 착각한다."

인 어조로 사업용 편지를 작성하는 것이었다. 그리고 공개적으로 작업하는 세 번째 종류의 일은 그녀의 작은 출판사 사무실에서 맡은 자질구레한 업무를 한 번씩 클럽 침실에 가져와 병행하는 것이었다.

제인은 휴이 트로비스 뮤 출판사의 유일한 직원이었다. 휴이 트로비스 뮤 씨가 회사의 소유주였고, 휴이 트로비스 뮤 여사가 이사로 등재되어 있었다. 휴이 트로비스 뮤 씨의 실제 이름은 조지 존슨으로, 적어도 지난 몇 년간은 조지 존슨으로 알려졌지만, 아주 오래된 친구 몇몇은 그를 콘이라고 불렀고, 더 오래된 친구들은 아서 또는 지미라고 불렀다. 하지만 제인이 이 사내를 처음 본 것은 그가 조지로 개명한 뒤였고, 제인은 이 흰색 수염을 기른 고용주를 위해서라면 무슨 일이든 할 수 있을 것 같았다. 제인은 책을 포장하고, 그것을 우체국에 가서 부치거나 배달하며, 전화를 받고, 차를 끓이며, 조지의 아내 틸리가 생선을 사러 가게에 줄을 서면 조지 부부의 아이를 돌보고, 장부에 수입을 기입하며, 소액 현금용 장부와 사무비용 장부를 따로 나눠 관리하는 등, 군소 출판사의 일반적인 업무를 보았다. 제인이 업무를 본 지 1년이 지난 후에는 조지의 지시로 신인 작가들에 대한 조사를 맡게 되었다. 이것은 조지가 출판업에서 필수적이라고 확신한 작업으로, 그는 신인 작가들의 재정 상황과 심리적인 약점을 알아내어 최대한 유리하게 협상을 진행하고자 했다.

사실 조지의 이 지시는, 단지 운이 바뀌기를 기대하며 몇 년마다 이름을 바꾸는 그의 습관처럼 퍽 천진하고 무익한 것이었다. 그런 조사를 통해 작가의 모든 것을 낱낱이 알게 되거나 이득을 본 일이 한 번도 없었기 때문이다. 그럼에도 여전히 작가에 대한 조사는 조지의 루틴이었고, 그 계획을 짜는 일은 그의 일상 업무에 흥분을 더했다. 이전에는 이런 필수적인 조사 작업을 직접 했지만, 최근에는 신인 작가들에 대한 조사를 제인에게 맡기는 편이 더 낫겠다는 생각이 들기 시작했다. 근래 조지가 구매한 위탁판매용 책들이 운송 도중 하리치 항구에서 음란하다는 이유로 압류되어 지방법원의 치안판사들에게 소각 결정을 받았는데, 그런 이유로 조지는 요즘 그의 운이 썩 좋지 않다고 느끼고 있었다.

더욱이, 제인에게 신인 작가 조사 임무를 맡기면서 조지는 예측할 수 없는 작가들과의 방심할 수 없는 점심 식사로 발생하는 비용과 신경쇠약적 피로에서 벗어날 수 있었다. 또한, 작가의 편집증이 심한지 자신의 편집증이 심한지 비교해 볼 필요도 없어졌다. 제인이 작가를 카페로 데려가든 침대로 데려가든 그녀와 얘기하도록 두는 게 나았다. 제인의 조사 보고를 기다리는 것만으로도 조지는 신경이 곤두섰다. 조지는 지난 한 해 동안 제인이 판권을 살 때 필요 이상의 보유금을 지불하지 않도록 몇 차례나 도와주었다는 점이 마음에 들었다. 조지는 제인이 꼭 필요하다고 보고할 때만 현금을 사용했고, 또 제인이 작가가 원고에서 특별히 자부심을 갖는 부분이 어디인지, 그 부분을 어떻게 지적하면 좋은지를 정확히 말해 주어 큰 도움이 되었다. 설령 작가의 완전한 항복을 받아 내진 못해도, 저항을 최소화하는 방식으로.

조지는 책의 세계를 주제로 끝도 없이 인상적인 언변을 토해 냈고, 그 세계에 매료된 젊은 아내 셋과 연속해서 결혼했으며, 그중 둘을 스스로 떠나 보냈다. 그는 지난 세월 동안 여러 복잡한 형태의 사업 재구조를 겪었음에도 아직 파산선고를 받지 않았는데, 아마도 그 재구조 방식이 신경쇠약을 유발할 정도로 복잡해서 그의 채권자 중 누구도 법적 조처를 할 엄두를 못 냈기 때문일 것이었다.

조지는 작가를 상대하는 기술을 제인에게 교육하는 데에 큰 관심을 보였다. 벽난로 앞에서 아내 틸리에게 책의 세계에 관한 장광설을 늘어놓을 때와는 달리, 사무실에서 제인에게 조언을 건넬 때면 조지의 목소리는 사뭇 은밀해졌다. 의식의 어스름 어딘가에서, 교활한 작가가 투명인간으로 변해 출판사 사무실 의자 아래 숨어 엿듣고 있을 거라고 반쯤 확신했기 때문이었다.

"너도 알겠지만, 제인."

조지가 말했다.

"내가 작가들 조사하는 게 이 분야에서는 필수적인 부분이야. 모든 출판사가 다 하는 거고, 대형 출판사에서도 당연히 그렇게 하고 있지. 대형 출판사들은 이 일을 체계적으로 할 자금 여유까지 있어. 하지만 체면 때문에 나처럼 작가들 뒷조사한다고 인정하지는 못하지. 나는 뭐든 혼자 계획하고 작가와 관련된 일을 전부 스스로 터득해야 했으니까. 출판업은 변덕스러운 원재료를 다루는 일이라고 보면 돼."

조지는 구석의 옷걸이대 쪽으로 가서 가림막 커튼을 열어젖혔다. 그러고는 안을 한번 들여다본 뒤 다시 커튼을 닫고 말을 이었다.

"책의 세계에 계속 머물고 싶다면 작가를 항상 원재료라고 생각하는 게 좋아, 제인."

제인은 이것을 사실로 받아들였다. 그녀는 이번에 니콜라스 패링던을 담당하게 되었는데, 조지는 그가 위험 부담이 큰 작가라고 했다. 제인은 니콜라스가 서른이 조금 넘었을 거라고 짐작했다. 니콜라스는 얄팍한 재능을 지닌 시인이자 무정부주의 대의에 어정쩡하게 충성하는 의심스러운 아나키스트 정도로 알려졌지만, 처음에는 이런 정보조차 찾기 어려웠다. 니콜라스는 타자기로 작업한 닳아빠진 원고 다발을 갈색 파일철에 되는대로 담아 조지를 찾아왔다. 원고의 제목은 《안식일 노트》였다.

니콜라스 패링던은 제인이 만나 온 다른 작가들과 비교해 몇 가지 점에서 눈에 띄게 달랐다. 눈에 띄지 않는 차이도 있었는데, 제인이 그를 조사하려 한다는 것을 인지한다는 점이 그랬다. 그런 와중에도 제인은 니콜라스를 매의 눈으로 관찰했고, 그가 다른 지식인 계층 작가들보다 더 거만하고 참을성이 없으며 더 매력적이라고 생각했다.

제인은 어느 지적인 작가가 쓴 《루이자 메이 올컷의 상징주의》라는 책으로 제법 성공을 거두기도 했는데, 레즈비언을 주제로 한 이 책은 조지 출판사의 히트 상품으로 특정 독자층에 불티나게 팔리고 있었다. 제인은 본인을 찾아 클럽을 자주 방문했던 루마니아 출신 루디 비테쉬와의 업무에서도 그럭저럭 성공을 거두었다.

그러나 니콜라스는, 그렇지 않아도 자신이 이해하지 못하는 어려운 책에 대한 끌림과 그 책이 팔리지 않을 공포 사이에서 갈팡질팡하는 조지에게 더욱 부정적인 영향을 끼쳤다. 그래서 조지는 니콜라스와 관련된 문제들을 모두 제인에게 떠넘기고, 밤마다 아내 틸리에게 게으르고 무책임하며 견딜 수 없이 교활한 작가를 상대하게 되었다고 불평했다.

제인은 자신만의 묘책을 고안했다. 그녀는 새로운 작가를 만날 때마다 프랑스어를 뒤섞어 "당신의 존재 이유(raison d'être)는 무엇인가요?"라고 물었다. 그것은 놀라울 정도로 효과적이었다. 니콜라스가 원고를 가지고 사무실을 찾은 날에도, 조지가 뒤쪽 사무실에 숨어 '회의 중'이라 전달하라며 응대를 떠맡기자 제인은 같은 질문을 던졌다.

"패링던 씨의 존재 이유는 무엇인가요?"

니콜라스는 마치 고장 난 대화 로봇을 보듯, 제인을 향해 모호하게 눈살을 찌푸렸다.

제인은 또 다른 묘책으로 니콜라스를 5월의 테크 클럽의 저녁 식사에 초대했다. 니콜라스는 책 출간을 의식해 특별히

겸손한 태도로 초대를 받아들였다. 조지의 사무실에 도착하는 대부분의 책들처럼, 니콜라스의 책도 이미 열 군데 출판사에 퇴짜를 맞은 후였다.

니콜라스의 방문으로 클럽에서 제인의 위상은 상승했다. 제인은 니콜라스가 클럽의 모든 것에 그렇게 열성적으로 반응하리라고는 꿈에도 예상하지 못했다. 니콜라스는 응접실에서 제인과 설리나, 키가 작고 검은 머릿결의 주디 레드우드 그리고 앤과 인스턴트커피를 홀짝이며, 희미하고 만족스러운 미소로 주위를 둘러보았다. 제인은 여러 차례의 조사로도 니콜라스가 남자보다 여자를 더 선호하는지 알 수 없어 실험적인 뚜쟁이의 본능으로 저녁 식사를 함께할 친구들을 세심히 선별했는데, 이제 최소한 니콜라스가 남자와 여자를 모두 좋아한다는 결론을 내릴 수 있게 되었고, 실험에 어느 정도 성공했음을 실감한 후에는 약간의 후회와 흡족함이 동시에 밀려들었다. 설리나는 마치 이 응접실에서 그렇게 앉을 수 있는 여성은 자기뿐이라는 듯, 구별되는 자세로 응접실 안락의자에 나른하게 기대어 앉아 타의 추종을 불허하는 긴 다리를 의자 바깥쪽으로 비스듬히 늘어뜨리고 있었다. 설리나의 나른한 자세에는 여왕 같은 품위를 더하는 무언가가 있었다. 설리나는 눈에 띄게 니콜라스를 관찰했고, 니콜라스는 응접실 여기저기서 재잘대는 다른 아가씨들을 연신 흘끗댔다. 시원한 밤공기가 들어오도록 테라스 문이 활짝 열려 있었고, 그 열린 문을 통해 휴게실에서 발성법을 수업 중인 조안나의 목소리가 들려왔다.

> 나는 생각한다, 채터튼을, 저 놀라운 소년 시인을,
> 한창때 요절한 잠 못 이루던 영혼을.
> 산자락을 따라 쟁기질하며
> 영광과 환희 속을 걸었던 시인 번즈도 떠올린다.
> 우리는 스스로의 정신으로 신격화되나니.
> 우리 시인들은 젊었을 적 기쁨으로 출발하지만,
> 마지막엔 절망과 광기가 찾아든다.*

"조안나가 《도이칠란트호의 난파》로만 수업했으면 좋겠어." 주디 레드우드가 말했다.

"홉킨스의 시를 정말 훌륭하게 낭송하잖아."

* 윌리엄 워즈워스, 〈결의와 독립〉 43-49행. 번역은 유종호 옮김, 《무지개》(민음사, 1974), 윤준 옮김, 《워즈워스 시선》(지식을만드는지식, 2014)을 참조했다.

조안나의 목소리가 들렸다.

"'채터튼'이라는 단어를 강조한 후에 잠깐 멈추는 거 잊지 마."

조안나가 가르치는 학생이 낭독했다.

나는 생각한다, 채터튼을, 저 놀라운 소년 시인을,

오후 내내 슬릿 창 너머에서 흥분한 목소리가 들렸다. 제인은 양변기가 딸린 커다란 세면실에서 울려 오는 소음을 무시해 가며 두뇌 쓰는 작업을 계속했다. 주말 동안 시골 본가를 방문한 꼭대기 층의 다른 두 아가씨가 돌아왔다. 클럽 관리위원회 의장인 줄리아 마컴 여사의 가난한 조카 도로시 마컴과 클럽 여러 교구 목사 딸 중 한 명인 낸시 리들이었다. 낸시는 중부지방 억양을 고치려고 애쓰고 있었고, 이 때문에 조안나에게 발성법 수업을 듣는 중이었다.

두뇌 쓰는 일을 하던 제인의 귓가에 세면실 쪽에서 도로시 마컴이 창문을 통과하는 데에 성공했다는 소리가 들려왔다. 도로시의 엉덩이둘레는 93센티, 가슴둘레는 79센티밖에 되지 않았지만, 그녀는 속상해하지 않았다. 알고 지내는 많은 젊은 남자 중에 자신의 사내아이 같은 몸매를 마음에 들어 하는 셋 중 하나와 결혼할 생각이었기 때문이다. 줄리아 이모처럼 정확하게는 알지 못해도, 도로시도 자신의 납작한 가슴과 빈약한 엉덩이에 고향 같은 푸근함을 느끼는 부류의 젊은 남자가 꽤 있다는 것을 잘 알고 있었다. 도로시는 밤낮을 가리지 않고 폭포수처럼 수다를 쏟아 내, 먹고 자고 떠드는 시간 사이 어느 순간에라도 생각이란 걸 할까 하는 인상을 주었다. 다음과 같이 뇌까릴 때면 특히 그랬다.

"역겨운 점심이네." "정말 최고로 멋진 결혼식이야." "그 남자가 진짜로 강간해서 여자가 놀랐지 뭐야." "끔찍한 영화잖아." "나야 완전 잘 지내지. 물어봐 줘서 고마워. 너는 어때?"

세면실에서 들려오는 도로시의 목소리가 제인의 집중력을 깨뜨렸다.

"젠장, 검댕투성이잖아. 더러워 죽겠어, 진짜."

도로시는 노크도 없이 제인의 방문을 벌컥 열고 얼굴을 쑥 들이밀었다.

"비누 있쪙?"

도로시는 몇 달 후 지금처럼 제인의 방 문틈으로 얼굴을 디

밀고 이렇게 공지하게 될 것이었다.

"운도 더럽게 없지. 나 애 뱄어. 결혼식에 와."

비누 좀 쓰게 해 달라는 도로시의 요구에 제인이 말했다.

"다음 주 금요일까지 15실링 빌려줄 수 있어?"

두뇌 쓰는 일을 할 때 남들이 귀찮게 하면 제인이 사용하는 마지막 수단이었다.

세면실에서 들려오는 소리를 듣자니 낸시 리들이 창틀에 끼인 게 확실했다. 낸시의 히스테리가 점점 심해졌다. 그러나 낸시의 중부 모음 억양이 점차 표준영어 모음 발음으로 변하는 것을 보아, 마침내 창틀에서 빠져나와 안정을 찾은 모양이었다.

제인은 하던 일을 계속하며, 자신의 노고를 '일심불란(一心不亂)하게 나아가기'라고 홀로 되뇌었다. 공동 침실 소녀들 사이에서 유행하는 공군 용어에 전염된 클럽 회원들은 누구 할 것 없이 '일심불란하게 나아가기' 이 관용구를 수시로 사용했다.

제인은 난해한 니콜라스의 원고를 당분간 구석에 치워 두기로 했다. 사실 그녀는 원고에서 의혹을 제기할 가장 중요한 구절을 결정하긴커녕, 아직 책의 주제조차 파악하지 못한 상태였다. 그럼에도 이미 조지에게 다음과 같이 니콜라스를 비판하라고 제안할 심산이었다.

"이 부분은 좀 독창성이 떨어지지 않나요?"

제인의 묘책이었다.

제인은 니콜라스의 책을 옆으로 치워 두었다. 지금은 보수가 따르는 중요한 부업을 할 시간이었다. 그것은, 그 시절 제인이 형편없는 외모 때문에 혐오했던 루디 비테쉬와 관련된 일이었다. 루디는 제인에 비해 나이가 너무 많았고, 다른 점도 다 마음에 들지 않았다. 제인은 우울한 마음이 들 때마다 자신이 이제 겨우 스물두 살이라는 점을 기억하면 기분이 나아진다는 것을 깨달았다. 제인은 루디가 수집한 유명 작가와 그 작가들의 주소지 목록을 훑으며, 아직 편지를 보내지 않은 작가가 누가 남았는지를 확인했다. 그리고 종이 한 장을 들어 발신인란에 시골에 사는 그녀의 고모할머니 집 주소와 날짜를 기입했다. 그런 후 다음과 같이 썼다.

친애하는 헤밍웨이 씨,

헤밍웨이 씨의 출판사에서 이 편지를 작가님께 전달해 주리라 믿으며 이렇게 편지를 씁니다.

루디는 이런 식으로 서두를 시작하는 것이 '적절한 사전 조치'라고 했다. 작가가 자신에게 온 편지를 출판사에서 미리 읽게 한 후, 사업상 중요한 내용이 아니면 버리도록 지시하는 경우도 있다는 것이었다. 그래서 이런 접근법을 활용하면, 편지가 출판사의 수중에 먼저 들어가더라도 "그들의 감정에 호소할 수 있다"고 했다. 편지의 나머지 부분은 전적으로 제인의 몫이었다. 제인은 영감이 떠오를 때까지 잠시 기다렸다가, 다음과 같이 적었다.

> 헤밍웨이 씨께서 당신의 작품을 칭송하는 수많은 편지를 받을 것임을 알기에 귀하의 우편함에 또 하나의 칭송 편지를 추가하는 것을 주저해 왔습니다. 하지만 지난 2년 4개월간 복역했던 교도소에서 출소한 이후, 수감 기간 동안 헤밍웨이 씨의 소설이 저에게 얼마나 큰 영향을 주었는지를 전하고 싶은 마음이 점점 더 커져 갔습니다. 저를 면회하러 오는 사람은 거의 없었기에, 저는 매주 제게 할당된 여가 시간을 도서관에서 보냈습니다. 애석하게도 난방이 되지 않는 도서관이었지만, 책을 읽는 동안은 추위를 잊을 수 있었습니다. 《누구를

위하여 종은 울리나》만큼 제게 미래를 직시하고 출소 후 새로운 미래를 시작하도록 용기를 준 책은 없었습니다. 이 소설로 저는 삶을 다시 믿게 되었습니다.

헤밍웨이 씨께 저의 이런 감정과 감사의 말씀을 전하고 싶습니다.

진심을 담아

J. 라이트.

추신. 돈을 요구하는 편지가 아닙니다. 혹시 저에게 돈을 보내신다면 정중히 돌려드리도록 하겠습니다.

이 편지가 헤밍웨이에게 도달하는 데에 성공한다면 자필로 쓴 답장을 받을 수도 있을 것이다. 편지 중에서도 교도소 편지와 정신병원 편지가 다른 어떤 편지보다 작가의 자필 답장을 받아 내는 데에 효과적이었지만, 루디의 말마따나 "착한" 작가를 잘 고르는 게 우선이었다. 착하지 않은 작가는 거의 답장을 하지 않았고, 답장이 와도 대개 타자기로 쓴 답장이었다. 루디는 작가의 서명이 희소한 경우 타자기로 쓴 답장에도 2실링을 지불했지만, 작가의 서명이 흔하고 답장 내용이 형식적인 감사 표시인 경우에는 한 푼도 지불하지 않았다. 작가의 친필 답장인 경우에는 첫 페이지에 5실링을 지불하고 추가 페이지당 1실링을 지불했다. 그래서 제인은 작가의 심금을 울려 완벽한 자필 답장을 받아 낼 가장 효과적인 편지를 작성하는 일에 갈수록 창의적이 되어 갔다.

루디는 제인에게 편지지와 우표값을 지불했고, 단지 "자신의 수집품에 감성적인 의도를 더하고자" 유명 작가들의 편지를 수집한다고 말했다. 제인도 루디의 수집품을 본 적이 있지만, 루디가 해마다 증가하는 유명 작가들의 편지 가치를 염두에 두고 그 편지들을 수집하는 거라고 추측했다.

"내가 직접 쓰면 진짜 같지가 않아요, 편지가. 아무튼 훌륭한 답장을 받지 못하죠. 내 영어가 영국 아가씨의 영어와 또이또이한 것도 아니고."

제인도 당장 현금이 필요하지 않고 미래를 위해 편지들을 수집할 여유가 있다면 그 답장 편지들을 수집품으로 모았을 것이었다.

"절대로 편지에 돈을 요구하면 안 돼요."

루디가 제인에게 경고했다.

"돈에 관한 주제는 언급도 하지 말아요. 사기 취재로 형사상 범죄로 꿰일 수도 있으니까."

그래서 제인은 돈 문제를 확실히 하고자 추신을 덧붙이는 묘책을 떠올려 냈다.

제인도 처음에는 이런 사칭 편지를 보내다 자신의 정체가 들통나 곤경에 처하게 되는 게 아닐까 걱정했다. 하지만 루디가 그녀를 안심시켰다. "농담했다고 하면 돼요. 범죄 아니잖아요. 아무튼, 누가 제인을 조사하겠어요? 버나드 쇼 같은 작가가 연세도 많으신 제인 고모할머님으로부터* 편지해서 제인에 대한 질문을 짜낼 거라고 생각해요? 버나드 쇼는 명사잖아요."

버나드 쇼의 답장은 사실 실망스러웠는데, 타자기로 친 엽서였기 때문이었다.

> 제 글을 높이 평가하는 편지를 보내 주셔서 감사합니다. 제 글이 당신의 불행에 위로가 되었다고 하니, 쓸데없는 제 의견으로 백합에 도금을 하진 않겠습니다.** 돈도 원하지 않는다고 하시니, 약간의 현금 가치가 있는 제

* from the old aunt.
** 사족을 달다.

서명도 포함하지 않겠습니다. G. B. S.

이니셜 역시 타자기로 입력되어 있었다.

제인은 경험으로 배워 나갔다. 제인이 사생아인 척 쓴 편지는 대프리 듀 모리에의 연민 가득한 답장을 받아, 루디로부터 그에 상응하는 대가를 받았다. 일부 작가에게는 숨겨진 의미에 대한 학술적인 질문이 주효했다. 묘책이 떠오른 어느 날에는 아테네움 클럽의 헨리 제임스에게 편지를 쓰기도 했다.

"이미 사망한 제임스에게 편지를 쓰다니, 아무튼 제인이 어리석었어요."

루디가 말했다.

"니콜라스 패링던이라는 작가의 답장은 필요 없으세요?"

제인이 물었다.

"됐어요. 니콜라스 패링던은 아는데 별로예요, 그는. 전혀 명사가 될 것 같지도 않고요. 그 친구 무슨 책을 썼죠?"

"《안식일 노트》라는 책이요."

"종교적인 책인가요?"

"그게, 작가는 정치철학서라고 하는데, 메모와 사상으로 가득해요."

"종교적인 냄새가 나요. 그 친구는 언젠가 꼭꼭 교황에게 복종하려고* 반동적인 가톨릭 신자가 될 거예요. 전쟁 전부터 그렇게 예견하는 중이죠, 이미."

"작가가 대박 잘생겼어요."

제인은 루디가 정말 싫었다. 루디에게는 매력적인 구석이 눈곱만큼도 없었다. 제인은 편지봉투에 어니스트 헤밍웨이의 주소를 적고 우표를 붙인 후, 유명 작가 목록에서 헤밍웨이의 이름을 체크하고 옆에 날짜를 기입했다. 세면실에서 더는 여자들의 목소리가 들려오지 않았다. 앤의 라디오에서 노래가 흘러나왔다.

천사들은 리츠에서 저녁을 먹고
나이팅게일은 버클리 광장에서 노래를 불렀지.

6시 20분이었다. 저녁 식사 전까지 편지 한 통을 더 쓸 시간이 있었다. 제인은 작가 목록을 훑어보았다.

* 'obeying'을 "to obey"로 표현.

친애하는 서머싯 몸 씨,

작가님의 클럽으로 이렇게 편지를 보내는 것은 ….

제인은 잠시 생각에 잠겼다. 저녁 식사 전까지 두뇌에 영양을 공급하고자 초콜릿 한 조각을 먹었다. 교도소 편지는 몸에게 통하지 않을 것 같았다. 루디는 몸이 인간 본성에 냉소적이라고 말했다. 문득 몸이 의사였다는 사실이 제인의 '뇌리'에 떠올랐다. 요양원 편지를 쓰는 것이 묘책이리라…. 2년 4개월 동안 결핵으로 아팠다고 하면 적당할 성싶었다. 결핵은 인간 본성 때문에 발생하는 질병이 아니니 냉소적인 태도를 취할 여지가 없었다. 제인은 초콜릿을 먹은 걸 후회하면서, 어린아이가 찾지 못하게 숨기듯 손 닿기 어려운 찬장 선반 맨 안쪽 깊숙이에 남은 초콜릿을 넣었다. 앤의 방에서 흘러나오는 설리나의 목소리가 이 행위의 옳음과 초콜릿을 먹어 버린 죄책감을 동시에 확인시켜 주었다. 앤과 설리나가 라디오를 끄고 대화를 나누는 중이었다. 설리나는 아마도 편하게 늘어진 자세로 앤의 침대 위에 누워 있을 터였다. 설리나가 천천히, 그리고 엄숙하게 두 문장을 반복해 읊기 시작하는 것을 들으며 제인은 이를 확신했다.

그 두 문장은 설리나가 최근 5기니를 지불하고 열두 번의 수업을 서면으로 수강한 '품위 향상 프로그램'에서, 수석 여강사가 아침저녁으로 반복해 읊으라고 한 간단한 주문이었다. 품위 향상 프로그램에서는 자기암시의 중요성을 강조했고, 직장여성의 품위 유지를 위해 하루에 두 번 다음과 같은 두 문장을 반복해 읊으라고 조언했다.

> 품위는 모든 사회적 환경에서의 완벽한 균형, 몸과 마음의 평정, 완전한 침착성을 의미한다. 우아한 옷차림과 깨끗한 몸단장, 완벽한 태도 모두 자신감을 얻는 데에 기여한다.

도로시 마컴조차도 설리나가 이 두 문장을 읊는 매일 아침 8시 30분과 저녁 6시 30분이면 몇 초간 수다를 멈추었다. 꼭대기 층의 모든 아가씨가 설리나의 이 행위를 존중했다. 5기니나 주고 구입한 자기암시법이었다. 3층과 4층 회원들은 무관심했다. 그러나 2층의 공동 침실 소녀들은 층계참에 살금살금 올라와 몰래 귀 기울여 듣고는 설리나가 내뱉는 문장에 깜짝 놀라 했다. 그러고는 공군에 있는 남자 친구들이 저들 집단에서 사용한다던 표현처럼 '배꼽 빠지게' 웃게 하려고, 품위 유지 문장의 한 단어 한 단어를 모질게 기쁜 마음으로 암기했다. 하지만 그러면서도 공동 침실의 소녀들은 설리나를 부러워했는데, 외모에 관한 한 절대로 설리나와 동급이 될 수 없다는 사실을 내심 잘 알고 있었기 때문이었다.

제인이 남은 초콜릿을 보이지도 닿지도 않는 곳에 잘 밀어 넣고 나자, 설리나의 문장 낭독도 끝났다. 제인은 다시 편지 쓰기로 돌아갔다. 결핵에 걸렸다는 설정이니 옅은 기침을 한 번 하고 방을 둘러보았다. 방에는 세면대와 침대, 서랍장, 찬장, 탁자, 램프, 고리버들 의자, 딱딱한 의자, 책장, 가스난로, 실링을 넣어 사용하는 가스계량기가 있었다. 요양원 방과 다를 게 없다고 제인은 생각했다.

"마지막으로 다시 한 번." 아래층에서 조안나의 목소리가 들려왔다. 지금은 낸시 리들을 가르치는 중이었고, 이 순간 낸시는 표준영어 모음 발음을 제법 훌륭히 소화해 내고 있었다.

"다시 한 번." 조안나가 말했다. "아직 저녁 식사 때까지 시간 좀 남았어. 내가 첫 연을 읽으면 따라 읽어."

집 꼭대기 층에 사과가 줄지어 놓여 있고,

천장의 채광창은 달빛을 들인다.

달빛에서 사과는 심해 같은 녹색이 되고,

흘러가는 저 구름이 가을밤의 달을 가린다.*

* 존 드링크워터, 〈달빛에 비친 사과〉 1-4행.

4

총선을 3주 앞둔 1945년 7월이었다.

> 어두운 들보 아래 줄지어 놓였네,
> 꺼진 바닥에서, 달로부터 은빛 개울을 모으며,
> 달빛에 반짝이는 꿈의 사과들,
> 아래에선 가파른 계단이 고요하네.*

"조안나가 《도이칠란트호의 난파》로만 수업했으면 좋겠어."

"그래? 나는 〈달빛에 비친 사과〉가 더 좋은데."

니콜라스 패링던이 33세가 되던 해였다. 니콜라스는 무정부주의자라고 알려져 있었지만, 꽤나 정상적으로 보였기 때

* 〈달빛에 비친 사과〉 9-12행.

문에 5월의 테크 클럽의 누구도 그 사실을 심각하게 받아들이지 않았다. 다시 말해, 그가 명망 있는 영국 가문의 기대에 어긋난 약간 방탕한 아들처럼 보인다는 소리다. 둘은 회계사이고 하나는 치과의사인 니콜라스의 형제들이 1930년대 중반 니콜라스가 케임브리지 대학을 떠났을 때, "안타깝지만 니콜라스는 적응을 못 했어"라고 설명했다면 다들 당연하게 받아들였을 것이다.

제인 라이트는 1930년대 내내 니콜라스를 알고 지냈던 루디 비테쉬에게 니콜라스에 대한 정보를 요청했다.

"가깝게 지내지 말아요. 아무튼 엉망진창인 사람이니까."

루디가 말했다.

"친한 친구라서 내가 잘 알아요."

루디에게 들은 바로는 전쟁 전 니콜라스는 영국에서 살지 프랑스에서 살지 결정하지 못했고, 여자와 남자를 번갈아 가며 열정적으로 사랑했기 때문에 둘 중 어느 성(性)을 더 선호하는지도 확실치 않다고 했다. 또한, 자살과 자살 못지않게 극단적인 다르시 신부님**의 가르침에 따른 행동 방침 중 무엇

** 마틴 시릴 다르시(1888~1976): 로마가톨릭 사제이자 철학자 겸 미술품 수집가. 에벌린 워, 도로시 세이어즈, W. H. 오든, 에드윈 루티엔스 등 여러 작가 및 예술가들의 친구이자

을 선택할지도 결정하지 못했다고 했다. 루디는 다르시 신부가 독점적으로 영국 지식인들을 개종시켜 온 예수회 철학자라고 설명해 주었다. 더하여, 니콜라스가 전쟁이 발발하기 전까지는 평화주의자였고, 전쟁이 터진 후에는 군에 입대했다고 했다. 루디가 말했다. “피커딜리에서 군복을 입은 니콜라스를 만난 적이 있는데, 한 번, 전쟁이 그에게 평화를 가져다주었다고 하더군요. 그다음에는 꼼수를 써서 정신과 진단을 받아 군대에서 내빼고, 지금은 정보부에서 일하죠. 무정부주의자들은 니콜라스를 배신했지만 아무튼 니콜라스는 스스로를 무정부주의자라고 해요, 여전히.”

루디를 통해 들은 니콜라스 패링던이라는 인물의 과거사 파편은 제인이 니콜라스를 싫어하게 하기는커녕 거부할 수 없는 영웅처럼 생각하게 만들었고, 이런 감정은 클럽 꼭대기층 아가씨들에게도 확산되었다.

“니콜라스는 천재인가 봐.”

낸시 리들이 말했다.

조언자였다. 당대 영국 최고의 가톨릭 대중 지식인으로 평가받았으며, 저서《사랑의 마음과 영혼The Mind and Heart of Love》에서 에로스적 사랑과 아가페적 사랑의 신학적 관계를 탐구했다.

니콜라스는 먼 미래에 대해 얘기할 때마다 "내가 유명해지면…"이라고 말하는 습관이 있었는데, 그때마다 73번 버스 차장이 국법을 들먹이며 "내가 권력을 잡게 되면…"이라고 말문을 뗄 때와 같은 유쾌한 빈정거림이 묻어났다.

제인은 루디에게 《안식일 노트》를 보여 줬다. 책 제목이 《안식일 노트》인 것은 니콜라스가 책 제사(題詞)로 "안식일이 사람을 위해 있는 것이지, 사람이 안식일을 위해 있는 것이 아니다"*라는 성경 구절을 인용했기 때문이었다.

"이런 책을 출간하려 하다니 조지가 제정신이 아닌가 봐요."

제인에게 책을 돌려주며 루디가 말했다. 제인과 루디는 클럽 휴게실 한쪽 구석에 앉아 있었고, 그들의 반대편 활짝 열린 프랑스풍 창문 근처 구석에서는 한 소녀가 가능한 한 최대한 세련되게 피아노 음계를 연습하고 있었다. 음계 연주는 제법 멀찍이서 들렸고, 테라스에서 들려오는 일요일 아침의 소음은 꽤나 분산된 채 전달되었기 때문에, 제인에게 무언가를 증명하고자 외국 억양으로 니콜라스 책의 몇몇 짧은 구절을 읽는 루디의 목소리는 충분히 잘 들렸다. 루디는 마치 고객에

* 〈마가복음〉 2장 27절.

게 자기가 가진 최고 품질의 옷감을 팔고자, 우선 질 나쁜 견본부터 꺼내어 만져 보라고 한 후 의견을 묻고 어깨를 으쓱이며 그 상품을 옆으로 던져 버리는 옷감 상인 같았다. 제인은 루디가 읽고 있는 부분에 관해서는 그의 판단이 옳을 거라 확신했다. 하지만 그녀는 루디가 지나가듯 던지는 말에서 포착할 수 있는 니콜라스 패링던이라는 인물의 성격에 대한 작은 암시들에 더욱 흥분했다. 니콜라스는 제인이 만난 유일하게 잘생긴 지식인이었다.

"나쁘진 않지만, 좋지도 않아요."

루디가 고개를 좌로 기울였다 우로 기울였다 하며 말했다.

"무난무난한 수준이죠. 니콜라스가 1938년 한 여성 성별의 주근깨쟁이를 잠자리 파트너로 두던 시기에 이 책을 썼던 게 빤짝 떠오르네요. 그 여자가 무정부주의자에 평화주의자였거든요. 아무튼 들어 봐요…."

루디가 계속 읽었다.

> X는 무정부주의의 역사를 쓰는 중이다. X가 의도하는 측면에서, 다시 말하여 연속성과 발전의 측면에서 제대로 된 무정부주의의 역사는 없다. 무정부주의는 특정한

시대와 상황 속에 있는 사람들의 자발적인 움직임이다. 무정부주의 역사의 본령은 정치사에 있지 않다. 그것은 오히려 심장박동의 역사와 핍진(逼眞)하다. 혹자는 무정부주의의 역사에서 새로운 발견을 할 수도 있고, 다양한 조건에서 그것의 반응을 비교할 수도 있지만, 무정부주의의 역사 그 자체에 새로운 것은 없다.

제인은 니콜라스가 책을 쓰던 당시에 같이 잤다는 주근깨투성이 여자 친구를 떠올리며, 두 사람이 《안식일 노트》 원고를 함께 침대로 가져가는 상상을 했다. "그 여자 친구는 어떻게 됐대요?" 제인이 물었다. "이 대목 자체에 문제가 있는 건 아니에요." 루디가 방금 읽은 구절을 가리키며 말했다. "하지만 한 단락을 다 차지할 만큼 엄청 숭고하고 위대한 어느 진실도 아니죠. 아무튼 자기가 무슨 대단한 사상가라도 되는 것처럼 글을 쓰고 있어요, 이 친구는. 실상은 에세이를 쓰기 귀찮은 통에 《팡세》 같은 격언집이나 쓰는 주제에. 들어 봐요…."

제인이 되물었다.

"그 여자 친구는 어떻게 됐대요?"

"전쟁 반대하다 감옥에 갔다던가, 아마. 나도 잘 몰라요. 내가 조지라면 이 책 손질 안 해요. 들어 봐요….”

> 모든 공산주의자는 파시스트처럼 눈살을 찌푸리고,
>
> 모든 파시스트는 공산주의자처럼 미소 짓는다.

“나 참!”

루디가 말했다.

“저는 그 문장이 되게 심오하다고 생각했는데요.”

제인이 말했다. 실제로 그 문장은 제인이 기억하는 유일한 문장이었다.

“그래서 이런 문장을 쓰는 거예요. 아무튼 이런 책에도 대중에게 어필할 내용이 꼭 있어야 한다고 계산해서. 제인 같은 여자가 좋아할 만한 짤막한 문구 약간을 영리하게 갖다 붙인 거죠. 아무 뜻도 없잖아요, 이거. 도대체 무슨 의미죠?”

루디의 말 뒷부분은 피아노를 치던 소녀가 잠시 쉬고 있었기 때문에 그가 의도한 것보다 더 크게 들렸다.

“흥분할 필요까진 없잖아요.”

제인이 언성을 높였다. 피아노를 치던 소녀가 다시 잔물결 같은 소리를 일으키며 새로운 연주를 시작했다.

"응접실로 옮기죠."

루디가 말했다.

"아뇨, 오늘 아침에 다들 응접실로 갔어요."

제인이 대답했다.

"응접실에는 조용한 자리가 한 군데도 없을걸요."

제인은 굳이 루디를 클럽의 다른 사람들에게 보여 주고 싶지 않았다.

피아노 치는 소녀가 음계를 오르내렸다. 위쪽 창문에서는 요리사인 하퍼 씨가 일요일마다 먹는 구이 요리를 오븐에 넣기 전까지 30분 남짓한 짬을 활용해 조안나에게 발성법 수업을 듣는 소리가 들려왔다. 조안나가 말했다.

"잘 들어 봐요."

아! 해바라기여! 시간에 지쳐,

태양의 발자국을 세는구나,

나그네의 여로가 끝나는 곳,

저 감미로운 황금의 나라를 갈구하며.*

* 윌리엄 블레이크, 〈아! 해바라기여!〉 1-4행. 번역은 서강목 옮김, 《블레이크 시선》(지식을만드는지식, 2012), 김천봉 옮김, 《윌리엄 블레이크, 마음을 말하면 세상이 나에게 온

"이제 따라 해 보세요."

조안나가 말했다.

"네 번째 행을 천천히. 감미로운 황금의 나라를 상상해 봐요."

아! 해바라기여!….

응접실에서 테라스로 쏟아져 나온 공동 침실의 소녀들이 닭 무리처럼 재잘거렸다. 피아노 음계의 음들도 순조롭게 서로의 뒤를 이었다.

"들어 봐요."

루디가 말했다.

이 세상이 은총으로부터 얼마나 멀리, 얼마나 둔탁한 소리를 내며 애처로이 추락했는지 기억하게 하고, 그리하여 세상의 관리자로서 정치인을 임명해야만 한다는 사실과 아침의 위안이나 저녁의 공포 같은 추락한 세상의 감정들에 대해 상기시켜야 한다….

다》(아이콤마, 2023)를 참조했다.

루디가 말했다.

"여기, 이 세상이 은총으로부터 추락했다고 말하는 뽄새 좀 봐요. 눈치챘어요? 니콜라스가 무정부주의자가 아니라는 증거라고요, 이게. 아무튼 자기가 무슨 교황의 아들인 양 말하고 다니니까 무정부주의자들에게 왕따 당한 거예요. 이 친구는 자기가 무정부주의자라고 말하면서, 실상은 엉망진창이에요. 진짜 무정부주의자들은 원죄와 관련된 이야기 등등은 거의 안 만들어요. 반사회적 성향이나 비윤리적 행위 등등만을 장려하죠. 아무튼 닉 패링던은 정치적 일탈자예요."

"니콜라스를 닉이라고 불러요?"

제인이 물었다.

"펍에서는 종종 그리 불렀죠. '왓쉬프'나 '가고일' 등등의 펍에 다니던 당시에는 다들 닉이라고 불렀어요. 손수레 끌고 다니던 행상인 청년 한 명만 패링던 씨라고 불렀고요, 혼자만. 니콜라스가 본인 세례명에 '씨(Mister)'는 들어가지 않는다고 말했지만 헛짓이었죠. 아무튼 그 손수레 청년은 니콜라스랑 친했고요."

"다시 한 번이요."

조안나의 목소리가 들렸다.

아! 해바라기여! 시간에 지쳐,

"들어 봐요."

루디가 말했다.

그럼에도 불구하고, 지금 이 순간이나 기회를 분명히 하자. 우리에게는 정부가 필요하지 않다. 우리에게는 하원도 필요하지 않다. 의회는 영원히 해산되어야 한다. 우리는 훌륭하면서도 권력을 갖지 않은 우리의 여러 제도와 기관을 활용해서, 완전한 무정부주의 사회를 향해 효과적으로 나아갈 수 있다. 우리는 권력을 행사하지 않고도 사람들이 우선권과 호의를 자유롭게 주고받게 하는 내재된 위엄성의 실례인 군주제와 대중의 영적 요구에 부응하는 교회, 법안 논의 및 제안을 위한 상원, 자문을 구할 대학을 활용할 수 있다. 우리에게 권력을 지닌 제도와 기관은 필요하지 않다. 사회의 실질적인 업무는 시와 구, 마을 의회에서 자치적으로 처리할 수 있다. 공식 외교관이나 직업 정치인이 아니라 유동적인 '비전문인 자격' 대표자들이 국제 문제를 수

행하리라. 권력에 눈독을 들이는 직업 정치인 따위는 필요하지 않다. 영국 시민이 의무로써 배심원 일에 복무하듯, 식료품 장수와 의사, 요리사 등이 일정 기간 국가의 일에 복무해야만 한다. 인간의 마음과 그 집단 의지만으로도 통치가 가능하다. 우리가 배운 것과는 달리, 사라져야 할 것은 권력 없는 제도와 기관이 아니라 권력 그 자체이다.

"질문 하나 할게요."

루디가 말했다.

"간단한 질문이에요. 글에서 군주제를 원하면서 무정부주의를 원하는데, 동시에. 그러면 도대체 원하는 게 뭘까요? 군주제와 무정부주의는 모든 역사에서 적대 관계를 유지해 왔어요. 정답은 간단해요. 니콜라스가 엉망진창이라는 거죠."

"그 손수레 청년은 몇 살이었어요?"

제인이 물었다.

"다시 한 번."

위쪽 창문에서 조안나의 목소리가 들려왔다. 도로시 마컴이 햇빛 잘 드는 테라스에 있던 소녀들에게 합류해 사냥터에

간 이야기를 들려주고 있었다.

"…딱 한 번 말에서 떨어졌는데, 기절초풍했지 뭐야. 정말 거칠었어!"

"어디로 떨어졌는데?"

"어디겠어?"

피아노를 치던 소녀가 연주를 멈추고 음계 노트를 조심스럽게 접었다.

"가야겠어요."

루디가 손목시계를 보며 말했다.

"아는 사람과 술 한잔하기로 했거든요."

루디가 일어서며 책을 넘기려다, 타자기로 작성한 페이지들을 한 번 더 대충 훑었다. 루디가 애석하다는 듯이 말했다.

"니콜라스는 친구지만, 유감스럽게도 사상가로서는 완전 맹탕이에요. 아무튼 이리 와요, 이 부분도 좀 들어 봐요."

> 무정부주의자가 집에서 제조한 폭탄을 주머니에 넣고 다니는 과격한 사내라는 대중의 인식이 아주 틀린 것만은 아니다. 지금 시대에 상상 속의 후미진 공방에서 제작된 이 폭탄은 **오직** 효과적인 형태를 취할 수 있는

데, 바로 비웃음이다.

제인이 말했다.

"'오직'이라는 표현은 문법상 이상해요. '단 하나의'가 좋겠어요. 제가 교정할게요, 루디."

모든 사람이 가난했던 1945년, 독일과 일본의 항복이라는 두 차례의 종전 사이 어느 평화로운 일요일 아침에 제인이 접한 작가로서 니콜라스의 이야기는 이것으로 끝이다. 제인은 이후 이 젊은 순교자의 초상*을 여러 복잡한 형태로 왜곡하게 되지만, 당시에는 그저 니콜라스를 알게 된 것만으로도 무모하고 지적이며 보헤미안적인 무언가와 접촉하게 되었다고 느꼈다. 니콜라스에 대한 루디의 경멸적인 태도는 제인이 루디를 더욱 경멸하게 만들었다. 제인은 루디를 존중하기에는 루디에 대해 너무 많은 것을 알고 있다고 느꼈고, 니콜라스와 루디 사이에

* 제임스 조이스의 《젊은 예술가의 초상》에서 따온 표현. 주인공 스티븐 디덜러스가 개종에 실패했듯, 니콜라스도 예술가(작가)로서 실패한다는 걸 암시한다.

과거에 쌓은 우정이 아직도 남아 있다는 사실에 놀라워했다.

한편, 맨손뿐인 소녀들과 니콜라스는 서로의 상상력을 은은하게 자극했다. 니콜라스가 클럽 옆 호텔 다락방을 점유 중인 미국인들과 모의하여 그 다락방을 통해 옥상에 올라가 클럽 양변기실 슬릿 창으로 옥상에 넘어온 설리나와 아직은 후더운 여름밤을 함께 보내기 전이었고, 아이티에서 극도로 야만적인 행위를 목격한 직후에 부지불식간 가슴에 십자가를 긋는 익숙하지 않은 제스처를 취하기 전이었다. 이 당시 니콜라스는 여전히 영국 외무성의 '오른손이 알지 못하는 왼손의 일'을, 즉 정보부의 일을 하고 있었다. 노르망디 상륙작전(1944) 이후에는 몇 차례 프랑스에 파견되어 임무를 수행하기도 했지만, 1년이 지난 현재는 부서 해산 전 정리 작업 말고는 할 일이 없었다. 정리 작업은 지난했고, 사무실 간의 서류와 인사이동을 수반했으며, 특히 런던에 있는 영국 정보부와 미국 정보부 간의 상호 협력을 요구하는 일이 많아 상당한 어려움을 야기했다. 니콜라스는 풀럼*에 위치한 가구가 딸린 삭막한 단칸방에 거주하고 있었고, 일상을 무료해 하던 차였다.

* 런던 남서부 지역.

"할 말이 있어요, 루디."

제인이 말했다.

"잠시만요, 고객 응대 중이라."

"그럼 나중에 다시 전화할게요, 지금 좀 급해서. 그냥 니콜라스 패링던이 사망했다는 소식 알리려고 전화했어요. 출간 안 한 니콜라스의 책 기억해요? 니콜라스가 루디에게 원고를 줬잖아요. 왠지 가치가 오를 수도 있을 것 같아서요. 제 생각에…."

"닉이 죽었다고요? 잠시만요, 제인. 책 사러 온 고객이 지금 기다려서요. 잠시만 기다려요."

"다시 전화할게요."

니콜라스가 저녁 식사를 하러 클럽에 온 날이었다.

> 나는 생각한다, 채터튼을, 저 놀라운 소년 시인을,
>
> 한창때 요절한 잠 못 이루던 영혼을.

"누구예요?"

"조안나 차일드예요. 발성법을 가르쳐요. 언제 소개할게요."

갈색 벽지의 응접실 여기저기서 재잘대는 몸짓들과 조안나의 두드러진 목소리, 클럽 소녀들에게서 배어 나오는 가난과 그 가난 속에 빛나는 아름다움 혹은 매력, 그리고 길고 부드러운 띠처럼 의자에 몸을 말고 앉은 설리나의 모습이 예고 없는 밀물처럼 니콜라스를 들이쳤다. 다른 때였다면 무심하게 지나쳤을지도 모를 그 일련의 영상이 지난 수개월간의 무료함으로 무방비해져 있던 니콜라스를 도취시켰다.

며칠 후 니콜라스는 제인을 파티에 데려가 그녀가 만나고 싶어 했던 이들을 소개해 주었다. 코르덴 바지를 입은 젊은 남자 시인들과 긴 머리를 허리까지 늘어뜨린 젊은 여자 시인들, 혹은 여자 시인과 매한가지로 취급되는 남자 시인이 수기로 쓴 시를 타자기로 옮겨 적거나 그들과 잠자리를 같이하는 여성들이었다. 니콜라스는 베르토렐리*에서 제인에게 저녁 식사를 대접하고, 풀럼가에 있는 한 다목적 회관을 빌려 개최한 시 낭송회에 그녀를 데려갔다. 그러고는 그 자리에서 만난

* 런던에 위치한 이탈리안 레스토랑.

몇몇 시인과 함께 파티에도 데려갔다. 그중 한 평판 좋은 시인은 최근 플리트가**에 위치한 《연합 뉴스》 사에서 일자리를 얻었고, 그 기념으로 고급스러운 돼지가죽 장갑 한 켤레를 구매해 자랑스레 착용하고 있었다. 이 시인들의 사회에서는 세계에 맞서는 저항운동의 기류가 느껴졌다. 시인들은 미리 약속이라도 한 듯 비밀스러운 본능으로 서로를 이해하는 것 같았고, 가죽 장갑을 낀 시인도 이곳이 아닌 플리트가의 새 직장이나 다른 장소에서는 솔직하게 그의 '시인의 장갑'을 자랑하거나 진심 어린 이해를 기대하지 못할 것이 자명해 보였다.

시 낭송회에 참석한 이들 중에는 비전투 부대에서 제대한 이들도 있었고, 안면 근육의 신경성 경련이나 시력 저하, 절뚝거림 등을 이유로 군대에 가지 못한 이들도 있었다. 또 몇몇은 여전히 전투복 차림이었다. 니콜라스는 뒹케르크 철수작전에서 엄지손가락에 상처를 입고, 한 달 후 가벼운 신경쇠약증으로 전역했다.

니콜라스는 시인들의 모임에서 다소 무관심한 표정으로 눈에 띄게 떨어져 서 있었다. 그는 분명한 거리감을 둔 채 지

** 영국 언론계 중심지.

인들을 대하고 있었으나, 그럼에도 제인이 시인들의 모임을 마음껏 즐기기를 바라는 것은 확실해 보였다. 니콜라스가 5월의 테크 클럽에 다시 한 번 초대받기를 원한다는 걸 제인이 깨달은 것은 더 이슥한 밤의 일이었다.

낭송회에서 시인들은 자신들의 시를 각각 두 편씩 읽고 박수를 받았다. 이 시인들 중 일부는 끝내 성공하지 못하고 실패한 시인으로 문학계에 낙인찍혀, 몇 년 후 소호(Soho)* 술집 어딘가의 회색지대로 사라져 버릴 것이었다. 그리고 재능 있는 일부는 어느 순간 시 쓰기에 지쳐 주춤대다 절필하고, 광고나 출판업에 종사하며 누구보다 문인들을 혐오하게 될 터였다. 성공하게 될 일부도 시 쓰기를 간헐적으로 중단하거나 시 쓰기만 고집하지는 않는 등 역설적인 양태를 보일 셈이었다.

이 젊은 시인들 중 한 명인 어니스트 클레이모어는 이후 1960년대에 신비주의적 성향의 주식 중개인이 되어 평일에는 도시에서 바쁘게 일하고, 매달 세 번의 주말에는 열네 개의 방이 있는 시골 별장에서 아내를 팽개친 채 서재에서 홀로 그의 '사색'을 집필하고, 한 번의 주말엔 수도원에서 휴식을 취할 것

* 런던 웨스트엔드의 한 지역.

이었다. 또한, 1960년대에 어니스트 클레이모어는 일주일에 한 권씩 잠들기 전에 침대에서 책을 읽고, 틈틈이 "X 씨께, 제 지식이 부족한 탓인지는 모르겠지만, 선생님의 서평을 읽어 보았는데…"라고 시작하는 서평에 관한 편지를 적어 신문사에 보내기도 하며, 모든 사람이 쉽게 이해할 수 있는 짧은 철학책 세 권을 출판하게 될 터였다. 하지만 1945년 당시 여름에는 시 낭송회에 참가한 검은 눈의 젊은 시인일 뿐이었고, 허스키한 목소리로 자작시의 두 번째 연 낭송을 막 마친 참이었다.

> 번민으로 들끓는 밤, 비둘기**가 나의 길을 밝게 헤치며 나아가네,
> 사랑의 무덤으로부터, 내 정신의 자궁을 쉴 새 없이, 명료하게 치유하며.
> 필연적인 새 장미가 피어나고, 나의 ….

어니스트는 우주파 시인이었다. 어니스트의 외모와 행동에서 그가 이성애자라는 것을 파악한 제인은 앞으로의 인맥 확

** 예수의 은유.

장을 위해 어니스트를 공략해야 할지, 니콜라스에게 계속 매달려야 할지 알 수 없었다. 하지만 니콜라스가 낭송회 뒤풀이 파티에 후일 주식 중개인이 될 이 검은 눈에 허스키한 목소리의 시인도 데려왔기 때문에, 제인은 두 시인 모두와 잘 해낼 수 있었다. 니콜라스가 5월의 테크 클럽의 신비로운 일상에 대해 더 알아보려고 제인을 구석진 곳으로 데려갔을 때는, 제인이 이미 어니스트와 추후 계획을 세운 후였다.

"여성 호스텔이라고 보면 돼요."

제인이 말했다.

"실체는 그거죠."

서빙원이 잼 유리병에 맥주를 담아 제공했다. 당시에는 이것이 최고의 사치였는데, 유리잔과 머그잔보다 잼 유리병을 구하기가 더 어려웠던 때였기 때문이다. 파티가 열린 집은 햄스테드에 있었고, 숨 막힐 만큼 많은 사람이 모였다. 니콜라스 패링던은 파티 주최자들이 공산주의 지식인들이라고 했다. 니콜라스는 제인을 위층 침실로 안내했고, 둘은 정돈되지 않은 침대 모서리에 걸터앉았다. 카펫이 깔리지 않은 목재 바닥의 침실에서 니콜라스는 철학적 피로감을 물씬 풍겼고, 제인은 신출내기 보헤미안 같은 열정을 뿜어냈다. 니콜라스는 화장실 선반에 놓인 각종 소화불량 치료제만 봐도 집주인들이 공산주의 지식인인 게 확연히 드러난다고 했다. 그러고는 아래층 파티 장소로 다시 내려갈 때 그들이 누군지 눈짓으로 가리켜 주겠다고 했다. 직접 소개하지 않는 것은 파티 주최자들이 손님들을 소개받길 원하지 않기 때문이라고 했다. "설리나에 대해 말해 줘요." 니콜라스가 속삭였다.

제인은 검은 머리를 위로 땋아 올린 헤어스타일에, 얼굴이 큰 편이었다. 제인의 유일한 매력은 그녀의 젊음과 본인은 아직 인식하지 못한 미숙함이라는 정신적 영역뿐이었다. 제인은 니콜라스의 문학적 사기를 최대한 떨어뜨려야 한다는 자신의 본분을 잠시 망각한 채, 조지를 배반하고, 니콜라스의 요청에 따라 이번 주가 끝나기 전에 찰스 모건*의 이름으로 그가 천재라고 주장하는 위조 편지를 작성하게 될 것이었다. 니콜라스는 자신의 책 출판과 5월의 테크 클럽에 침투해 회원들, 특히 설리나에게 접근하는 것, 이 두 가지 목적을 위해 제인과 자는 것 빼고는 제인을 위해 모든 일을 다 하기로 작심

* 영국의 소설가로, 《분수The Fountain》, 《스파켄브로크Sparkenbroke》, 《항해The Voyage》 등의 작품을 썼다. 모건의 작품은 현재는 많이 읽히지 않으나, 생전에는 철학적 주제에 대한 깊이 있는 사색으로 높은 평가를 받았다.

한 터였다. "설리나에 대해 더 얘기해 줘요." 제인은 그 순간은 물론이고 이후로도 깨닫지 못할 것이었다. 니콜라스가 5월의 테크 클럽을 처음 방문했을 때 받은 시적 인상으로 인해 번뇌하며, 클럽 세부 사정에 대한 강박적인 호기심 탓에 지금 그녀를 채근하고 있다는 것을. 니콜라스가 느끼는 무료함과 사회적 불만에 대해서도 제인은 전혀 알지 못했다. 그녀는 5월의 테크 클럽을 이상적인 사회의 축소판으로 보지도 않았고, 오히려 그 반대라고 생각했다. 계량기에 동전이나 꽂아 넣어 가며 사는 여자의 삶에 황금시대의 아름답고 무심한 가난은 받아들여지지 않았다. 제정신 박힌 여자라면 가난을 그저 더 좋은 기회가 찾아오기 전에 일시적이어야만 할 무언가로 여길 터였다.

> 덜시머를 든 한 처녀를
> 환영 속에서 한 번, 나는 보았지.
> 그녀는 아비시니아 처녀였네.*

* 새뮤얼 테일러 콜리지, 〈쿠빌라이 칸〉 37-39행. 번역은 윤준 옮김, 《콜리지 시선》(지식을만드는지식, 2012)을 참조했다.

시를 낭송하는 누군가의 목소리가 밤바람을 타고 응접실로 흘러 들어갔다. 니콜라스가 속살댔다. "그래, 그 발성법 교사에 대해서도 말해 봐요."

"아, 조안나요. 언제 소개할게요."

"드레스 빌려 입기에 대해서도 말해 주고요."

제인은 니콜라스가 원하는 정보의 대가로 무엇을 받을 수 있을지 곰곰이 생각했다. 아래층에서는 시인들의 파티가 두 사람 없이 계속되고 있었다. 제인 발밑의 카펫 없는 목재 바닥과 얼룩진 벽은 내일이 된다 해도 기억에 남을 만한 어떤 약속도 제공하지 못할 듯했다. 제인이 말했다. "조만간 당신 책에 대해서도 논의해 봐야죠. 사장님이랑 같이 질문 목록을 만들었어요."

니콜라스는 흐트러진 침대에 늘어져 앉아 조지를 상대할 방어책을 세워야겠다고 느긋하게 생각했다. 니콜라스의 잼 유리병 맥주잔이 비어 있었다. 그가 말했다. "설리나에 대해 더 말해 봐요. 그 계집애 같은 남자의 비서 일 외에 무엇을 하는지."

제인은 자신이 얼마나 취했는지 알 수 없었지만, 일어설 수 없었고, 일어서는 게 일종의 시험처럼 여겨졌다. 제인이 말했다.

"일요일에 점심 먹으러 와요."

일요일 점심에 온 방문객은 2실링 6펜스를 더 내야 했다. 제인은 오늘 만난 시인들을 중심으로 열리는 오늘 밤과 같은 파티에 니콜라스가 자신을 다음에 또 데려갈지도 모른다고 느꼈고, 그것이 단지 설리나와의 데이트를 원하기 때문이라고 짐작했다. 다른 해석의 여지가 없었다. 제인은 니콜라스가 아마도 설리나와의 잠자리까지 기대하고 있을 거라고 단정했지만, 그렇더라도 설리나는 이미 다른 두 명의 남자와 잔 적이 있었기 때문에 딱히 문제 될 일은 없을 것 같았다. 이 삭막한 방에 붙어 앉아 5월의 테크 클럽에 관해 캐묻는 니콜라스의 시시콜콜하고 두서없는 질문이 모두 설리나와 자고 싶은 욕정 때문이라고 생각하자, 제인은 말할 수 없이 서글퍼졌다. 제인이 물었다.

"가장 중요하다고 생각하는 부분은 어디예요?"

"무슨 부분이요?"

"당신 책에서요."

제인이 말했다.

"《안식일 노트》 말이에요. 사장님이 천재를 찾는 중이거든요. 당신일지도 몰라요."

"다 중요하죠."

그 순간 니콜라스는 어느 정도 유명한 작가가 자신의 책을 천재적인 작품이라고 칭송하는 위조 편지를 작성하기로 작심했다. 위조를 결심한 이유는 니콜라스가 자신을 천재라거나 혹은 천재가 아니라고 믿었기 때문이 아니었다. 그는 천재 같은 불분명한 특징 따위에 시간을 낭비하는 것을 경멸하는 부류의 사람이었다. 그보다 니콜라스는 그 단어에서 유용성을 발견했기 때문에, 제인의 질문에서 상황을 파악해 위조 편지 계획을 세운 것이었다. 니콜라스가 말했다.

"설리나가 매일 외는 그 재미있는 품위 향상 주문을 한 번 더 들려줘요."

"품위는 모든 사회적 환경에서의 완벽한 균형, 몸과 마음의 평정, 완전한 침착성을 의미한다. 우아한 옷차림과 깨끗한 몸단장…. 젠장."

제인이 말했다.

"나는 셰퍼드 파이에서 고기 조각 골라내는 게 정말 지긋지긋해요. 작은 감자 조각 사이에서 작은 고기 조각을 분리하는 게 얼마나 짜증 나는 일인데요. 생존을 위해 충분히 먹으면서도 지방과 탄수화물을 피하는 게 얼마나 어려운지 당신은 몰라요.”

니콜라스가 제인에게 부드럽게 키스했다. 니콜라스는 제인이 어쩌면 제법 괜찮은 여자일지도 모르겠다고 생각했다. 침착한 생물에게서 갑작스레 터져 나오는 개인적인 고통의 고백만큼 감미로운 비밀도 없었기 때문이다.

제인이 말했다.

“나는 두뇌에 영양을 공급해야 해요.”

니콜라스는 같이 일하는 미국인에게서 나일론 스타킹을 얻어다 주겠다고 말했다. 거뭇거뭇 털이 난 제인의 맨다리가 드러나 있었다. 또 니콜라스는 수첩 크기의 쿠폰 책자를 꺼내, 의복 구매용 쿠폰 여섯 장을 뜯어 제인에게 주었다. 다음 주에 받을 달걀도 주마고 했다. 제인이 말했다. “당신의 뇌에도 달걀이 필요하잖아요.”

“미군 구내식당에서 아침 먹으면 돼요.” 니콜라스가 말했다. “달걀도 있고, 오렌지주스도 있거든요.”

제인은 니콜라스의 달걀을 받겠다고 했다. 당시 달걀은 일주일에 한 개씩 배급되었고, 추축국들의 점령지에서 해방된 국가들도 식량 공급을 받아야 했던 탓에 배급이 가장 어려워지기 시작할 무렵이었다. 니콜라스의 단칸방에는 그가 집에 있거나 저녁밥이 생각날 때마다 쓸 수 있는 가스풍로가 있었다. 니콜라스가 말했다. "나한테 있는 홍차 전부 가져가도 좋아요, 나는 커피 마시니까. 미국인들한테 커피를 받거든요."

제인은 니콜라스가 주는 홍차를 고맙게 받겠다고 했다. 홍차는 한 주는 57그램, 다음 주는 85그램씩 번갈아 가며 배급되었다. 홍차는 물물교환용으로 유용했다. 제인은 작가인 니콜라스의 편에 서야겠다고 생각했고, 니콜라스 앞에서만큼은 뭣하면 조지를 속이기까지 해야겠다고 다짐했다. 니콜라스는 진정한 예술가였고 감정을 가진 사람이었지만, 조지는 출판업자에 불과했다. 조지가 사업에서 상대방 꼬투리 잡는 방식을 니콜라스에게 알려 줘야겠다고 제인은 생각했다.

"내려가죠." 니콜라스가 말했다.

문이 열리자, 근처에 서서 제인과 니콜라스를 바라보는 루디 비테쉬의 모습이 들어왔다. 루디는 취하는 법이 없었다.

"루디!" 제인이 평소와 다르게 반색하며 불렀다. 제인은 이곳에서 니콜라스가 소개하지 않은 아는 사람을 만나게 되어 반가웠다. 마치 이곳 사회에 자신도 속한다는 표시 같았다.

"이런, 이런."

루디가 말했다.

"아무튼, 요즘 어떻게 지내나, 닉?"

니콜라스는 요즘 임시로 미국 정부를 위해 일하는 중이라고 했다.

루디는 마치 냉소적인 삼촌처럼 웃은 후, 자신도 신념을 버렸으면 니콜라스처럼 미국을 위해 일했을 수도 있다고 했다.

"무슨 신념을 버렸다는 말인가?"

니콜라스가 물었다.

"평화를 위해서만 일하고픈 신념."

루디가 대답했다.

"아무튼, 잊어버리고 파티 장소로 가세나."

아래층으로 내려가면서 루디가 니콜라스에게 말했다.

"트로비스 뮤와 함께 책을 출판한다지? 제인에 의해 들었네, 그 소식."

루디가 이미 그 책을 읽었다고 할까 봐, 제인이 재빨리 말했다. "무정부주의에 관한 책이에요."

루디가 니콜라스에게 물었다.

"아무튼, 여전히 무정부주의를 옹호하는 겐가?"

"무정부주의에 대한 모든 건 아니고, 아무튼."

니콜라스가 대답했다.

"아무튼, 어떻게 죽었대요?"

루디가 물었다.

"순교했다고 들었어요."

제인이 대답했다.

"아이티에서? 어쩌다가?"

"신문에서 읽은 것 말고는 저도 잘 몰라요. 《로이터 통신》에서는 지역 반란 중에 살해당했다고 하고, 《연합 뉴스》에서 이제 막 들어온 정보는…. 저는 《안식일 노트》 원고를 생각 중이었어요."

"나한테 있어요, 아직. 니콜라스가 그의 죽음에 의해 유명해지면 찾아볼게요. 어떻게 죽었다고요?"

"잘 안 들려요, 전화선에 문제가 있나 봐요…. 잘 안 들린다고요, 루디…."

"어떻게 죽었냐고요…. 어떤 식으로 살해당했대요?"

"원고 찾으면 돈 가치가 꽤 있을 거예요, 루디."

"찾아볼게요. 아무튼 전화선이 안 좋네요, 들려요? 니콜라스 어떻게 죽었대요…?"

"…오두막…."

"안 들려요…."

"…골짜기에서…."

"크게 말해요."

"…야자나무 숲속에… 유기된 채… 장날이라 모두 장터에 갔었대요."

"찾아볼게요. 니콜라스의 안식일 책을 찾을 사람이 제법 있겠는데요, 아마. 아무튼 현지에서 니콜라스를 숭배하는 분위기래요?"

"니콜라스가 현지 미신을 방해하려 했다고 들었어요. 아이티에서 가톨릭 사제들을 제거하는 중이래요."

"하나도 안 들려요. 오늘 밤에 전화할게요, 제인. 나중에 봐요."

5

설리나가 챙이 넓은 파란색 모자를 쓰고 굽이 높은 웨지 신발을 신은 채 응접실에 들어섰다. 사람들은 프랑스에서 시작된 이런 패션이 저항군의 상징이라고 했다. 일요일 아침 느지막한 시간이었고, 설리나는 그레기와 함께 켄싱턴 공원의 산책로를 돌다 온 참이었다.

설리나가 모자를 벗어 옆에 있던 소파에 놓으며 말했다.

"점심에 펠릭스를 초대했어."

펠릭스의 본명은 G. 펠릭스 도벨로, 미군 대령이자 클럽 옆 호텔 꼭대기 층에 위치한 미 정보부의 지부장이었다. 그는 클럽 무도회에 초대받았던 많은 남자 중 한 명이었고, 그 자리에서 설리나에게 관심을 갖게 되었다.

제인이 말했다.

"나도 점심에 니콜라스 패링던 초대했는데."

"주중에도 왔었잖아."

"또 초대했어. 파티에 같이 갔었거든."

"잘했네."

설리나가 말했다.

"그 사람 마음에 들어."

제인이 말했다.

"니콜라스도 미국 정보부와 일해. 너네 대령 씨와 아는 사이일지도 몰라."

그러나 두 남자는 이전에 만난 적이 없는 것으로 밝혀졌다. 니콜라스와 펠릭스는 부엌 창구에서 음식을 가져와 대접하는 설리나와 제인 두 아가씨와 4인용 테이블에서 식사를 했다. 일요일 점심에는 일주일 중 최고의 식사가 제공됐다. 제인과 설리나 중 한 명이 음식을 가져오거나 치우려고 일어날 때마다, 펠릭스 도벨은 예의를 갖춰 의자에서 반쯤 일어났다가 도로 앉았다. 니콜라스는 마치 군주의 권리를 즐기는 영국인처럼 의자에 편하게 앉아 두 아가씨의 대접을 받았다.

키가 크고 잿빛이 도는 피부에, 늘 회색 옷을 입는 클럽 관리인이 다음 주 화요일에 "보수당 하원의원이 선거 전 토론을 하러 클럽에 올 예정"이라고 짧게 공지했다.

니콜라스가 크게 미소 지었고, 그러자 길쭉하고 혈색 좋은 그의 얼굴이 더욱 잘생겨 보였다. 니콜라스는 토론한다는 걸 마음에 들어 하는 눈치였고, 그 느낌을 그대로 전하자 대령도 우호적으로 동의했다. 대령은 클럽 전체를 사랑하는 것 같았고, 그런 감정의 최정점에는 설리나가 위치했다. 이는 클럽이 남성 방문객들에게 미치는 공통적인 효과였다. 니콜라스만이 유일하게 5월의 테크 클럽이라는 독립된 공동체 자체에 매료돼 있었다. 클럽은 폭발할 지경까지 니콜라스의 시적 감수성을 자극했고, 동시에 그는 이 공동체에 불가해한 이미지를 강요하는 자신의 모순된 사고 과정을 깨닫고 재밌어했다.

잿빛 피부의 클럽 관리인이 같은 테이블에 앉은 회색 머리의 그레기와 대화하는 소리가 들려왔다.

"그레기도 알다시피, 제가 클럽의 모든 곳을 동시에 감시할 수는 없는 노릇이잖아요."

제인이 같은 테이블에 동석한 사람들에게 말했다.

"우리가 이곳에서의 삶을 견딜 수 있게 해 주는 유일한 장점이죠."

"정말 독창적인 생각이군요."

대령이 대답했다. 하지만 이 대답은 제인이 아닌 니콜라스의 제안에 대한 대답이었다. 두 사내는 조금 전까지 5월의 테크 클럽의 정치적 전망에 대해 논의하던 중이었다. 니콜라스의 제안은 다음과 같았다.

"투표를 해선 안 된다고 얘기해야 해요. 아니, 투표하지 말도록 설득해야죠. 정부는 필요 없어요. 우리는 군주제와 상원을 활용해서…."

이 부분을 원고에서 여러 번 읽었던 제인은 따분해졌다. 제인은 객관적인 사실 말고, 가볍고 망상에 가까울지라도 더 실질적인 흥미를 주는 인간의 심리에 관해 이야기하고 싶었다. 제인의 야심 찬 두뇌는 아직 이 사실을 인정하고 있지 않았지만 말이다. 제인은 후일 가장 큰 여성신문사 기자이자 인터뷰 담당자가 되어 경력의 최정점을 찍은 후에야 비로소 천직을 찾게 되지만, 그 후로도 여전히 자신이 비판적 사고에 능숙하며 실제로 그 능력을 입증하고 있다는 그릇된 믿음을 고수하게 될 것이었다. 하지만 니콜라스와 같은 테이블에 앉아 있던 그 순간에는, 니콜라스가 대령에게 떠들어 대는 입을 다물어 주기를 제인은 진심으로 바랐다. 니콜라스는 다음 주에 5월의 테크 클럽을 방문할 하원의원의 정치 연설이 클럽 여성들에게 가져올 긍정적인 효과와 부정적인 영향에 대해 이야기하고 있었고, 제인은 그 이야기가 지루하게 느껴져서 일말의 죄책감을 느꼈다. 니콜라스가 "중앙정부는 필요 없어요. 중앙정부는 우리에게 이득을 주기는커녕, 해악만 끼치죠. 정치인들에겐 더 나쁘고요…."라고 말했을 때, 설리나는 품위 있게 웃었다. 그러나 니콜라스는 그 자조적인 성격에도 불구하고 이런 신념에만큼은 정말로 진지했고, 그 진지함을 파악한 듯한 대령이 놀랍게도 니콜라스의 의견을 두둔해 주었다.

"제 아내 가레스도 우리 마을의 윤리 수호자 조합 회원이에요. 아주 열심히 활동하죠."

니콜라스가 마음속으로 되뇌었다. 품위는 완벽한 균형…. 그러면서 대령의 발언을 합리적인 반응으로 수용하기로 했다.

"윤리 수호자들은 어떤 사람들이죠?"

니콜라스가 물었다.

"가정에서 이상적인 순수함을 유지하려고 노력하는 사람들이죠. 특히 저작물 검수에 신경을 많이 쓰고요. 우리 마을에선 수호자 조합 인증 표시가 없는 책들은 집에 잘 갖다 놓지도 않아요."

니콜라스는 대령이 상대가 신념을 가지고 있음을 파악하

고, 그 신념을 아내 가레스의 신념과 연결시키고 있음을 깨달았다. 아내의 신념이 대령이 즉시 떠올릴 수 있는 유일한 신념이기 때문이리라. 그렇게밖에 설명할 수 없었다. 이 시점에서 제인이 모든 것을 확실히 해 두고자 이렇게 말했다.

"니콜라스는 무정부주의자예요."

"이런, 제인."

대령이 말했다.

"친구인 작가분께 좀 심한 표현인데요."

그 순간 설리나는 자기와 어울리는 사람들에게는 니콜라스가 괴짜로 취급될 만큼 이단적인 사상을 지니고 있음을 눈치챘다. 그리고 그런 비정상적 일면이 니콜라스의 약점처럼 느껴졌고, 그것이 이 매력적인 사내를 더욱 유혹적으로 보이게 했다. 설리나가 알고 지내는 남자 중에는 어떤 형태로든 약점이 있는 사내가 둘이 더 있었다. 설리나가 이 사내들의 약점을 후벼 판다거나 하는 도착적인 취향이 있는 건 아니었다. 만약 설리나가 이들에게 상처를 준다면, 그것은 어디까지나 우발적인 일일 것이었다. 설리나가 약점 있는 남자를 선호하는 이유는, 그 사내들이 약점 때문에 그녀를 독점적으로 소유하려 하지 않기 때문이었다. 이들과의 잠자리가 편한 것도

이 때문이었다. 설리나는 이들 말고도 남자 친구가 한 명 더 있었는데, 35세의 사업가였고 여전히 군대에 있었으며, 부유한 데다가 약점까지 없었다. 또한 설리나에 대한 소유욕이 강했고, 설리나는 결국에 이 남자와 결혼하게 될 것 같다고 느꼈다. 설리나는 니콜라스와 대령의 동문서답하는 대화를 들으면서, 니콜라스를 이용할 수 있겠다고 생각했다.

네 남녀는 응접실에 앉아 오후에 대령의 차를 타고 외출할 계획을 세웠다. 이때쯤에는 대령이 자신을 대령이 아닌 펠릭스라 불러 달라고 요구했다.

펠릭스의 나이는 32세 정도였고, 그는 설리나가 알고 지내는 약점 있는 남자 중 하나였다. 펠릭스의 약점은 아내에 대한 과도한 두려움으로, 아내가 캘리포니아에 있음에도 불구하고 주말에 설리나와 외곽으로 놀러 가면 혹여나 그녀와 침대에 있는 모습을 들킬까 봐 바짝 주의를 기울였다. 펠릭스는 침실 문을 잠그면서 세상 걱정스러운 어조로, "가레스에게 상처 주고 싶지 않아" 따위의 말을 내뱉곤 했다. 펠릭스가 처음 이런 말을 했을 때, 키가 크고 아름다운 설리나는 눈이 휘둥그레져서 욕실 문틈으로 그를 바라보며, 도대체 저 남자에게 무슨 문제가 있는 건지 숙고했다. 그리고 펠릭스는 여전히 불안해하며 문이 제대로 잠겼는지 다시 한 번 확인했다. 아침을 먹고 흘린 음식 부스러기로 침대가 불편해지는 일요일 아침 나절이면 펠릭스는 아득히 공상에 빠져들곤 했다. 그럴 때면 이렇게 말하는 일도 있었다. "이 은신처를 가레스가 알고 찾아오는 일은 없겠지." 이처럼 펠릭스는 설리나를 독점적으로 소유하려 들지 않는 사내 중 한 명이었다. 아름답고 소유욕을 자극하는 설리나는 사귀는 남자가 잠자리를 같이하고 밖에서 데이트를 즐겨도 괜찮을 정도로만 매력적이면 충분하다고 여겼다. 거기다 춤까지 잘 추면 더 말할 것도 없고. 펠릭스는 금발 머리에 선조로부터 물려받은 것이 분명한 귀족적이고 차분한 용모의 소유자로, 농담을 하는 일은 별로 없었지만 항상 유쾌해 보이려고 노력했다. 그리고 지금 이 순간, 일요일 오후 5월의 테크 클럽에서 리치먼드로 차를 몰고 놀러 가자고 제안했다. 당시 나이츠브리지에서 리치먼드까지는 체감상 꽤 먼 거리였고,* 휘발유도 귀했던 때라 미국인들 말고는 누구도 기분 전환을 위해 차를 몰고 다니지 않던 시기였다. 사실 미국인들이 기름을 신경 쓰지 않고 드라이브를 즐긴다는

* 대략 10km.

것도 막연한 오해일 뿐이었는데, 그들이 미국산 기름을 따로 공급받는다는 부정확한 정보가 나돌았기 때문이다. 그러나 이 오해 덕분에 미국인들은 자동차 운행에서 '개인의 양심을 강조하는 영국의 긴축정책'이나, '대중교통이 닿는 모든 장소마다 배치된 여행의 당위를 묻는 표지판 혹은 포스터의 비난'에서 자유로울 수 있었다.

설리나가 완벽한 균형과 평정심 속에서 니콜라스를 느긋하게 관찰하는 것을 본 제인은 자신이 펠릭스 옆 조수석에, 설리나가 품위 있는 발레리나의 걸음걸이로 뒷좌석에, 니콜라스가 그 옆좌석에 앉는 미래를 퍼뜩 예감했다. 그리고 이런 좌석 배치는 아주 손쉽고 우아하게 이루어질 것이 틀림없었다. 제인은 펠릭스에게 딱히 불만은 없었지만, 펠릭스 같은 사내에게 어필할 요소가 하나도 없는 자신이 그의 관심을 끌 수 있을 것 같지도 않았다. 반면에 제인은 니콜라스에게 어필할 아주 작지만 확실한 매력 요소가 자기에게 있다고 느꼈는데, 그것은 설리나에겐 부족한 문학적 소양과 두뇌 능력이었다. 물론 이 생각은 막연히 니콜라스를 더 매력적인 루디 비테쉬라고 판단한 제인의 오산이었다. 제인은 니콜라스가 그냥 여자보다 문학적인 여자에게서 더 많은 즐거움과 격려를 얻을 거라고 기대했지만, 파티에서 니콜라스가 제인에게 키스하게 한 건 제인 안에 있던 '그냥 여자'였고, 제인에게 문학적인 성향이 없었다면 니콜라스와의 관계가 더욱 발전했을지도 모를 일이었다. 제인이 남자들과의 관계에서 계속해서 저지르는 실수가 바로 이것으로, 그녀가 책과 문학에 종사하는 남자들을 선호하기 때문에 그런 남자들도 같은 업계의 여성을 선호할 것이라 지레짐작하는 것이었다. 문학적인 남자가 남자 대신에 여자를 좋아할 때는, 문학적인 소양을 지닌 여자가 아닌 그냥 여자를 원한다는 것을 제인은 알지 못했다.

어쨌든 자동차 좌석 배치에 대한 제인의 예상이 옳다는 것은 곧 증명될 참이었다. 그리고 제인은 그런 미래 세부 사항을 속속 뚫어맞히는 뛰어난 직감 덕에 훗날 통찰력 있는 가십 칼럼니스트로서의 경력에 자신감을 얻게 될 것이었다.

한편, 여자들이 커피 잔이 담긴 쟁반을 들고 식당에서 응접실로 들어오자 갈색 벽지로 도배된 방도 활기를 띠기 시작했다. 늘 그렇듯 세 명의 독신 여성 그레기와 콜리, 자비가 방문자들에게 소개되었다. 세 여인은 딱딱한 의자에 앉아 젊은 방문객들에게 커피를 따라 주었다. 콜리와 자비는 종교적인 다툼을 벌이는 중으로 알려졌지만, 이 자리에서만큼은 견해 차이를 드러내지 않으려고 은인자중했다. 콜리가 자기 커피 잔에 커피를 너무 가득 따랐다며 자비가 짜증을 내기는 했지만 말이다. 자비는 자신의 커피 잔과 커피가 흥건한 받침 접시를 조금 뒤에 있는 테이블에 놓고는 보란 듯이 입도 대지 않았다. 자비는 외출복 차림에, 장갑과 가방, 모자까지 쓰고 있었다. 곧 주일학교 수업에 갈 예정이었다. 자비는 튼튼한 녹갈색 스웨이드 재질의 장갑을 무릎 위에 놓고 고르게 쓰다듬다가, 가벼운 손놀림으로 장갑 손목 부위를 살짝 뒤집었다. 그러자 그 안쪽에서 '실용품'* 표식이 드러났다. 가격통제 의류 표식이자, 드레스 안쪽 라벨에 찍혀 있으면 라벨째 뜯어 버리기 십상인, 같은 방향을 향하는 두 개의 반달 문양 마크였다. 자비는 소재에 직접 각인돼 있어 뜯어낼 수 없는 장갑의 반달 문양 마크를 바라보며, 이 마크와 관련된 어떤 문제를 고심하는 듯 고개를 약간 기울였다. 그러고는 다시 한 번 장갑을 고르게 쓰다듬더니, 괜스레 안경을 추켜올렸다. 제인은 꼭 결혼

* 1941년, 영국 정부는 제2차 세계대전 중 자원의 효율적 사용과 물자 절약을 목적으로 실용품 정책(Utility Scheme)을 시행했다. 정부는 의류를 비롯한 여러 가정용품의 제조에서 사용할 수 있는 재료의 양과 종류를 엄격히 규제했고, 불필요한 장식을 최소화하게 했다. 실용품 정책에 따라 생신된 의류 및 직물 제품은 모두 'CC41(Civilian Clothing)' 로고를 표기했고, 이는 해당 정책이 1941년에 시작되었음을 나타낸다.

해야겠다는 강한 공포심을 느꼈다. 니콜라스는 자비가 주일 학교에 수업을 하러 간다는 이야기를 듣고 흥미로워하며 질문을 던지려 했다.

"종교와 관련된 이야기는 이제 그만하는 게 좋겠군."

마치 오랫동안 진행 중인 논쟁의 결론을 내리듯이 자비가 말했다. 그러자 콜리가 대답했다.

"이미 예전에 그만둔 거 아니었어? 리치먼드 가기에 정말 좋은 날이야!"

노처녀가 될 가능성도 전혀 없고, 노처녀가 된다 해도 이런 종류의 노처녀가 될 가능성은 절대로 없는 설리나가 우아하게 의자에 몸을 기댔다. 제인은 문득 클럽 건물에서 소리가 가장 잘 퍼지는 3층으로 향하는 층계참 세면실에서 벌어져, 모든 회원이 들었던 두 중년 간의 첫 번째 종교 논쟁을 떠올렸다. 처음에는 콜리가 자비를 비난했다. 주전자 물을 끓이는 데만 사용하도록 허용된 가스풍로로 몰래 요리를 한 후, 그릇을 씻고 물이 흥건한 싱크대를 닦지 않았다는 이유였다. 그런 후 화를 낸 게 부끄러워진 콜리는 "내가 은총으로 성장하고 있다는 것을 알면서도 내 길에 영적 장애물을 놓았다"며 자비를 더 크게 비난했다. 그러자 자비는 콜리가 몸담은 침례교에 대한 경멸적인 언사를 내뱉는 것으로 응수했다. 말인즉슨, 침례교의 교리가 복음서의 진정한 정신에 반한다는 것이었다. 이 종교 분쟁은 점점 심각해져 2주째 이어지고 있었지만, 자비와 콜리는 서로 내색하지 않으려고 애쓰는 중이었다. 콜리가 자비에게 말했다.

"우유 든 커피 안 마시고 버릴 거야?"

우유는 배급품이었기 때문에, 이것은 일종의 도덕적인 비난이었다. 자비는 다시 무릎 위 장갑으로 고개를 돌린 후, 그것을 고르게 쓰다듬다가, 가볍게 톡톡 도닥이고, 잡아당겨 주욱 편 뒤 심호흡을 했다. 제인은 옷을 벗고 벌거벗은 채 거리로 뛰쳐나가 비명을 지르고 싶어졌다. 콜리가 제인의 퉁퉁한 맨 무릎을 못마땅하게 흘겨봤다.

다른 두 중년 회원을 견디기 어려워하는 그레기가 펠릭스와 친밀한 대화를 나누며 "이웃집 위쪽", 그러니까 미 정보부가 사용 중인 옆 호텔 꼭대기 층에서 무슨 업무가 진행되고 있는지를 물었다. 아래층의 호텔 객실들은 기이하게도 모두 비어 사용되지 않고 있었다. 마치 건물을 징발한 자들이 그 객실들의 존재를 잊은 듯.

"아, 들으면 놀라실 겁니다, 여사님."

펠릭스가 말했다. 그레기는 리치먼드로 출발하기 전에 방문객들에게 꼭 정원을 보여 주고 싶다고 했다. 그레기가 거의 모든 정원 손질을 도맡아 하는 통에 여자들은 정원에서 마음 편히 쉴 수 없었다. 그레기가 공들인 정원에서는 오직 가장 어리고 행복한 소녀들만이 자리를 차지하고 앉아 시간을 보낼 자격이 있는 것처럼 느껴졌다. 가장 어리고 행복한 소녀들만이 정원의 잔디밭을 마음 편히 노닐 수 있었다. 양심의 가책을 느끼거나 타인에 대한 배려심을 발휘하기엔, 아직 그들의 영혼은 너무 순수했다.

니콜라스는 금발 머리에 혈색 좋고 매력적인 아가씨가 선 채로 커피를 꽤 빨리 마신 후, 우아하면서도 날랜 걸음걸이로 응접실을 빠져나가는 것을 보았다.

제인이 속닥였다.

"저 아가씨가 발성법을 가르치는 조안나 차일드예요."

잠시 뒤, 그레기가 방문객들에게 정원을 보여 주는 동안 실내에서 조안나의 목소리가 들려왔다. 그레기는 그녀가 기른 다채롭고 독특한 꽃나무들을 소개했다. 그중에는 어디선가 몰래 잘라 와 키운 희귀 화초도 있었는데, 그 화초는 그레기가 훔칠 생각을 하고 또 실제로 훔친 유일한 수집물이었다. 그레기는 마치 진정한 정원 가꾸기의 달인이라도 된 양, 자신의 절도 경험담과 다른 사람의 귀한 식물을 몰래 잘라 오는 비결에 대해 떠벌렸다. 조안나가 오후에 가르치는 학생의 목소리가 그녀의 방에서 산드럽게 들려왔다. 니콜라스가 말했다.

"오늘은 저 소리가 위에서 들리는군요. 지난번에는 1층에서 들리더니."

"휴게실을 많이 사용하는 주말에는 자기 방에서 수업하거든요. 클럽 사람들 모두 조안나를 자랑스러워해요."

학생의 목소리에 이어 조안나의 목소리가 들렸다. 그레기가 말했다.

"여기 움푹 파인 곳은 원래 이렇지 않았어요. 폭탄이 건물을 아슬아슬하게 스쳐서 여기에 떨어졌죠."

"그때 집 안에 계셨나요?"

펠릭스가 물었다.

"그랬어요."

그레기가 대답했다.

"분명 침대에 누워 있었는데, 정신을 차리고 보니 바닥에 엎어져 있더군요. 창문이 전부 깨졌었죠. 그리고 이건 내 생각인데, 터지지 않은 두 번째 폭탄이 아직 여기에 있다고 봐요.

바닥에서 일어나면서 두 번째 폭탄이 떨어지는 걸 똑똑히 본 것 같거든요. 그런데 폭탄 처리반이 왔을 때 폭탄을 하나만 발견해서 제거했어요. 어쨌든 두 번째 폭탄이 있어도 이제는 터지지 않을 거예요. 1942년도 얘기니까."

펠릭스가 또다시 삼천포로 빠지는 엉뚱한 이야기를 꺼냈다.

"제 아내 가레스가 UN 구제부흥사업국과 함께 런던에 오기로 했어요. 잠시 한 1~2주 정도, 이 클럽에서 지낼 수 있을까요? 저는 여기저기 다녀야 해서. 아내가 런던에서 혼자 지내면 외로울 거예요."

"내가 정말로 두 번째 폭탄을 본 게 맞다면 아마 지금 저 오른쪽 수국 아래 묻혀 있을 거예요."

그레기가 말했다.

신념의 바다도
한때는 만조였지, 대지의 해안을
빛나는 거들의 접힌 주름처럼 두루 감싸고 있었으니.*
하지만 이제 내게 들리는 건

* 만조 때 바다가 육지로 밀집되어 해안을 꼭 감싸는 것을 "거들"의 압착된("접힌") "주름"에 비유한 것.

울적하게, 아득히, 멀어지는 파도 소리뿐,

밤바람의 숨결과 더불어,

거대하고 황량한 바닷가, 세상의

헐벗은 자갈들을 흠뻑 적시고 물러나는 소리뿐.**

"이제 리치먼드로 출발해야겠어요."

펠릭스가 말했다.

"우리는 조안나가 정말 자랑스러워요."

그레기가 말했다.

"낭독을 정말 잘하는군요."

"그냥 읽는 게 아니라 외워서 낭송하는 거예요. 가르치는 학생들은 당연히 그냥 읽지만요. 발성법 수업이니까요."

설리나가 웨지 신발에 묻은 정원의 흙을 돌계단에 우아하게 털어 냈고, 일행은 다시 실내로 들어갔다.

여자들은 외출 채비를 하러 위층으로 올라갔고, 남자들은 지하에 있는 작고 어두컴컴한 외투 보관실로 내려갔다.

"훌륭한 시로군요."

** 매슈 아널드, 〈도버 해안〉 21-28행. 번역은 김천봉 옮김, 《학생 집시: 매슈 아널드 시선》(글과글사이, 2017)을 참조했다.

여기서도 조안나의 목소리가 들렸고, 수업이 〈쿠빌라이 칸〉으로 넘어간 후였다.

니콜라스는 거의 이렇게 말할 뻔했다. "시에 대한 감정이 거의 성적인 것 같아요. 목소리에서 흥분이 느껴지는군요." 하지만 대령이 "정말이요?"라고 물으면, 자신이 다시 "섹스를 대신해 시를 낭송하는 것 같아요."라고 말하게 될까 봐 입을 다물었다.

"그래요? 제게는 그녀가 성적으로 아무 문제도 없어 보이던데요."

다행히 대령이 그렇게 대답하는 일은 벌어지지 않았고, 니콜라스는 방금 떠올린 대화를 기억해 두었다가 나중에 노트에 기록하기로 했다.

니콜라스와 펠릭스는 여자들이 내려올 때까지 현관홀에서 기다렸다. 니콜라스는 중고 옷을 판다거나, 의복 구매용 쿠폰과 교환하자는 종이쪽지가 붙은 게시판을 들여다봤다. 펠릭스는 여자들의 사적인 일에 직접 관여하지는 않겠지만, 다른 남자의 호기심은 관용하겠다는 듯 뒤로 물러서 있었다. 펠릭스가 말했다. "이제 내려오는군요."

현관홀 너머 보이지 않는 곳에서 어렴풋이 들려오는 다채로운 소음들이 공간을 가득 메웠다. 2층 공동 침실의 접이문 들 너머에서 소녀들의 웃음소리가 끊일 줄 모르고 들려왔다. 누군가 지하실로 통하는 초록색 게시판이 붙은 문을 열어 둔 채, 밑에서 석탄을 삽으로 옮기고 있었다. 사무실 책상 위에 놓인 전화기가 남자 친구들이 건 전화로 멀찍이서 시끄럽게 울렸고, 그에 상응하여 각 층계참에 배치된 전화기들도 요란스레 착신음을 울리며 소녀들을 수다의 장으로 불러냈다. 일기예보대로 태양이 다시 고개를 내밀었다.*

그의 주위에 세 겹 원을 짜고,
성스러운 두려움으로 너희의 눈을 가려라.
그는 감로를 먹고 살고,
낙원의 우유를 마셨으니.**

* "The sun broke"(태양이 부서지다). 성경적 암시.
** 〈쿠빌라이 칸〉 51-54행.

6

"친애하는 딜런 토머스 씨께."라고 제인이 썼다.

아래층에서는 발성법 수업을 마친 낸시 리들이 성직자의 딸이라서 겪는 일반적인 상황에 대해 조안나 차일드와 대화를 이어 가려고 애쓰는 중이었다.

"우리 아버지는 일요일마다 화가 잔뜩 나 있어. 너희 아버지도 그러시니?"

"아니, 무척 바쁘시지."

"우리 아버지는 《기도서》*에 대해 계속 불평하셔. 그건 나도 동의해. 시대에 뒤떨어졌잖아."

"그래? 나는 《기도서》가 훌륭하다고 생각해."

조안나가 말했다. 조안나는 《공동 기도서》를 거의 전부 외

* 영국성공회의 공동 기도서. 1549년 영국 종교개혁 당시 토머스 크랜머가 편찬했다. 아침과 저녁 기도, 성찬식, 세례, 결혼, 장례식 등 각종 행사에서 읊는 예배문을 수록한다.

우고 있었고, 특히 교회의 아침 예배와 저녁 예배 시간마다 거의 텅 빈 예배당에서 아버지가 매일 반복해 읊던 〈시편〉의 기도문을 모두 암기하고 있었다. 몇 년 전 목사관에서 살던 시절에 조안나는 매일 예배에 참석해 아버지가 검은 천에 흰 천을 덧댄 사제복을 입고 온화하게 우뚝 서서 다음과 같이 〈시편〉 "열세 번째 날"**의 단시短詩를 봉독하면 신도석에서 회답했었다.

주님께서 일어나사 원수들 흩어지며:

조안나가 1초의 머뭇거림도 없이 이렇게 회답했다.

주를 미워하는 자들 또한 주의 앞에서 도망하리다.

조안나의 아버지가 이어서 읽었다.

** 《영국성공회 기도서》는 매달 31일 동안 아침과 저녁 기도 시간마다 낭독해야 하는 〈시편〉의 시를 분류한다. 이 분류에 따라 매일 같은 시간에 정해진 시를 낭송하며 기도하는 것을 '성무일도聖務日禱'라고 한다.

연기의 흩날림같이 그들을 몰아내시고:

조안나가 곧바로 따랐다.

밀랍이 불에 녹듯이, 악인이
주님의 현존 앞에 멸망하게 하소서.*

그렇게 조안나는 평화의 시기와 전시 내내 〈시편〉을 "첫 번째 날(Day 1)"부터 "서른한 번째 날(Day 31)"까지 날짜에 맞춰, '아침 부분'은 아침에 '저녁 부분'은 저녁에 낭독하길 반복하고 또 반복했다. 첫 번째 부목사가, 다음으로는 두 번째 부목사가 예배를 맡은 후에는 그들도 텅 빈 신도석을 향해 〈시편〉을 읊었고, 보이지 않는 천사 신도들에 대한 믿음으로 감미로운 이스라엘 찬송시의 의미를 영어로 옮겨 낭독했다.

조안나가 클럽의 자기 방에서 가스풍로에 불을 붙이고 주전자를 올린 후 낸시 리들에게 말했다.

"《기도서》는 훌륭해. 1928년에 새로운 판본이 나왔지만, 의

* 68: 1-2.

회에서 승인하지 않았잖아. 잘된 거지, 뭐."

"《기도서》가 의회랑 무슨 상관인데?"

"이상하지만 의회 관할이래."

"나는 이혼이 합법화돼야 한다고 생각해."

낸시가 말했다.

"그게 《기도서》하고 무슨 상관이야?"

"전부 영국국교회하고 관련된 논쟁이잖아."

조안나가 수돗물에 분유를 조심스럽게 섞고, 그 혼합물을 두 개의 찻잔에 부었다. 그리고 잔 하나를 낸시에게 건네고, 작은 양철통에서 인공감미료 두 알을 꺼냈다. 낸시는 한 알을 받아 자신의 밀크티에 넣고 저었다. 낸시는 최근 아내를 떠나겠다고 얘기한 유부남과 사귀기 시작했다. 조안나가 말했다.

"아버지가 장례식 때 성직자 복장 위에 두를 새 망토를 사셨어. 장례식 때마다 감기에 걸리시거든. 그래서 올해는 여분의 옷 구매용 쿠폰이 하나도 없어."

낸시가 말했다.

"망토를 두르셔? 고교회파이신가 보네. 우리 아버지는 외투를 입으시거든. 저교회파야."

7월의 첫 3주 내내 니콜라스는 설리나에게 구애했고, 제인과 다른 5월의 테크 클럽 아가씨들과도 친해졌다.

니콜라스가 클럽을 방문할 때마다 현관홀에서 마주하는 다채로운 소리와 광경은 마치 그것들 스스로가 의지를 가진 것처럼 서로 뒤섞여 더 강렬한 하나의 감각으로 다가왔다. 니콜라스는 다음과 같은 시구를 떠올렸다.

> 우리의 모든 힘과 온갖 달콤함을 굴려서,
> 하나의 공을 만듭시다.*

니콜라스는 조안나에게 이 시를 가르치거나, 그 의미를 행동으로 보여 주고 싶다고 생각했다. 그러고는 그런 생각을 《안식일》 원고 뒷면에 빠르게 휘갈겨 적었다.

제인은 클럽에서 일어나는 모든 일을 니콜라스에게 말해주었다. "더 애기해 봐요." 니콜라스가 말했다. 제인은 영리한

* 앤드루 마블, 〈수줍은 여인에게〉 41-42행.

직감으로, 니콜라스가 상상하는 이상적인 장소에 걸맞은 클럽에서의 일들을 얘기해 줬다. 사실 클럽이 자유로운 사회의 축소판이며, 그 구성원들이 보편적인 가난이라는 존엄한 속성들로 결속된 공동체라는 견해가 반드시 오판이라고만은 할 수 없었다. 니콜라스가 보기에 가난은 조금도 클럽 회원들의 활기를 훼손하지 못했다. 오히려 북돋웠을 뿐. 가난과 결핍 사이에는 큰 차이가 있다는 것이 니콜라스의 생각이었다.

"여보세요, 폴린이니?"

"누구시죠?"

"제인이야."

"아, 제인?"

"할 말이 있어서 전화했어. 그런데 무슨 일 있어?"

"쉬고 있었어."

"자고 있었니?"

"아니, 그냥 쉬고 있었어. 정신과 상담의를 만나고 왔는데, 진료 끝나면 항상 쉬라고 하거든. 가서 누워야 해."

“정신과 다니는 거 다 끝난 줄 알았는데. 다시 안 좋아진 거야?”

“새로운 의사야. 엄마가 소개해 줬는데, 아주 좋아.”

“그래, 할 말이 있어서 전화했어. 들어 줄 수 있지? 니콜라스 패링던 기억나?”

“아니, 모르겠는데. 누구야?”

“니콜라스…. 그때 5월의 테크 클럽 옥상에서…. 아이티, 야자나무 숲의…, 한 오두막에서…. 장난이라 다들 장터 번화가에 갔었대. 듣고 있니?”

1945년 여름, 5월의 테크 클럽의 미적이고 윤리적인 측면에 완전히 매료된 니콜라스가 그 인상을 사랑스러운 이미지로 결빙시켜 그 속에 푹 빠져 있었을 뿐 아니라, 설리나와 옥상에서 잠자리를 같이하기 직전 그 무렵이었다.

산들은 마라톤 평야를 바라보고.

마라톤 평야는 바다를 바라보네.

한 시간을 홀로 명상하며,

그리스가 여전히 자유로울 수 있다고 꿈꾸었지.
페르시아인들의 무덤 위에 섰을 때,
나 자신을 노예라고 생각할 수 없었기에.*

어느 날 저녁 니콜라스는 현관홀을 어슬렁대며 조안나가 인생에 대해 더 알아야 한다고 생각했다. 그녀가 인생에 대해 안다면 조금 전과 같은 가사를 마치 성스러운 아이에게 젖을 물리듯 황홀경에 빠져, 그토록 관능적이고 모권적으로 낭송하지는 않을 것이라고 확신했다.

집 꼭대기 층에 사과가 줄지어 놓여 있고,

니콜라스가 현관홀에서 어슬렁대는 동안, 조안나가 낭송을 이어 갔다. 홀에는 아무도 없었고, 회원들은 응접실이나 침실 등 다른 장소에서 라디오 앞에 동그라니 모여 앉아 특별방송을 듣고 있었다. 잠시 후 위층 여기저기서 평소보다 몇 배는 큰 라디오 소리가 잇달아 울려 퍼지기 시작했다. 그러자 다른

* 조지 고든 바이런, 〈그리스의 섬들〉 13-18행. 번역은 윤명옥 옮김, 《바이런 시선》(지식을만드는지식, 2015), 황동규 옮김, 《차일드 해럴드의 순례》(민음사, 2022)를 참조했다.

라디오들도 채널 주파수를 동일하게 맞추며 그 합창에 동참했다. 라디오에서 흘러나오는 윈스턴 처칠의 목소리가 소음의 당위성을 확보해 주었다. 조안나가 낭송을 멈추었다. 사방에서 동시다발적으로 울려 퍼지는 라디오 연설이 마치 시나이 황야에서 모세에게 십계명을 내리듯, 자유를 사랑하는 유권자들이 다가오는 선거에서 노동당에 투표할 경우 맞이하게 될 운명에 대해 예언했다. 갑자기 라디오에서 겸허하게 이유를 대기 시작했다.

우리의 공무원들이…,

라디오 연설이 어조를 바꾸어 고함을 질렀다.

더는 시민을 대표하지도…,

그런 후 어조가 슬프고 느릿하게 바뀌었다.

더는 시민을 위해…,

…봉사하지도 않게 될 것입니다.

니콜라스는 조안나가 침대 옆에 서서 하던 일을 멈추고 라디오 연설을 들으며, 그 연설을 혈류血流에 흡수하는 모습을 상상했다. 마치 조안나의 몽상을 대신 몽상하듯, 라디오 속의 목소리가 처칠의 것이든 자신의 것이든 상관없다는 태도로 연설의 운율 자체에 사로잡혀 가만히 서 있는 조안나의 모습을 니콜라스는 생각했다. 니콜라스의 마음속에서 조안나는 마치 시를 낭송하는 조각상 같았다.

긴 이브닝드레스를 입은 아가씨가 슬그머니 현관에 들어섰다. 갈색 곱슬머리를 어깨 위로 늘어뜨린 아가씨였다. 그녀에게 특별한 의도가 없었을지라도, 현관홀을 어슬렁대며, 귀를 기울이고 꿈 같은 상상에 잠겨 있던 사내에게 슬그머니 현관에 들어선 아가씨는 특별한 목적을 가진 것처럼 간주되었다.

그녀는 폴린 폭스였다. 폴린은 8실링의 택시비를 내고, 켄싱턴 공원 주변을 돌다 오는 길이었다. 폴린은 택시를 잡고 운전사에게 아무 데나 돌아 달라고, 그냥 운전해 달라고 부탁했다. 이럴 때마다 택시 운전사들은 폴린이 남자를 물색하러 돌아다닌다고 생각했다가, 택시가 켄싱턴 공원을 돌아 요금 계산기가 3펜스를 넘어가면 그녀가 미쳤다고 의심했다. 심지어는 폴린이 런던에 망명 중인 외국 왕실의 아가씨일 거라고 추측하는 운전사도 있었다. 그러다가 폴린이 택시를 세심히 사전 예약해서 탑승했던 장소인 클럽 정문으로 되돌아가자고 하면 운전사들은 그녀가 미쳤거나 외국 왕실 아가씨인 게 분명하다고 결론지었다. 폴린이 5월의 테크 클럽에서 언젠간 실제로 이루어질 거라 확신하고 마치 사실인 양 떠벌리고 다니는 이야기가 잭 뷰캐넌과의 저녁 식사였다. 낮 동안 사무실에서 일할 때, 폴린은 정상이었다. 하지만 폴린은 잭 뷰캐넌과의 저녁 식사 때문에 다른 남자와 식사할 수 없었고, 회원들이 식당에 가고 30분 남짓 현관홀에서 기다린 후에야 비로소 텅 비거나 몇 사람 없는 식당으로 몰래 들어가곤 했다.

가끔 폴린이 홀에서 기다리지 않고 잠깐 밖에 나갔다 오는 날이면, 꽤 설득력 있게 행동했다.

"어, 빨리 돌아왔네, 폴린! 잭 뷰캐넌이랑 저녁 식사하러 간 줄…."

"말 시키지 마. 오늘 싸웠어."

폴린은 한 손으로는 손수건으로 눈을 닦고, 다른 손으로는 드레스 옷자락을 들어 올린 채 흐느끼며 방으로 뛰어 올라가곤 했다.

"잭 뷰캐넌이랑 또 싸웠나 보네. 한 번도 여기 데려오지 않는 건 좀 이상해."

"그걸 믿어?"

"뭘?"

"잭 뷰캐넌과 사귄다는 거 말이야."

"글쎄, 좀 이상하긴 해."

뭔가 숨기는 듯한 표정의 폴린에게 니콜라스가 쾌활하게 물었다.

"어디 갔다 왔어요?"

폴린이 다가와 니콜라스의 얼굴을 빤히 쳐다보며 대답했다.

"잭 뷰캐넌과 저녁 식사하고 왔어요."

"처칠의 연설 못 들었겠네요."

"맞아요."

"식사만 마치고 잭 뷰캐넌이 바로 돌려보낸 건가요?"

"네, 그랬어요. 말다툼했거든요."

폴린이 반드러운 머릿결을 뒤로 흔들어 넘겼다. 이날 저녁, 폴린은 스키아파렐리 드레스를 빌려 입고 있었다. 골반 부위에 정교한 곡선형 패드를 부착하여 허리 쪽의 작은 패니어를 더욱 볼륨감 있게 도안한 태피터 재질의 드레스였다. 태평양 제도를 연상시키는 진청색과 초록색, 주황색, 흰색 꽃무늬 장식이 화려했다.

니콜라스가 말했다.

"그렇게 근사한 드레스는 처음 보는 것 같아요."

"스키아파렐리 드레스예요."

폴린이 대답했다.

니콜라스가 물었다.

"다들 바꿔 입는 드레스가 그 옷인가요?"

"누구한테 들었어요?"

"오늘 아름다워 보이네요."

니콜라스가 말했다.

폴린이 바스락대는 치맛단을 움켜쥔 채 물 흐르듯 계단을 올라갔다.

오, 가련한 소녀들이여!*

선거 연설이 끝나자 조금 전 공중파를 타고 전송된 그 내용에 경의를 표하듯, 다들 잠시 라디오를 껐다.

* 이 책의 원제 "The girls of slender means"(가난한 처녀들)을 해당 문장으로 번역했다.

니콜라스가 사무실 문 쪽으로 다가갔다. 사무실 문은 열려 있었고, 안은 여전히 텅 비어 있었다. 선거 연설 동안 잠시 자리를 비웠던 클럽 관리인이 니콜라스의 뒤쪽에서 다가왔다.

"여전히 레드우드 양을 기다리는 중이네요, 부인."

"다시 부를게요. 연설 듣고 있었을 거예요."

잠시 후 설리나 레드우드가 내려왔다. 품위는 완벽한 균형, 몸과 마음의 평정…. 설리나가 물 흐르듯 계단을 내려왔고, 그 동작은 조금 전 잭 뷰캐넌의 영혼과 교감하는 애처로운 폴린 폭스가 물 흐르듯 계단을 올라갔던 것보다 훨씬 더 사실적으로 다가왔다. 반드러운 머릿결을 어깨 위로 늘어뜨린 채 바스락대는 스키아파렐리 실크 드레스를 입고 계단을 물 흐르듯 올라갔던 아가씨와, 올림머리를 한 채 폭이 좁은 치마와 파란색 바탕에 흰색 땡땡이 무늬 블라우스를 입고 계단을 물 흐르듯 내려오는 아가씨의 동작은 거의 한 사람의 것처럼 보였다. 여느 때와 같은 클럽의 소음이 다시 들려오기 시작했다. "좋은 저녁이군." 니콜라스가 말했다.

그리하여 나의 모든 나날은 황홀경이요,
밤마다 꾸는 모든 꿈들은

그대의 검은 눈이 흘끗 바라보는 곳,

그대의 발걸음이 어슴푸레 빛나는 곳이라네,

어떤 영원의 시냇가에서,

천상의 춤을 추는 곳이라네!*

"이제 따라 해 봐."

조안나의 목소리가 들렸다.

"그럼 가 볼까요."

설리나가 그렇게 말하고는 주변의 모든 소음을 고고히 외면한 채, 예시장(豫示場)에 들어서는 경주마처럼 니콜라스보다 먼저 저녁 불빛 속으로 발을 내디뎠다.

* 에드거 앨런 포, 〈천상의 그대에게〉 21-26행. 번역은 손나리 옮김, 《까마귀》(시공사, 2018), 김경주 옮김, 《애너벨 리》(민음사, 2016), 윤명옥 옮김, 《포 시선》(지식을만드는 지식, 2017)을 참조했다.

7

"계량기에 넣을 1실링 있어?"

제인이 물었다.

> 품위는 모든 사회적 환경에서의 완벽한 균형, 몸과 마음의 평정, 완전한 침착성을 의미한다. 우아한 옷차림과 깨끗한 몸단장, 완벽한 태도 모두 자신감을 얻는 데에 기여한다.

"6펜스짜리 동전 두 개랑 바꿀 1실링 있어?"

"아니. 그런데 앤이 계량기 작동하는 열쇠 가지고 있어."

"앤, 방에 있니? 열쇠 좀 빌려줄래?"

"열쇠 너무 자주 쓰면 들킬 거야."

"이번 한 번만. 두뇌 쓰는 일 해야 해."

진홍빛 꽃잎 방금 잠들고, 이제는 하얀 꽃잎이 잠든다.*

설리나는 아직 옷을 입지 않은 채 니콜라스의 침대 끄트머리에 걸터앉아 있었다. 그녀는 약점의 여지가 있는 상황에서도, 속눈썹 아래로 상대를 곁눈질하는 방식으로 상황을 통제하는 재주가 있었다. 설리나가 말했다.

"이런 데서 어떻게 살아요?"

니콜라스가 대답했다.

"아파트 구할 때까지는 어쩔 수 없죠."

사실 니콜라스는 그의 간소한 단칸방에 꽤 만족하는 편이었다. 그는 무모한 몽상가적 야망으로, 설리나에 대한 열정을 그녀 또한 가난한 삶의 형태를 받아들이고 활용해야 한다는 욕망으로 밀어 넣는 중이었다. 조국을 사랑하듯이 니콜라스는 설리나를 사랑했다. 니콜라스는 설리나가 뼛속까지 의인화된 이상적인 사회가 되기를, 그녀의 아름다운 팔다리가 지

* 알프레드 테니슨, 〈진홍빛 꽃잎 방금 잠들고〉 1행.

적인 남녀처럼 그녀의 마음과 영혼에 순종하기를 바랐다. 그리고 그 심혼心魂이 그녀의 육신처럼 아름답고 우아하기를 갈망했다. 반면에 설리나의 욕망은 비교적 소박해서, 그 순간 그녀는 단지 몇 주 전부터 가게에서 사라진 머리핀 한 봉지를 갖고 싶을 뿐이었다.

니콜라스가 한 여자의 영혼을 개조하겠다는 목적으로 여자를 침대로 데려간 것이 이번이 처음은 아니었다. 그러나 니콜라스는 마치 그런 목적으로 여자를 데려온 게 이번이 처음인 듯 격렬한 울분과 무력감에 휩싸여, 침대에서 설리나의 사회적 양심을 일깨우고자 통렬히 노력하고 또 노력했다. 그런 후, 니콜라스는 김빠진 성취감으로 고개를 베개에 처박고 희미한 한숨을 내쉬었다. 그리고 자리에서 일어나 완벽한 여성에 대한 자신의 비전을 설리나에게 조금도 전달하지 못했음을 깨닫고 좌절감으로 그 어느 때보다 극심한 분노에 사로잡혔다. 전에도 니콜라스의 침대에 이렇게 앉아 있던 여자는 꽤 있었지만, 그중 누구도 설리나만큼 아름답고 자신의 미모에 초연하지 못했다. 간결하고 검소한 몸치장을 한 설리나가 무소유와 가난이라는 아름다운 개념에 대한 이해를 자신과 공유하지 못한다는 게 니콜라스로서는 놀라울 뿐이었다.

설리나가 말했다.

"어떻게 이런 데서 살 수 있는지 모르겠어요. 꼭 감옥 같잖아요. 저기에 요리해요?"

설리나가 가스풍로를 가리켰다. 니콜라스는 그 순간 설리나와의 연애에서 자기 혼자만 깊은 감정을 느끼고 있다는 것을 깨달았다. 니콜라스가 대답했다.

"응, 맞아요. 베이컨하고 계란 먹을래요?"

"그래요."

설리나가 그렇게 대답하고는 옷을 입기 시작했다. 니콜라스가 다시 희망을 품고 배급 식량을 꺼냈다. 설리나는 암시장에서 음식을 구해 오는 남자들에게 익숙했다.

"이번 달 22일부터는," 니콜라스가 말을 이었다. "홍차를 71그램씩 받아요. 한 주는 57그램, 다음 주는 85그램."

"지금은 얼마씩 받는데요?"

"매주 57그램씩. 버터도 57그램, 마가린은 114그램."

설리나가 재미있어하며 오래 웃었다. 그녀가 말했다.

"웃겨요, 진짜."

"이런, 진짜 그렇네요!"

니콜라스가 대답했다.

"옷 구매용 쿠폰은 다 썼어요?"

"아니, 아직 서른네 장 남았어요."

니콜라스가 프라이팬의 베이컨을 뒤집었다. 그러고는 불쑥 생각난 듯 물었다.

"옷 구매용 쿠폰 좀 줄까요?"

"그럼 좋죠."

니콜라스는 설리나에게 쿠폰 스무 장을 주고 함께 베이컨을 먹은 후, 택시로 그녀를 클럽에 데려다 줬다.

니콜라스가 말했다.

"옥상에 자리 다 준비해 뒀어요."

설리나가 대답했다.

"좋은 날씨까지 준비해 둬야 하는 거 알죠?"

"비 오면 영화관 가면 되고요."

니콜라스가 말했다.

니콜라스는 클럽 옆 호텔의 꼭대기 층을 통해 클럽 옥상에 갈 수 있게 준비해 뒀다. 호텔 꼭대기 층에는 미 정보부가 상

주 중이었고, 니콜라스는 런던의 다른 지역에서 이 조직에 근무한 적이 있었다. 열흘 전만 해도 반대했을 도벨 대령이 니콜라스를 적극적으로 도와주었다. 대령의 아내인 가레스가 곧 런던에 방문할 예정이었고, 대령 본인 말로는 지금 설리나와의 관계를 정리하고 싶어 미칠 지경이라고 했다.

G. 펠릭스 도벨 부인은 캘리포니아 북부, 길게 뻗은 차도 끝에 위치한 집에 살고 있었다. 그 집에서 윤리 수호자 회의도 함께 진행했다. 현재 펠릭스 부인은 런던에 오고 있었고, 그 이유가 남편이 영국에서 자신의 존재를 필요로 한다는 그녀의 육감 때문이라고 했다.

진홍빛 꽃잎 방금 잠들고, 이제는 하얀 꽃잎이 잠든다.

니콜라스는 옥상에서 설리나와 사랑을 나누고 싶었고, 그것은 꼭 옥상이어야만 했다. 니콜라스는 마치 숙련된 방화범처럼 모든 것을 정확히 준비했다.

클럽 꼭대기 층 슬릿 창으로만 접근할 수 있는 옥상은 유사한 구조의 옆 호텔 옥상과 좁다란 배수로를 경계로 맞닿아 있었다. 이 호텔은 영국 정부에 징발된 상태였고, 그 객실은 미 정보부 사무실로 개조돼 사용되고 있었다. 징발된 런던의 다른 많은 건물처럼, 유럽에서 전쟁이 계속되던 때에는 이 호텔도 업무를 보는 이들로 붐볐지만 지금은 거의 비어 있었다. 제복 입은 사내들이 밤낮없이 비밀스럽게 일하는 꼭대기 층과 미군 병사 두 명이 밤낮으로 보초를 서고 승강기 전담 직원이 상시 대기하는 1층만 사용되고 있었다. 출입증 없이는 누구도 이 호텔에 출입할 수 없었지만, 니콜라스는 꽤 쉽게 출입증을 얻었다. 그리고 몇 마디 말과 눈짓으로 아내가 이미 런던에 오고 있는 도벨 대령의 애증 섞인 허락을 받아, 현재 속기 사무실로 쓰이는 커다란 호텔 다락방을 이용할 수 있게 되었다. 다락방에는 호의로 제공된 책상이 있었고, 옥상으로 통하는 천장 비상문도 있었다.

몇 주가 흘렀다. 5월의 테크 클럽 회원들이 전쟁의 기풍 속에서 그들의 젊음을 보낸 기간이었다. 이 시기 동안 클럽 소녀들은 빠르게 전개되는 사건과 반전들, 친밀한 우정의 기민한 형성, 훗날의 삶과 평화의 시기였다면 싹트고 촉진되며 사그라드는 데에 수년은 걸렸을 사랑의 발견에서 상실까지의 과정을 경험하고 수용했다. 5월의 테크 클럽 소녀들은 극히 경제적이었다. 이미 젊음의 시기가 끝난 니콜라스는 매주 회원들의 감정 변화에 깊은 충격을 받았다.

"그 아가씨가 그 남자를 사랑한다고 하지 않았던가요?"

"사랑했었죠."

"그 친구 고작 일주일 전에 죽은 거 아니었어요? 버마에서 이질로 사망했다면서요."

"네, 맞아요. 그런데 월요일에 그 해군 출신 사내를 만나서 죽을 만큼 사랑에 빠졌대요."

"벌써 그렇게나 사랑한다니, 말도 안 되잖아요."

니콜라스가 말했다.

"음, 둘이 공통점이 많다고 하던데요?"

"공통점이 많다고요? 이제 겨우 수요일인데."

쓸쓸한 길에서

공포와 두려움에 휩싸여 걸어가는 사람처럼,

한 번 더 뒤돌아보고는,

소름 끼치는 악귀가 자기 뒤를

바짝 쫓아오고 있다는 것을 알기에
다시는 뒤돌아보지 않고 묵묵히 걸어가는 사람처럼.*

"조안나가 낭송을 정말 잘하는군, 훌륭해요."

"조안나가 안됐어요."

"왜 안됐다고 해요?"

"놀지도 않고 이성 친구도 없잖아요."

"정말 매력 있어요."

"굉장히 매력적이죠. 왜 조안나에게 접근하는 사람이 없을까요?"

제인이 말했다.

"있잖아요, 니콜라스. 휴이 트로비스 뮤라는 회사와 조지라는 출판업자에 대해 알아 둬야 할 게 있어요."

* 새뮤얼 테일러 콜리지, 〈노수부의 노래〉 제6부 37-42행. 번역은 윤준 옮김, 《콜리지 시선》(지식을만드는지식, 2012), 이정호 옮김, 《노수부의 노래》(창조문예사, 2008)를 참조했다.

제인과 니콜라스는 레드 라이언 광장의 높은 건물 상층부에 위치한 트로비스 뮤 회사 사무실에 앉아 있었다. 조지는 외출 중이었다.

“사기꾼이잖아요.”

니콜라스가 말했다.

“글쎄요. 그건 좀 표현이 지나치네요.”

제인이 말했다.

“교묘한 사기꾼이죠.”

“그것도 아니에요. 사장님에겐 심리적인 문제가 있어요. 작가를 이겨야 한다고 생각하거든요.”

“알아요.”

니콜라스가 말했다.

“내 책을 무자비하게 공격하는 장문의 감정적인 편지를 받았거든요.”

“사장님은 당신의 자존심을 짓밟고 싶어 해요. 그러고는 형편없는 계약서에 서명하게 하려는 거죠. 우선 작가의 약점을 찾는 거예요. 작가가 가장 좋아하는 부분을 말이에요. 그리고 항상 거기를 물고 늘어져요. 사장님은 …”

“그것도 알아요.”

니콜라스가 말했다.

"당신이 좋아서 해 주는 말이에요." 제인이 말했다. "사실 작가의 약점을 찾아 사장님께 보고하는 게 제 일이지만, 당신이 마음에 들어요. 그리고 당신에게 이걸 말하는 이유는 …."

"제인과 조지 덕분에,"

니콜라스가 말을 이었다.

"스핑크스의 불가해한 미소를 조금은 이해할 수 있을 것 같아요. 나도 뭐 하나 말해 줄게요."

그을음 진 창문 너머로, 어두워지는 하늘이 레드 라이언 광장의 폭격 맞은 자리로 비를 쏟아 내고 있었다. 제인은 조지에 대해 폭로하기 전에 멍하니 밖을 내다보고 있었다. 그러다 문득 창밖의 풍경이 제인의 두 눈에 박혔고, 제인은 그런 풍경을 바라보는 자신의 두 눈이 가엾다는 생각이 들었다. 그러면서 곧 자신의 인생 전체가 바깥 풍경 같은 음울함에 푹 젖어 있음을 느꼈다. 제인은 다시 한 번 인생에 실망했다.

"나도 뭐 하나 말해 줄게요."

니콜라스가 말했다.

"나도 사기꾼이에요. 왜 울어요, 제인?"

"내가 불쌍해서요."

제인이 대답했다.

"다른 직업 찾아봐야겠어요."

"편지 하나만 써 줄래요?"

"무슨 편지요?"

"사기 편지요. 찰스 모건이 내게 쓴 편지가 필요해요. 친애하는 패링던 씨. 처음 당신의 원고를 받았을 때, 저는 그 원고를 옆에 치워 두었다가 제 비서 편으로 정중한 변명의 글을 써서 당신에게 돌려드리려고 했습니다. 하지만 다행스럽게도 원고를 비서에게 건네주기 전, 페이지 몇 장을 훑어보게 되었습니다. 그리고 이런 구절이 제 눈에 확 들어왔습니다…."

"어떤 구절이요?"

제인이 물었다.

"그건 제인이 알아서 적어요. 가장 간결하고 훌륭한 구절 하나만 골라서. 편지니까요. 전부 훌륭한 구절이라서 고르기 쉽지 않을 거 알아요. 그래도 하나만 골라야 해요. 당신이 가장 마음에 든 걸로. 찰스 모건이 그 한 구절을 읽은 후 열정적으로 원고 전체를 처음부터 끝까지 다 읽었다고 설명하는 거예요. 그러면서 천재의 작품이라고, 이 천재의 작품을 쓴 작가 니콜라스 패링던에게 경의를 표한다고 덧붙이는 거죠. 이해했어요? 그러면 내가 그 편지를 조지에게 보여 줄게요."

제인의 인생이 다시 가능성으로 차올라 녹색으로 싹트기 시작했다. 제인은 자신이 겨우 스물세 살이라는 것을 상기하고 미소 지었다.

"그러면 내가 그 편지를 조지에게 보여 줄게요." 니콜라스가 말했다. "그리고 그 계약서를 치우라고…."

조지가 도착했다. 그는 제인과 니콜라스를 바쁘게 번갈아 보았다. 동시에 모자를 벗고 손목시계를 힐끗대면서 제인에게 물었다. "무슨 일 있어?"

니콜라스가 대답했다.

"리벤트로프*가 잡혀갔다는군요."

조지가 한숨을 내쉬었다.

"아무 일도 없어요."

제인이 말했다.

"전화한 사람도 아무도 없고요. 편지도 없고, 사무실 방문한 사람도 없고, 전화한 사람도 없었어요. 걱정 마세요."

* 요아힘 폰 리벤트로프Joachim von Ribbentrop: 나치 독일의 정치인이자 외교관으로, 1938년부터 1945년까지 독일 외무장관을 역임했다. 히틀러의 최측근 중 한 명으로, 제2차 세계대전 동안 독일의 주요 외교정책을 구상하고 실행에 옮겼다. 전후 전범으로 기소되어, 국제 군사재판에서 사형을 선고받았다.

조지가 사무실 안쪽 방으로 들어갔다가 곧바로 다시 나왔다.

"내 편지 받았어요?"

조지가 니콜라스에게 물었다.

"아니요." 니콜라스가 대답했다. "무슨 편지요?"

"내가 쓴 편지 말이오. 어디 보자, 그저께 쓴 것 같은데. 내가 써서…."

"아아, 그 편지요."

니콜라스가 말했다.

"네, 편지 받은 것 같아요."

조지가 다시 사무실 안쪽 방으로 들어갔다. 니콜라스가 제인에게 밝고 큰 목소리로 비가 그쳤으니 공원에 산책하러 갈 예정이라고 했다. 마치 꿈과 같은 아름다운 공상에 잠기는 것 외에는 하루 종일 아무 할 일도 없어 참으로 사랑스러운 날이라면서.

"진심으로 존경하는 마음을 담아, 찰스 모건."이라고 제인이 썼다. 그녀가 방문을 열고 소리쳤다.

"라디오 소리 좀 줄여. 저녁 식사 전에 두뇌 쓰는 일 끝내야 해."

5월의 테크 클럽 회원 대부분은 제인의 두뇌 쓰는 업무와 책의 세계에 종사하는 그녀의 경력을 자랑스러워했다. 층계참에 있던 회원 모두가 라디오 소리를 줄였다.

제인은 편지의 초안을 전체적으로 한 번 읽은 후, 찰스 모건의 자필처럼 보일 만한 작고 어른스러운 필체로 진본 같은 서신 만들기 작업을 신중히 재개했다. 찰스 모건의 글씨체가 어떤지 제인은 일절 몰랐지만, 굳이 알아낼 필요도 없었다. 조지 또한 그 글씨체를 모를 것이 분명한 데다, 조지가 그 위조 편지를 보관하도록 내버려 둘 것도 아니었기 때문이다. 니콜라스가 제인에게 홀랜드 파크*의 주소를 제공했다. 제인은 그 주소를 편지지 상단에 기입하며, 찰스 모건의 실제 집 주소처럼 보이기를 기대했다. 그러면서 전시에 국가 노동력을 불필요하게 낭비하지 않으려고 용지 상단에 개인 주소가 찍히지 않은 일반 편지지를 사용하는 착한 사람도 많으니 다 괜찮을 것이라고 스스로를 안심시켰다.

저녁 식사를 알리는 종이 울렸고 제인은 편지 쓰기를 마쳤

* 런던 서부에 위치한 고급 주거지.

다. 제인은 찰스 모건의 사진 속 세세한 특징들을 떠올리며 꼼꼼하고 단정하게 편지지를 접었다. 제인은 방금 쓴 찰스 모건의 편지가 니콜라스에게 최소 50파운드의 가치가 있을 거라고 계산했다. 조지가 이 편지를 본다면 극심한 고뇌를 겪을 터였다. 조지의 아내인 가여운 틸리는 남편이 작가에게 시달림 당할 때마다 몇 시간이고 하소연한다고 얘기한 적이 있었다.

니콜라스는 따로 저녁을 먹은 후 클럽에 와서 밤 시간을 보낼 예정이었다. 오늘 밤은 마침내 조안나를 설득해, 그녀의 《도이칠란트호의 난파》 특별 낭송회를 열기로 한 날이었다. 니콜라스가 관공서의 뉴스 편집실에서 빌려 온 녹음테이프에 조안나의 낭송을 녹음할 계획이었다.

제인이 다른 아가씨들과 함께 저녁 식사를 하러 내려왔다. 설리나만이 위층에 남아 저녁때 읊는 품위 향상 주문 암송을 마무리하고 있었다.

…우아한 옷차림과 깨끗한 몸단장, 완벽한 태도 모두 자신감을 얻는 데에 기여한다.

클럽 회원들이 1층에 모이자 클럽 관리인의 자동차가 밖에서 날카로운 소리를 내며 멈추었다. 관리인은 마치 남편이 있었다면 그 남편을 몰았을 것처럼 차를 몰았다. 관리인은 우울한 회색 낯빛으로 사무실로 성큼성큼 들어갔다가, 곧바로 회원들이 모인 식당에 합류했다. 그러고는 포크로 물주전자를 두드려 주의를 끌었다. 무언가 공지할 일이 있을 때마다 그녀가 항상 쓰는 수법이었다. 관리인은 다가오는 금요일 저녁, 미국에서 온 방문객인 G. 펠릭스 도벨 부인이 클럽에서 "서양 여성과 그 사명"이라는 주제로 연설할 예정이라고 공지했다. 도벨 부인이 '윤리의 수호자'라는 단체의 임원이며, 런던에 위치한 미 정보부에서 일하는 남편과 함께 지내고자 최근 런던에 왔다고 관리인은 덧붙였다.

저녁 식사 후 제인은 트로비스 뮤 출판사에 대한 배덕감에 휩싸였다. 사업상 은밀한 작업을 함께 도모하며 자신에게 월급까지 챙겨 주는 출판사 사장 조지에 대한 죄책감도 들었고. 제인은 나이 지긋한 사장인 조지가 좋았고, 그의 친절한 성격에 대해 곰곰이 고민해 보기 시작했다. 그럼에도 불구하고 위조 편지에 대한 니콜라스와의 공모를 철회할 생각이 조금도 들지 않아, 제인은 자신이 쓴 편지를 물끄러미 바라보며 이 감정을 어떻게 해야 할지 고심했다. 제인은 조지의 아내 틸리에게 전화해 친근한 대화를 나누기로 했다.

틸리는 기뻐했다. 틸리는 이해력은 뛰어나지만 학식은 변변찮은 작은 체구의 붉은 머리 여성으로, 여러 명의 아내를 경험한 조지는 틸리가 책의 세계에 발을 들이지 못하도록 무척 애쓰는 중이었다. 틸리에게는 이것이 큰 박탈감으로 다가왔고, 제인을 통해 지속적으로 출판계와 접촉하고 제인이 다음과 같이 말하는 것을 들을 때보다 더 행복한 순간은 없었다. "있잖아요, 틸리. 이것은 존재 이유(raison d'être)에 관한 문제예요." 조지는 제인과의 관계를 고려해 틸리와 제인의 우정을 용인했다. 조지에게는 그의 사업 방식을 이해하는 제인이 필요했다.

사실 제인은 틸리와의 대화가 대체로 지루했다. 틸리가 엄밀히 카바레 댄서는 아니었지만, 기회가 있을 때마다 다리를 높이 차올리는 기백으로 책의 세계에 주제넘게 나서, 최근 문학의 보편적인 중요성에 대한 새로운 경외감을 느끼고 있던 제인의 심기를 거슬리게 했기 때문이다. 제인이 보기에 출판업계와 집필업계에 속하기에 틸리는 너무 경박했고, 이런 사실을 본인이 자각조차 못 하는 게 더 큰 문제였다. 하지만 죄책감에 빠져 있던 제인의 마음은 이제 틸리를 향한 온기로 부풀어 올랐다. 제인은 틸리에게 전화해 금요일 저녁 식사에 초대했다. 틸리가 완전히 지루하게 굴어도, G. 펠릭스 도벨 부인의 강연으로 한 시간은 그녀의 입을 틀어막을 수 있을 거라는 계산이 끝난 참이었다. 클럽에서는 다들 도벨 부인을 보고 싶어 몸이 달아 있었다. 이미 회원들이 클럽 만찬회에 설리나의 에스코트로 참석한 도벨 부인의 남편을 몇 차례 보았고, 그 남자가 설리나의 애인이라는 소문이 쫙 퍼져 있었기 때문이다.

"금요일에 미국 여자가 서양 여성의 사명에 대해 강연할 거예요. 지루할 테니 우리가 들을 필요는 없고요."

제인이 좀 전의 결심과 모순되게 그렇게 말했다. 조지를 배신하고 기망하려는 지금, 격정적인 불안감에 사로잡힌 그녀의 마음이 조지의 아내를 위해서라면 무엇이든, 어떤 것이든 하겠노라는 희생정신을 불러일으킨 것이었다. 틸리가 말했다.

"5월의 테크 클럽은 항상 좋아요. 꼭 학창 시절로 돌아가는 것 같거든요."

틸리는 언제나 이렇게 말했고, 제인은 이 말에 짜증이 났다.

니콜라스가 녹음기를 가지고 클럽에 일찍 도착했다. 그는

조안나와 함께 휴게실에 앉아 회원들이 저녁 식사를 마치고 나오기를 기다렸다. 니콜라스에게 조안나는 위대한 전설 속의 멋진 북유럽인처럼 보였다.

"여기서 오랫동안 지냈어요?"

니콜라스가 조안나의 크고 탄탄한 골격에 감탄하며 나른하게 물었다. 실제로 그는 꽤 졸린 상태였는데, 전날 밤을 설리나와 옥상에서 거의 새우다시피 했기 때문이었다.

"1년쯤 됐어요. 이러다 여기서 죽을까 봐 겁나요."

조안나가 클럽에 대한 모든 회원의 통상적인 반감을 대변하듯 말했다.

니콜라스가 말했다.

"당신 결혼할 거예요."

"아니, 아닐걸요."

조안나가 방금 막 스튜에 잼을 넣지 말라고 야단맞은 아이를 달래듯이 부드럽게 대답했다.

바로 위층에서 여러 아가씨들의 새된 웃음소리가 오랫동안 들려왔다. 조안나와 니콜라스는 천장을 쳐다보고 공동 침실의 아가씨들이 알코올이나 새파란 젊음으로 우스꽝스럽게 만취한 청중들이나 좋아할 공군들 이야기를 또 해대고 있다는 것을 깨달았다.

그레기가 나타나 조안나와 니콜라스에게 다가왔다. 그러고는 웃음소리가 들리는 위층을 흘끗 올려본 후 말했다.

"공동 침실 아가씨들 빨리 좀 결혼해서 나갔으면 좋겠어요. 클럽에 지내면서 이렇게 시끄러운 공동 침실 아가씨들은 본 적이 없거든요. 지능이라곤 동전 한 푼어치만큼도 없는 것 같아."

콜리가 휴게실에 들어와 니콜라스 옆에 앉았다. 그레기가 말했다.

"위층 공동 침실 아가씨들 이야기하고 있었어. 얼른 결혼해서 나가야 할 텐데."

콜리도 사실 같은 의견이었지만, 원칙적으로 그녀는 그레기와 항상 반대되는 의견을 냈고, 다른 사람도 있으니 반대 주장을 펴는 게 대화에 더 좋을 성싶었다.

"왜 결혼을 꼭 해야 해? 젊을 때 즐기게 내버려 둬."

"제대로 즐기려면 결혼해야죠."

니콜라스가 말했다.

"성적인 측면에서는요."

조안나가 얼굴을 붉혔다. 니콜라스가 덧붙였다.

"섹스를 많이 하는 거죠. 첫 한 달 동안은 매일 밤, 그다음

두 달 동안은 이틀에 한 번, 그 후 1년간은 일주일에 세 번, 그 뒤로는 일주일에 한 번씩요."

니콜라스는 녹음기를 조정하고 있었고, 그의 목소리는 심상했다.

"젊은이가 우리를 놀라게 하려는 거라면, 우리는 웬만해선 놀라지 않아요."

그레기가 이런 유형의 대화에 익숙하지 않은 공공 휴게실의 네 개 벽면을 흥분한 눈빛으로 두리번거리며 말했다.

"저는 놀랐어요."

조안나가 말했다. 조안나는 미안한 표정으로 니콜라스의 안색을 살폈다.

콜리는 어떤 태도를 취해야 할지 고민하는 기색이었다. 그녀는 손가락으로 핸드백의 걸쇠를 열었다가 도로 탁하고 닫은 후, 낡고 내용물이 가득한 핸드백 가죽면을 손끝으로 가만가만 두들겼다. 그리고 말했다.

"우리를 놀라게 하려는 게 아니야. 현실적인 거지. 은총으로 성장하는 사람이라면, 아니 이미 은총으로 성장한 사람이라면 사실주의, 섹스 같은 주제에 침착하게 대응할 수 있는 거야."

니콜라스가 이 말을 듣고 환하게 미소 지었다.

그러자 콜리도 본인의 솔직함이 통했다는 생각에 한껏 고무돼서 웃음 섞인 잔기침을 해댔다. 콜리는 현대적인 사람이 된 기분이 들어 신나서 떠들었다.

"뭐, 경험이 없으면 아쉽지도 않겠지만."

그레기는 콜리가 정말로 무슨 말을 하는지 모르겠다는 듯 어리둥절한 표정을 지었다. 하지만 그레기는 콜리와 지난 30년을 적대적인 동료로 지내 온 까닭에, 콜리가 생각을 논리적인 순서로 전개해 나가지 않고 몇 단계 건너뛰는 습관이 있다는 것도 물론 잘 알고 있었다. 특히 낯선 주제나 남성의 존재로 혼란스러울 경우 완전히 맥락을 상실한 듯한 이야기를 쏟아 낸다는 것도.

"대체 무슨 말을 하는 거야?"

그레기가 물었다.

"경험이 없으면 뭐가 아쉽지 않다는 건데?"

"당연히 섹스를 말하는 거지."

주제의 모호함 탓에 콜리의 목소리가 유난히 커졌다.

"섹스와 결혼 얘기 중이었잖아. 내 말은, 물론 결혼에는 많은 장점이 있지만, 결혼한 적이 없으면 딱히 아쉽지도 않다는 거지."

조안나가 흥분한 두 여인을 온화하면서도 연민 어린 눈으로 바라봤다. 그녀가 그레기와 콜리의 거리낌 없는 다툼을 지긋이 응시했기에, 조안나의 온화함은 니콜라스에게 어느 때보다 강렬하게 다가왔다.

"그게 무슨 소리야, 콜리?"

그레기가 말했다.

"그렇지 않아, 콜리. 섹스는 다 원하는 거야. 신체는 독립적인 생명체라 통제하기 힘들거든. 경험이 없어도 아쉬울 수 있어. 너도 그렇고, 나도 그렇고. 생물학적인 문제야. 지그문트 프로이트에게 물어봐. 꿈으로 드러나잖아. 한밤중에 따뜻한 팔다리의 부재, 그리고 …."

"잠깐만요." 니콜라스가 테이프도 담기지 않은 녹음기를 조정하는 척하며 조용히 하라는 듯 손을 들었다. 두 여인이 이제 막 논쟁을 시작했으니 끝이 안 날 게 빤히 보였다.

"문 좀 열어 줘요." 문 뒤에서 클럽 관리인의 목소리와 커피 쟁반이 덜컹거리는 소리가 들렸다. 니콜라스가 문을 열어 주려고 재빨리 일어섰지만, 관리인이 먼저 빅토리아 시대 전문 접객 시녀처럼 솜씨 좋게 손과 발을 이용해 문을 밀고 들어왔다.

"지복의 세계를 접견하는 것이 우리가 아쉬워하는 것에 대한 적절한 보상은 아닌 것 같군." 그렇게 그레기가 콜리의 종교관을 사적으로 비난하는 것으로 대화를 매듭지었다.

커피가 제공되고 소녀들이 응접실로 모여드는 동안, 제인도 들어왔다. 제인은 틸리와의 전화 통화를 막 마친 참이었고, 어딘지 용서받은 기분이 들어 한결 홀가분해진 상태였다. 제인은 두뇌를 써서 완성한 찰스 모건의 편지를 니콜라스에게 건네주었다. 니콜라스가 그 편지를 읽는 동안 그에게 커피가 건네졌고, 잔을 받는 과정에서 편지에 커피를 조금 엎질렀다.

"이런, 못 쓰게 됐잖아요!" 제인이 소리쳤다. "처음부터 다시 써야겠어요."

"아니, 더 진짜 같아요." 니콜라스가 말했다. "실제로 찰스 모건이 나를 천재라고 칭찬하는 편지를 보냈다면, 내가 그 편지를 반복해서 읽고 또 읽어서 편지가 낡아 보이는 게 정상이잖아요. 찰스 모건의 이름을 쓰면 조지에게 효과 있는 거 확실하죠?"

"무척이요." 제인이 대답했다.

"무척 확실하다는 거예요? 무척 효과가 있을 거라는 거예요?"

"둘 다요."

"내가 조지였다면 불쾌감만 들었을걸요."

《도이칠란트호의 난파》 낭송이 막 시작될 참이었다. 조안나가 시집을 준비한 채 서 있었다.

"아무도 소리 내지 말아요." 클럽 관리인이 말했다. "아무 소리도, 숨소리도 내지 말아요. 여기 패링던 씨의 녹음기는 바늘 떨어지는 소리도 녹음한대요."

앉아서 스타킹의 구멍 난 부위를 꿰매고 있던 공동 침실의 소녀 한 명이 쪽모이 세공 마룻바닥에 의도적으로 바늘을 떨어뜨렸다가 허리를 굽혀 다시 집어 들었다. 이 행동을 본 다른 공동 침실 소녀 하나가 웃음을 참는 콧소리를 냈다. 조안나가 시작하기를 기다리는 녹음기의 잔잔한 모터 소리 외에는 침묵이 흘렀다.

> 당신은 저의 주인 되시는
> 하느님! 숨과 빵을 주시는 분,
> 세상의 해변이시요, 바다의 통치자,
> 생자와 망자의 주인,
> 당신은 제 뼈와 핏줄을 매시고, 제게 살을 붙이신 후,
> 거의 허물어 버리셨으니….*

* 《도이칠란트호의 난파》 제1부 1-6행.

8

7월 27일 금요일 오후, 제인이 클럽에 돌아오자 꼭대기 층에서 공포에 질린 비명 소리가 건물 안을 가득 채우며 들려왔다. 제인은 클럽에서 틸리를 만나려고 사무실을 일찍 나선 참이었고, 그 공포에 찬 비명 소리가 대수롭지 않은 일일 거라고 생각했다. 제인이 꼭대기 층 계단을 오르기 시작했을 때, 날카로운 비명 소리가 흥분한 목소리들과 함께 다시 한 번 들렸다. 아마도 누군가의 스타킹에 구멍이 났거나 옆구리가 아플 만큼 우스운 이야기가 나왔겠거니 하고 제인은 짐작했다.

꼭대기 층으로 향하는 층계참에 다다르자, 제인은 그 소음이 세면실에서 비롯됐음을 알 수 있었다. 그곳에서는 앤과 설리나가 공동 침실의 아가씨 두 명과 함께 좁은 슬릿 창을 통과하려다 끼어 버린 또 다른 아가씨를 빼내려고 안간힘을 쓰는 중이었다. 창틀에 끼인 아가씨는 다른 아가씨들이 다그치는 갖가지 방식대로 몸부림치고 발길질을 해댔다. 하지만 소용없었고, 고함치지 말아 달라는 간곡한 부탁에도 아랑곳없이 계속 새된 비명을 질러 댔다. 창문을 통과하려고 헐벗은 그녀의 몸뚱어리는 기름진 무언가로 온통 뒤덮여 있었다. 제인은 그것이 자기 화장대에 놓인 사재 보습 크림 용기에서 나온 것이 아니기를 간절히 바랐다.

"누구야?"

제인이 정체를 알 수 없는 아가씨의 유일하게 드러난 발길질 하는 다리와 들썩이는 엉덩이를 유심히 쳐다보며 물었다.

설리나가 수건을 가져와 창틀에 끼인 아가씨의 허리를 묶고 안전핀으로 고정하려고 했다. 앤은 비명을 지르지 말아 달라고 계속 사정했고, 공동 침실의 아가씨 하나는 계단 꼭대기로 올라가 이곳의 소음이 운영진의 불필요한 주의를 끌지 않기를 바라며 난간 아래를 내다보았다.

"누구야?"

제인이 물었다.

앤이 대답했다.

"유감스럽게도 틸리야."

"뭐, 틸리?!"

"아래층에서 기다리길래 같이 놀려고 이리 데려왔어. 틸리가 클럽에 오면 학창 시절로 돌아간 기분이 난다고 해서 설리나가 창문을 보여 준 거야. 통과하기에는 골반이 딱 1센티 더 컸어. 비명 좀 안 지르게 해 줄래?"

제인이 틸리에게 침착하게 말했다. "비명 지를 때마다 몸이 더 부어요. 조용히 하면 물에 적신 비누로 빼 줄게요."

틸리가 조용해졌다. 아가씨들이 10분간 더 매달려 봤지만, 골반은 여전히 요지부동이었다. 틸리는 울고 있었다.

"조지를 불러 줘요."

마침내 틸리가 말했다.

"조지에게 전화해 줘."

아무도 조지에게 전화하고 싶지 않았다. 그러면 그 남자가 위층으로 올라올 텐데, 위층 계단에 오를 수 있는 남자는 의사뿐이었고, 그나마도 항상 클럽 직원이 동행했다.

제인이 말했다.

"도와줄 사람 부를게요."

제인은 니콜라스를 생각하고 있었다. 니콜라스는 옆 정보부 건물에서 클럽 옥상으로 접근할 수 있으니 밖에서 틸리를 힘껏 밀면 창문 안쪽으로 도로 넣는 데 성공할 것 같았다. 니콜라스는 오늘 저녁 식사 후 클럽에 와서 강연을 들으며 설리나의 전 애인인 펠릭스의 아내를 관찰할 심산이었다. 니콜라스는 질투심과 호기심 뒤섞인 감정이 들었고, 펠릭스도 강연회에 참석할 예정이었다.

제인은 니콜라스에게 전화해 빨리 와서 틸리를 도와달라고 부탁하기로 했다. 도움을 받은 다음 클럽에서 같이 저녁 식사를 하면 될 듯싶었다. 그러면 이번 주에 니콜라스가 두 번이나 클럽에서 저녁 식사를 하게 되는 거라고 제인은 생각했다. 보통 그가 6시경 귀가하니까, 지금쯤 퇴근하고 방에 있을 터였다.

"지금 몇 시야?"

제인이 물었다.

틸리가 곧 격렬한 비명으로 변할 것 같은 소리를 내며 울고 있었다.

"6시 정각."

앤이 대답했다.

설리나가 정말 6시인지 손목시계를 확인하더니 자기 방 쪽으로 걸어갔다.

"틸리랑 같이 있어 줘. 도와줄 사람 불러올게."

제인이 말했다. 설리나가 자기 방 문을 열었고, 앤은 틸리의 발목을 잡은 채 서 있었다. 제인이 아래층 층계참에 도착하자, 설리나의 목소리가 들렸다.

"품위는 모든 사회적 환경에서의 완벽한 균형, 몸과 마음의…."

제인은 혼자 실없이 웃은 후 현관홀 시계가 6시를 알리는 소리를 들으며 전화 부스가 있는 아래층으로 내려갔다.

괘종시계가 7월 27일 저녁 6시를 알렸다. 니콜라스는 방에 막 돌아온 참이었고, 틸리가 곤경에 처했다는 얘기를 듣고는 재깍 정보부 건물로 가 옥상으로 넘어가겠노라고 열렬히 약속했다.

"농담 아니에요."

제인이 말했다.

"농담 아닌 거 알아요."

"농담으로 생각하는 것처럼 들려요. 빨리 와요. 틸리가 눈이 빠지게 울고 있어요."

"이참에 충분히 울게 놔 둬요. 노동당이 승리했으니까."

"어쨌든 서둘러요. 아니면 우리 모두 곤란…."

니콜라스가 이미 전화를 끊은 후였다.

그 시각, 그레기는 정원에서 들어와 저녁 식사 후 연설할 예정인 도벨 부인이 도착하기를 기다리며 현관홀을 서성이고 있었다. 그레기는 도벨 부인을 관리인 접견실로 데려가 저녁 식사 종이 울리기 전까지 함께 달지 않은 셰리주를 마실 셈이었다. 도벨 부인을 구슬려 저녁 식사 전에 정원까지 보여 줘야겠다고 그레기는 생각했다.

저 멀리 위층에서 고통에 찬 비명 소리가 계단을 타고 들려왔다.

"정말이지," 그레기가 전화 부스에서 나오는 제인에게 말했다. "클럽 수준이 엉망이 됐어. 방문하는 사람들이 뭐라 생각하겠어? 저 꼭대기 층에서 비명 지르는 거 누구야? 이 건물이 개인 소유 주택이었을 때도 아마 이런 소리가 들렸을 거야. 너희들은 꼭 저 옛날 주인이 외출하고 없는 집 하녀들처럼 행동한다니까. 뛰고 소리 지르고 말이지."

나를 그대의 수금으로 삼아다오, 바로 저 숲과도 같이.

내 잎사귀들이 저 숲의 잎사귀들처럼 떨어진들 어떠리!

그대의 힘차고 소란스러운 노랫소리.*

"조지, 조지를 불러 줘요."

저 위 멀찍이서 틸리가 여윈 목소리로 통곡했다. 그러자 꼭대기 층의 사려 깊은 누군가가 라디오 볼륨을 높였다. 다른 모든 소리를 덮어 버릴 만큼 크게.

천사들은 리츠에서 저녁을 먹고

나이팅게일은 버클리 광장에서 노래를 불렀지.

그렇게 틸리의 소리가 더 이상 들리지 않게 되었다. 그레기가 열린 현관문 밖을 내다본 후 다시 들어와서 손목시계를 보았다.

"6시 15분."

그레기가 말했다.

"6시 15분에는 도착한다고 했는데. 위층에 라디오 소리 좀

* 퍼시 비시 셸리, 〈서풍의 노래〉 제5곡 1-3행. 번역은 정광식 옮김, 《서풍의 노래》(선영사, 1994), 강대건 옮김, 《시인의 꿈》(민음사, 1991)을 참조했다.

줄이라고 해. 너무 천박하고 수준 떨어져 보이잖아…."

"너무 천박하고 수준 떨어지게 '들리는' 거겠죠."

언제 올지 모를 택시를 주시하며 제인이 대꾸했다. 택시가 옆의 다기능 호텔로 향하기를, 니콜라스를 태우고 있기를 바라면서.

"다시 한 번."

4층에서 조안나가 학생에게 말하는 목소리가 또렷하게 들렸다.

"마지막 3연 다시 한 번."

> 내 죽은 사상들을 온 우주에 몰아가 주오,
> 새로운 출생을 재촉하는 시든 낙엽들처럼!*

제인은 그 순간 조안나를 향한 깊은 질투심에 사로잡혔다. 그러나 젊었던 그 시절에는 근원을 찾을 수 없는 질투심이었다. 그 감정은 자기 자신과 그 인격마저 잊어버리는 선물 같은 조안나의 능력, 즉 그녀의 무심함을 내심 제인도 잘 알고

* 〈서풍의 노래〉 제5곡 7-8행.

있다는 사실과 연관이 있었다. 제인은 불현듯 에덴동산에 있었다는 사실을 깨닫기도 전에 에덴에서 쫓겨난 사람이 된 것 같은 비참한 기분이 들었다. 제인은 니콜라스가 다방면으로 관찰한 끝에 확립했다는 조안나에 관한 두 가지 견해를 떠올렸다. 하나는 시에 대한 조안나의 열정이 한 유형으로 제한되어 있다는 것이고, 다른 하나는 조안나가 종교적인 면에서 약간 우울하다는 것이었다. 그러나 이런 생각을 해도 제인의 기분은 나아지지 않았다.

니콜라스가 택시를 타고 도착한 뒤 호텔 입구로 사라졌다. 그리고 제인이 위층 계단으로 뛰기 시작했을 때, 다른 택시 한 대가 클럽 앞에 멈춰 섰다. 그레기가 말했다.

"도벨 부인이 오셨군. 6시 22분이야."

제인이 공동 침실에서 무리 지어 활기차게 쏟아져 나오는 아가씨들과 부딪혔다. 제인은 틸리에게 도와줄 사람이 거의 다 왔다고 1초라도 빨리 말해 주고 싶은 마음에 그녀들 사이를 밀치며 서둘러 지나갔다.

"제이이이인!"

아가씨 한 명이 소리쳤다.

"무례하게 무슨 짓이야! 난간 너머로 떨어져 죽을 뻔했잖아!"

하지만 제인은 쿵쾅거리며 계속 뛰어 올라갈 뿐이었다.

진홍빛 꽃잎 방금 잠들고, 이제는 하얀 꽃잎이 잠든다.

제인이 꼭대기 층에 도착하자 앤과 설리나가 틸리를 생각해서 부랴부랴 아랫도리를 입히려고 기를 쓰는 모습이 눈에 들어왔다. 아직 스타킹을 신기는 단계였다. 앤이 다리를 잡고 있었고, 손가락이 긴 설리나가 틸리의 다리 위에 스타킹을 가지런히 신기는 중이었다.

"니콜라스 도착했어. 아직 옥상으로 안 나왔어?"

틸리가 신음했다.

"아, 죽을 것 같아. 더는 못 참겠어. 조지를 데려와요. 조지 불러 줘."

"니콜라스 왔어."

니콜라스가 최근 고요한 여름밤마다 그랬듯 호텔 다락방 비상문으로 옥상에 올라오자, 그 모습을 볼 수 있을 만큼 키가 큰 설리나가 말했다. 니콜라스가 문 옆에 접어 놓은 카펫에 발부리가 걸려 휘청했다. 설리나와 같이 누우려고 밖에 가져다 놓은 카펫이었다. 니콜라스가 균형을 되찾고 클럽 쪽으로 빠르게 걸어오다가 갑자기 앞으로 크게 고꾸라졌다. 6시 30분을 알리는 시계 종소리가 울렸다. 제인이 "6시 30분!"이라고 크게 외치는 자기 목소리를 들은 순간이었다. 불현듯, 제인의 눈에 그녀의 옆 양변기실 바닥에 주저앉아 있는 틸리의 모습이 들어왔다. 앤도 자신의 존재를 숨기려는 듯 팔로 눈을 가린 채 바닥에 웅크려 앉아 있었다. 설리나는 기겁한 채 문 옆에 엎어져 있었다. 설리나가 비명을 지르려고 입을 벌렸고, 아마도 비명을 질렀겠지만, 그 순간 아래쪽 정원에서 우르르 진동음이 들리기 시작하더니 삽시간에 커다란 굉음으로 돌변했다. 클럽 건물이 다시 흔들렸고, 일어나 앉으려던 아가씨들이 다시 바닥에 납작 엎어졌다. 바닥이 유리 조각으로 온통 뒤덮였고, 제인의 몸 어딘가에서 피가 조금씩 흐르는 동안 시간이 조용히 흘렀다. 말소리와 고함 소리, 높아지는 발걸음 소리, 벽이나 천장에서 회반죽 떨어지는 소리 등이 감각을 일깨우기 시작하자 세면실에 있던 아가씨들도 제각기 다른 반응을 보이기 시작했다. 제인의 초점 없는 동공에 작은 슬릿 창의 열린 틈새로 안을 들여다보는 니콜라스의 거대한 얼굴이 들어왔다. 니콜라스는 빨리 일어나라고 소리치고 있었다.

"정원에서 폭발이 일어났어요!"

"그레기의 폭탄." 제인이 틸리를 향해 싱긋 웃으며 말했다. "그레기 말이 맞았어요." 제인이 다시 말했다. 정말로 우스운 발언이었지만, 틸리는 웃지 않았고 눈을 감은 채 등을 대고 바닥에 누웠다. 옷을 반만 입은 틸리는 정말 우스운 꼴을 하고 있었다. 제인은 니콜라스를 보고 크게 웃었지만, 니콜라스도 그 순간에는 유머 감각을 잃은 듯했다.

폭발 당시 1층의 공유 공간에 머물거나 공동 침실에 남아 있던 클럽 회원 대다수는 거리 아래쪽으로 모여 있었다. 1층에서는 폭발음 자체가 폭발의 진동보다 더 심하게 느껴졌다. 두 대의 구급차가 이미 도착했고, 세 번째 구급차가 오는 중이었다. 충격으로 정신이 멍해진 일부는 옆 호텔의 홀에서 치료를 받고 있었다.

그레기는 자기가 이런 일이 일어날 줄 이미 예상하고 경고했었다면서 펠릭스 도벨 부인을 안심시키려고 열을 내는 중이었다. 키가 굉장히 크고 세련된 중년 여성인 도벨 부인은 도로 가장자리에 서서 그레기의 말을 거의 듣지 않고 있었다.

도벨 부인은 측량사 같은 눈으로 건물을 관조하며 사건의 본질을 오해한 데서 비롯된 침착함에 사로잡혀 있었다. 폭발 때문에 놀라긴 했지만, 도벨 부인은 영국에서는 전시에 떨어졌던 폭탄이 항상 이렇게 뒤늦게 터지나 보다 하고 추측했고, 다치지 않아 다행이라고 생각하는 동시에 전쟁 경험을 공유했다는 사실에 약간의 희열을 느끼며, 이제는 비상시에 어떤 대책이 적용될지를 궁금해했다. 도벨 부인이 물었다.

"먼지가 언제쯤 가라앉을까요?"

그레기가 다시 말했다.

"그 살아 있는 폭탄이 정원에 있는 줄 알았다니까요. 폭탄이 정원에 있다고 매일같이 말했는데. 폭탄 처리반에서 못 찾은 거예요. 못 찾은 거지."

위층 침실에서 몇몇 얼굴들이 보였고, 창문이 열렸다. 한 아가씨가 소리를 지르다가 도로 창문 안으로 고개를 집어넣었다. 건물 주위를 여전히 구름처럼 둘러싸고 있는 먼지 때문에 숨이 막힌 탓이었다.

연기가 스멀대기 시작했지만 먼지 속이라 식별하기 어려웠다. 실제로 폭발 때문에 가스관이 파열되어 화재가 발생했고, 불길이 열풍기실에서 지하실 전체로 느릿하게 확산되는 중이었다. 이윽고 불더미가 위층으로 기어오르다 갑자기 확 타올랐다. 삽시간에 1층 사무실들을 잠식한 불꽃이 포효하며 커다란 창문 유리를 핥고 목공품들을 더듬어 댔다. 그러는 동안 그레기는 소녀와 아가씨들, 거리의 군중, 구급차, 소방차가 자아내는 떠들썩함 속에서 새된 목소리로 연신 나불댔다.

"폭탄이 터졌을 때 우리가 정원에 있었을 확률이 10분의 1이었어요. 저녁 식사 전에 정원을 한 바퀴 돌려고 했거든요. 우리도 아마 파묻혀 죽었을 거예요. 죽었을 거라고요. 10분의 1 확률이었다니까요, 도벨 부인."

도벨 부인이 새로 무언가를 깨달은 사람처럼 말했다.

"끔찍한 사건이네요."

사실 도벨 부인은 겉으로 보이는 것보다 훨씬 충격을 받은 상태였다. 그녀가 덧붙였다. "여성의 특권인 신중함이 발휘돼야 할 때예요." 이 말은 저녁 식사 후 도벨 부인이 하려던 연설 속 한 문장이었다. 도벨 부인은 군중 속에서 남편을 찾으려고 두리번거렸다. 클럽 관리인이 심각한 쇼크 증세를 보이며 들것에 실려 군중 사이를 빠져나가고 있었다. 도벨 부인은 일주일 후 클럽 관리인과 같은 쇼크 증세를 보이게 될 것이었다.

"펠릭스!"

도벨 부인이 소리쳤다. 펠릭스는 클럽 옆 호텔에서 나오는 중이었고, 입고 있던 녹갈색과 카키색 뒤섞인 군복이 검댕에 그을리고 새까만 기름으로 얼룩져 있었다. 펠릭스는 클럽 뒤쪽을 조사하던 참이었다. 그가 말했다.

"담벼락의 벽돌 구조가 불안정해 보여. 화재 탈출구 위쪽 절반도 무너졌고. 저 위에 아직도 갇혀 있는 아가씨들이 있어. 소방대원들이 아가씨들을 꼭대기 층으로 안내하고 있어서 아마 지붕의 채광문으로 나와야 할 거야."

"누구시죠?"

줄리아 여사가 말했다.

"제인 라이트예요. 지난주에 전화드렸었죠. 니콜라스 패링던의 죽음에 대해 더 알아봐 주실 수 있는지 부탁…"

"아, 그래. 아쉽지만 외교부에서 나온 자료는 거의 없어. 걔넨 원래 공식적으로 발표 안 하잖아. 내가 알아본 바로는 그 남자가 현지에서 미신을 반대하는 설교를 하다가 완전히 성가신 존재가 됐다나 봐. 경고도 몇 번 받은 후라 언제 죽어도 이상할 것 없었다던데? 그 남자랑 어떻게 아는 사이야?"

"그 사람이 민간인이었을 때 5월의 테크 클럽의 몇몇 아가씨들과 친하게 지냈었거든요. 그러니까 제 말은 니콜라스가 수도원에 들어가기 전에요. 사실, 비극적이었던 그날 밤에도 클럽에 있었고…."

"그날 머리가 어떻게 됐나 보네. 뭔가 어떤 식으로든 뇌에 영향을 준 게 분명해. 내가 비공식적으로 알아본 바로는 그 사람 완전히…."

예전에 한 사내가 클럽 아가씨 하나를 만나러 건물 지붕의 채광창으로 침입한 후 누군가의 히스테릭한 지시로 그 채광문이 벽돌로 막히긴 했지만, 소방대원들이 벽돌을 치우는 게 불가능한 것은 아니었다. 시간이 오래 걸리는 작업이라는 게 문제일 뿐.

반면 정원에서 폭발이 일어나고 건물에 화재가 발생했을 때, 상층에 있었던 5월의 테크 클럽 아가씨 열세 명과 틸리 트로비스 뮤에게 시간은 당면한 최우선 문제는 아니었다. 수많은 안전 수칙 규정에서 언급되고, 수많은 저녁 시간마다 회원들에게 공지됐던 '완벽하게 안전한' 화재 탈출구 계단의 상당 부분이 이제 정원의 흙더미와 뿌리 뽑힌 초목들 사이에 갈지자 형태의 조각들로 흩어져 나뒹굴고 있었다.

거리의 구경꾼과 건물 옥상의 소방대원들에게는 맹렬한 기세로 시시각각 진격하는 적군과도 같은 시간이 클럽 상층의 아가씨들에게는 잊혀진 작은 사건에 불과했는데, 폭발의 위력에 충격을 받았을 뿐 아니라, 정신을 차리고 주위를 둘러보았을 때 친숙한 모든 것의 위치가 갑자기 뒤바뀌어 더한 혼돈 상태에 빠져들었기 때문이었다. 집 뒷벽이 하늘을 향해 광활하게 뚫려 있었다. 그렇기에 1945년 바로 그 순간, 클럽 상층에 있던 아가씨들은 마치 우주 로켓에 탄 무중력 상태의 비행사들처럼 시간이라는 사소한 현실에서 아득히 벗어나 있었다. 제인은 벌떡 일어나 자기 방으로 달려가서는, 동물적인 본능으로 탁자 위에 남아 있던 초콜릿 한 덩이를 낚아채 게걸스럽게 입에 쑤셔 넣었다. 단것이 들어가자 좀 회복되는 느낌이었다. 제인이 세면실을 돌아보자 틸리와 앤, 설리나가 천천히 일어서고 있었다. 옥상 쪽에서 고함 소리가 들렸다. 식별할 수 없는 얼굴이 슬릿 창 너머를 들여다보더니, 커다란 손으로

헐거운 창틀을 떼어 내 버렸다.

그러나 이미 불길이 주 계단 위로 번지고 있었다. 먼저 섬세한 중세 문장(紋章) 같은 연기 덩어리가 간헐적으로 피어올랐고, 곧이어 화염이 난간을 타고 기어오르기 시작했다.

폭발 시점에 3층과 4층 방에 있던 아가씨들은 꼭대기 층 아가씨들보다는 상대적으로 적은 충격을 받았다. 전쟁 초기 폭격의 간접적인 영향이 심각한 결함을 입힌 것은 5층 구조물의 석조 부분이었기 때문이다. 멍도 들고 생채기도 났지만, 3층과 4층 아가씨들은 집이 흔들리는 충격보다는 폭발음에 더 놀란 편이었다.

3층에 있던 소녀와 아가씨들 중 일부는 폭탄이 터진 직후 화재가 발생하기도 전에 계단을 내려와 거리로 탈출할 만큼 신속하고 기민한 행동력을 보여 줬다. 하지만 같은 탈출로로 빠져나가려던 나머지 3층 아가씨 열 명은, 이런저런 시도에도 불구하고 불길을 만나 위쪽으로 후퇴해야만 했다.

조안나와 낸시 리들은 폭탄이 터졌을 때 발성법 수업을 마치고 조안나의 방문 앞에 서 있었던 터라 창문 유리 조각을 피할 수 있었다. 조안나가 손을 다치긴 했지만, 폭발 당시 작은 여행용 시계의 태엽을 감다가 시계 유리가 깨져 다친 것이었다. 클럽 회원들이 불길이 치솟은 것을 보고 비명을 질렀을 때, 가장 마지막으로 비명을 지른 후 "화재 탈출구로!"라고 외친 이는 조안나였다. 폴린 폭스가 곧장 그녀의 뒤를 따랐고, 다른 아가씨들도 3층 복도를 통과해 좁은 뒷계단을 올라 평소에 화재 탈출구 창문이 있었던 4층 통로로 향했다. 그러나 건물 뒷벽이 무너져 화재 탈출구도 함께 사라지면서, 그 자리에는 이제 여름 저녁 하늘을 향해 활짝 열린 플랫폼만이 자리하고 있었다. 열 명의 아가씨들이 화재 탈출구가 있던 자리로 몰려들자, 바람벽의 회반죽이 떨어져 내렸다. 아가씨들은 완전히 당황해서 계속 화재 탈출구 계단을 찾았다. 정원에서 소방대원들이 외치는 목소리가 들렸다. 목소리들은 위쪽 옥상 방향에서도 들렸는데, 그중에서도 뒤로 물러서지 않으면 서 있는 바닥 부위가 무너질 수 있다는 확성기 경고가 또렷이 들렸다.

확성기 소리가 다시 들렸다.

"꼭대기 층으로 올라가요!"

"나한테 무슨 일이 생긴 건지 잭이 걱정할 거야."

폴린 폭스가 말했다. 폴린이 가장 먼저 뒷계단을 올라 세면실로 향했고, 그곳에서 불이 났다는 것을 깨달은 후 침착함을 되찾고 비로소 두 발로 서 있는 앤과 설리나, 제인, 틸리와 합류했다. 설리나는 치마를 벗는 중이었다.

그들 머리 위 경사진 천장에는 오래전 벽돌로 막힌 크고 네모난 채광창이 보였다. 이 채광창 위쪽에서 남자들의 목소리와 사다리 끌리는 소리, 벽돌의 강도를 시험하는 시끄러운 충파(衝破) 소리 등이 들려왔다. 남자들은 채광창 문을 열어 아가씨들을 탈출시킬 방도를 찾으려 동분서주하는 듯했고, 그러는 동안 아가씨들은 천장의 네모난 채광창을 뚫어지게 올려다보았다. 틸리가 물었다.

"열리지 않는 거예요?"

클럽 소녀와 아가씨들은 죄다 그 답을 알고 있었기 때문에 아무도 대답하지 않았다. 클럽의 모든 이가 채광문으로 들어온 남자의 전설을 들었고, 어떤 이들은 남자가 한 아가씨와 함께 침대 위에서 발견되었다고 얘기했다.

설리나가 변기 위에 서서 슬릿 창으로 뛰어올랐다. 설리나는 몸을 대각선으로 비틀어 움직이며 손쉽게 슬릿 창을 통과해 옥상으로 빠져나갔다. 이제 세면실에 남은 사람은 열세 명이었다. 그들은 정글에서 위험에 직면한 사람들처럼 조용히 경계하는 태도로 서서, 옥상 쪽 확성기에서 추가 지시가 내려오기를 기다렸다.

앤 바버튼이 설리나를 따라 슬릿 창으로 뛰어올랐다. 당황한 탓에 허둥대긴 했지만, 한 사내의 손이 창문 쪽으로 다가와 그녀를 받아 줬다. 틸리 트로비스 뮤가 흐느끼기 시작했다. 폴린 폭스는 드레스를 잡아 뜯듯이 벗어던지고는 속옷까지 탈의해 완전히 알몸이 됐다. 그녀의 몸은 영양실조 상태였고, 옷을 다 입고도 슬릿 창을 통과하는 데에 하등 어려움이 없었을 것이나, 그럼에도 폴린은 물고기처럼 발가벗고 옥상으로 탈출했다.

틸리가 더 심하게 울어 댔고 다른 아가씨들은 몸을 떨었다. 경사진 지붕에서 채광창을 조사 중이던 소방대원들이 옥상으로 뛰어내리자, 채광창 쪽에서 나던 소음이 일거에 잦아들었다. 대런던에서 온전하게 남아 있던 유일한 경치인 북두칠성 아래, 여름 내내 설리나가 니콜라스와 함께 카펫을 말아 덮고 몸을 뉘었던 옥상의 슬릿 창 너머로 시끄럽고 부산한 발걸음 소리가 들렸다.

소방대원들에게 지시를 내리는 확성기의 고성과 그 고성을 뚫고 창문 틈새로 말을 건네는 소방대원의 목소리가 세면실 안에 남아 있던 열한 명의 여성에게 동시에 들려왔다. 창가의 소방대원이 말했다.

"그 자리에 그대로 있어요. 당황하지 말고요. 채광창을 막은 벽돌을 제거할 도구를 찾으러 갔으니까 그리 오래 걸리지는 않을 거예요. 시간문제인 셈이죠. 여러분이 탈출할 수 있게 최선을 다하고 있습니다. 그 자리에 그대로 있어요. 당황하지 말고요. 시간문제일 뿐입니다."

이 말을 들은 열한 명의 아가씨들에게 마침내 시간 문제가 삶의 중대사 중 하나로 다가오기 시작했다.

정원에서 폭탄이 폭발한 지 28분이 지났다. 펠릭스 도벨은 화재가 발생한 후 옥상에 올라가 니콜라스 패링던과 합류해 있었다. 니콜라스와 펠릭스가 창문으로 빠져나온 세 명의 날씬한 아가씨를 도와줬다. 앤과 벌거벗은 폴린 폭스는 다용도 담요로 몸을 감싸 두르고 폭발의 여파로 뒤쪽 창문이 깨진 옆 호텔 옥상의 비상문을 통해 서둘러 건물 밖으로 빠져나갔다. 니콜라스는 설리나가 다른 두 아가씨에게 담요를 양보했다는 사실에 긴급 상황임에도 잠시나마 깊은 인상을 받았다. 설리나는 하얀색 속치마만 입고 맨발로 서성거렸다. 조금씩 몸을 떨면서도 매력적인 우아함을 잃지 않는 품이 마치 상처 입은 노루 같았다. 펠릭스가 다른 두 아가씨를 구급차에 데려다준다고 자리를 뜬 상태였기에, 니콜라스는 설리나가 자기 때문에 서성이는 거라고 생각했다. 니콜라스는 설리나가 호텔 쪽 옥상에서 생각에 잠겨 서 있게 놔둔 채, 클럽의 슬릿 창 쪽으로 돌아갔다. 남은 아가씨 중 슬릿 창으로 탈출할 수 있을 만큼 날씬한 아가씨가 또 있는지 확인하기 위해서였다. 소방대원들이 앞으로 20분 안에 건물이 무너질 수 있다고 외치는 소리가 들렸다.

니콜라스가 슬릿 창에 거의 다다랐을 때 설리나가 소리 없이 빠르게 그를 지나쳐 창턱을 부여잡고 다시 몸을 끌어 올렸다.

"내려와요. 뭐 하는 거예요?"

니콜라스가 말했다. 그러면서 설리나의 발목을 잡으려 했지만, 설리나가 재빨랐다. 설리나는 찰나간 좁은 창턱 위에서 몸을 웅크렸다가 고개를 수그리고 몸을 옆으로 비틀며 창문을 미끄러지듯 통과해 양변기실로 들어가 버렸다.

니콜라스는 설리나가 다른 아가씨를 구하거나 여자들이 창문으로 탈출하는 걸 도우려 한다고 생각했다.

"다시 나와요, 설리나!"

니콜라스가 슬릿 창 안쪽을 보려고 창턱으로 몸을 끌어 올리며 소리쳤다.

"위험해요, 돕는 거 무리야!"

설리나는 세면실에 서 있는 아가씨들 사이를 밀치며 지나갔고, 여자들은 저항 없이 길을 터 줬다. 다들 조용했고, 틸리만 눈물 없이 발작적으로 흐느끼면서 다른 아가씨들처럼 공포에 질린 커다란 눈망울로 니콜라스를 응시했다.

니콜라스가 말했다.

"채광창을 열어 줄 사람들이 오고 있어요. 금방 도착할 거예요. 여기 창문 통과할 수 있는 사람 더 있나요? 제가 도울게요. 서둘러요, 빠를수록 좋아요."

조안나는 손에 줄자를 들고 있었다. 소방대원들이 채광창이 단단히 막혀 있다는 것을 깨닫고 도구를 가지러 간 사이, 조안나는 꼭대기 층 침실을 뒤져 줄자를 찾은 뒤 18센티 창틈으로 탈출할 가능성이 있는 아가씨를 확인하고자 가장 가능성이 없어 보이는 아가씨까지 포함해 함께 갇힌 아가씨 열 명의 골반 치수를 잿다. 골반 둘레 92센티가 창틈을 비집고 통과할 수 있는 최대 치수라는 것은 클럽의 모두가 아는 사실이었지만, 몸을 옆으로 하고 어깨를 교묘히 움직여 빠져나가야 했기 때문에 뼈의 크기와 살과 근육의 질감도 중요했다. 즉, 몸을 가뿐히 압착시킬 수 있을 만큼 충분히 유연한지, 아니면 많이 뻣뻣한지의 여부가. 틸리의 경우가 후자에 속했다. 그러나 틸리를 제외하곤, 꼭대기 층에 남은 아가씨 중 설리나와 앤, 폴린 폭스처럼 날씬한 몸매인 아가씨는 아무도 없었다. 일부는 통통했고, 제인은 뚱뚱했다. 예전에는 슬릿 창을 미끄러지듯 넘나들며 옥상에서 일광욕을 즐길 수 있었던 도로시 마컴은 현재 임신 2개월 차로, 복부가 3센티나 팽팽하고 딱딱하게 불어나 있었다. 치수를 재는 조안나의 노력은 절망적인 상황에서 일종의 과학적인 의식처럼 여겨졌고, 적어도 무언가를 하고 있다는 느낌을 주어 주의를 환기시켰다. 약간의 평온을 되찾게 하는.

니콜라스가 말했다.

"오래 걸리진 않을 거예요. 지금 사람들이 오는 중이에요."

니콜라스는 담벼락의 벽돌 틈새에 신발 앞굽을 깊게 박아 넣고 창턱에 매달렸다. 그는 소방 사다리가 설치된 옥상 가장자리를 보고 있었다. 곡괭이를 지참한 소방대원들이 열을 지어 사다리를 오르고 있었고, 무거운 드릴이 옥상 위로 끌어

올려지는 중이었다.

니콜라스가 다시 세면실을 들여다보았다.

"소방대원들 지금 도착했어요. 설리나 어디 갔어요?"

아무도 대답하지 않았다.

니콜라스가 말했다.

"저기 저 아가씨는 창문으로 나올 수 있지 않아요?"

틸리를 말하는 거였다. 제인이 대답했다.

"아까 시도해 봤는데 끼었어요. 아래에서 불길이 미친 듯이 타오르고 있어요. 건물이 금방 무너질 거 같아요."

여자들의 머리 위 경사진 지붕에서 곡괭이로 채광창을 막은 벽돌을 맹렬히 찍어 대는 소리가 울리기 시작했다. 일반적인 작업의 규칙적인 리듬이 아니었다. 임박한 위험 속에서의 필사적인 난도질이었다. 머지않아 호각이 울리면 확성기로 소방대원들에게 건물이 붕괴하기 전에 탈출하라는 명령이 내려질 터였다.

니콜라스가 바깥 상황을 살피고자 붙잡고 있던 창턱에서 손을 놓았다. 그러자 틸리가 다시 탈출을 시도하려고 슬릿 창가에 나타났고, 니콜라스는 그녀의 얼굴이 폭발 직전 창틀에 끼여 구출을 도와달라고 자기를 호출한 아가씨의 얼굴임을 알아차렸다. 니콜라스는 틸리에게 다시 끼이면 채광창으로 탈출할 확실한 기회마저 잃을 수 있으니 뒤로 물러나라고 소리쳤다. 그러나 틸리는 광기 어린 결의에 가득 차 큰 소리로 스스로를 독려했다. 다행히 이번에는 성공적이었다. 니콜라스가 틸리를 끌어당겼고, 그 과정에서 틸리의 엉덩뼈 하나가 부러졌다. 니콜라스가 틸리를 옥상 바닥에 눕히자 틸리는 기절해 버렸다.

니콜라스가 다시 한 번 창턱으로 몸을 끌어 올렸다. 아가씨들이 조안나 주위에 둥글게 모여 조용히 떨면서 채광창을 올려다보고 있었다. 집 아래층에서 거대한 무언가가 천천히 갈라지는 소리가 들렸고, 이제 연기가 세면실 천장 부근에서 나선형으로 휘돌기 시작했다. 그 순간, 니콜라스의 눈에 세면실의 열린 문틈으로 연기가 자욱한 복도를 따라 걸어오는 설리나의 모습이 들어왔다. 설리나는 길이가 제법 길고, 축 늘어졌으며, 가벼워 보이는 무언가를 양팔로 조심스럽게 안아 들고 있었다. 니콜라스는 그것이 시체라고 생각했다. 설리나는 복도에서 자신에게 도달한 첫 번째 연기의 물결에 옅게 기침하며, 여자들 사이를 통과해 왔다. 다른 아가씨들은 설리나가 무엇을 구해 왔는지 무엇을 안아 들고 있는지 전혀 궁금해하지 않았기에, 설리나를 멍하니 바라보며 그들 본연의 오랜 불안감에 몸을 가늘게 떨 뿐이었다. 설리나는 변기 위로 올라가 창문을 미끄러지듯 통과하고는 능숙하고 재빠르게 가져온 뒤편의 물체를 잡아당겼다. 니콜라스가 양손으로 그녀를 받아 줬다. 설리나가 옥상 위로 발을 디디며 물었다.

"여기 안전해요?"

그러면서 동시에 그녀가 구해 온 물건의 상태를 확인했다. 품위는 완벽한 균형. 스키아파렐리 드레스였다. 드레스 윗부분에서 옷걸이가 머리 없는 목과 어깨처럼 대롱거렸다.

"여기 안전해요?"

설리나가 물었다.

"안전한 곳은 없어요."

니콜라스가 대답했다.

니콜라스는 훗날 이 벼락 맞은 듯한 장면을 회상하며 자신이 무의식중에 성호를 그었는지 확신하지 못했다. 기억하기로는 성호를 그은 것 같았다. 어쨌든 옥상에 다시 나타난 펠릭스 도벨이 그 순간 니콜라스를 흥미롭게 쳐다보았고, 후일 니콜라스가 설리나의 안전한 모습에 미신적인 안도감이 들어 성호를 그었던 것이라고 회고했다.

설리나가 호텔 옥상의 비상문으로 달려갔다. 틸리가 의식을 회복했지만 걸을 수 없을 정도로 다쳐, 펠릭스가 틸리를 두 팔로 안아 들었다. 펠릭스는 드레스를 든 설리나를 따라 틸리를 옥상 비상문으로 데려갔다. 드레스는 이제 더 훼손되지 않도록 안쪽이 밖으로 보이게 뒤집혀 있었다.

슬릿 창 안쪽에서 새로운 소리가 들렸다. 소방 호스에서 쉼 없이 물을 쏟아붓는 소리, 집 아래쪽에서 목재와 회반죽이 타들어 가며 내는 삐거덕 소리, 위쪽 채광창 구조 작업에서 나는 고함 소리와 벽돌 깨지고 떨어지는 소리로 인해 그 소리는 희미하게 들렸다. 이 새로운 소리는 불규칙하게 끊기고 낮게 웅얼거리는 음조로 오르내리며 연기 속의 절박한 기침 소리 사이로 들려왔다. 기계적으로 〈시편〉 "스물일곱 번째 날" '저녁 부분'의 단시와 회답을 암송하는 조안나의 목소리였다.

확성기 소리가 크게 울려 퍼졌다. "안쪽에 채광창에서 떨어져 있으라고 해요! 이제 곧 열릴 것 같은데, 안쪽으로 무너질 수도 있으니까. 아가씨들에게 채광창에서 떨어져 있으라고 해요!"

니콜라스가 창턱으로 몸을 끌어 올렸다. 아가씨들은 확성기 지시를 듣고 창 너머로 계속 떠오르는 니콜라스의 얼굴도 무시한 채, 이미 슬릿 창이 있는 양변기실로 몰려들고 있었다. 아가씨들은 마치 최면에 걸린 사람들처럼 조안나를 둘러쌌고, 조안나 역시 최면에 걸린 것처럼 우두커니 서서 성공회 예배 절차에서 "스물일곱 번째 날"에 읊는 묘한 시 구절을 암송했다. 마치 그 구절이 이 세상의, 인간 삶의, 모든 유형과 조건에 적용될 수 있다는 듯이. 같은 순간, 런던에서는 근로자들이 고단한 걸음걸이로 켄싱턴 공원을 가로질러 걸으며 멀찍이 보이는 소방차 여러 대를 궁금해하며 쳐다봤고, 루디 비테쉬는 세인트 존스 우드에 있는 그의 아파트 실내에 앉아 클럽에 있는 제인과 사적인 대화를 나누려고 전화를 걸었지만 연결이 되지 않았으며, 새로운 노동당 정부가 탄생했고, 지표면의 다른 곳에 있는 사람들은 잠을 자거나, 해방 후 물자를 배급받으려고 줄을 서거나, 톰톰 드럼을 두드리거나, 폭격기를 피해 피신하거나, 유원지에서 범퍼카를 몰고 있었다.

니콜라스가 소리쳤다.

"채광창에서 물러서서 창문 가까이 와요!"

여자들이 양변기실로 몰려들었다. 체격이 가장 큰 제인과 조안나가 다른 아가씨들을 위한 공간을 마련하려고 변기 위로 올라섰다. 니콜라스는 모두의 얼굴에서 땀이 흐르는 것을 보았다. 이제 그의 눈 가까이에 있는 조안나의 피부는 갑작스레 큼지막한 주근깨들로 뒤덮여 버린 것처럼 보였다. 마치 공포가 태양빛처럼 피부에 작용한 듯. 실제로 조안나의 얼굴에 난 옅은 주근깨는 평소에는 잘 보이지 않았지만, 이 순간에는 두려움으로 핏기가 가신 조안나의 피부 속에서 밝은 황금빛 반점으로 두드러져 보였다. 파괴의 소음을 뚫고, 조안나의 입술과 혀에서 〈시편〉의 단시와 회답이 흘러나왔다.

주님께서 우리를 위해 큰일을 행하셨으니:
우리는 기뻐하였네.
주여, 저희의 포로를 되돌리소서:
남쪽 땅의 시냇물과 같이.
눈물로 씨를 뿌리는 자:
환희로써 거두리라.*

왜, 어떤 의도로 조안나는 이 구절을 암송했던 것일까? 조안나가 이 구절을 외워 오랫동안 암송해 온 것은 사실이었다.

* 126: 3-5.

하지만 왜, 지금 같은 곤경 속에서 청중이 있는 것처럼 암송했던 것일까? 조안나는 암녹색 울 스웨터에 회색 치마를 입고 있었다. 다른 아가씨들은 여느 때와 같이 무의식적으로 조안나의 목소리를 들었고, 그로 인해 아마도 덜 흥분하고 덜 떨렸을지도 모른다. 그러나 정작 "스물일곱 번째 날" 구절들의 실제 의미보다는 채광창에서 들려오는 소음에 더 두려워하며 주의 깊게 귀를 기울였다.

주님께서 집을 짓지 아니하시면:
짓는 이들의 수고가 헛되리라.
주님께서 성을 지키지 아니하시면:
파수꾼의 깨어 있음이 무용하리라.
일찍 일어남도 늦게 자리에 듦도 고난의 빵을 먹음도
  너희에게 헛되리라:
주님께서 사랑하시는 이에게는 그만큼의 잠을 주시나니.
보라, 아들들은….*

* 127: 1-3.

〈시편〉 중 어느 날의 기도문이든 똑같은 최면 효과가 있었겠지만, 매일 그 날짜에 해당하는 〈시편〉 구절을 낭송하는 것이 조안나의 습관이었다. 천장에서 회반죽 가루와 이지러진 벽돌 몇 장이 쏟아져 내리며 채광창 문이 쿵 하고 열렸다. 하얀 먼지가 계속 떨어지는 동안 소방대원들의 사다리가 내려왔다. 도로시 마컴이 가장 먼저 사다리에 올랐다. 사교계에 이제 막 입문한 수다스러운 도로시의 밝은 미래는 지난 43분 동안 전기가 나간 해변 마을처럼 당혹스러운 암흑 속에 빠져 있었다. 도로시의 파리한 모습은 기묘하게도 그녀의 고모이자 클럽 위원회 의장인 줄리아 여사를 닮아 있었고, 그 순간 줄리아 여사는 바스**에서 천진하게 난민을 위한 소포 더미를 포장하고 있었다. 줄리아 여사의 머리는 흰색이었고, 이제 그녀의 조카 도로시의 머리도 떨어진 회반죽 먼지로 뒤덮여 새하얬다. 도로시는 소방 사다리로 경사진 타일에 올라, 도움을 받아 안전한 옥상으로 이동했다. 도로시의 뒤를 이어 중부지방 저교회 성직자의 딸이자, 조안나의 강습 덕에 억양이 점차 개선되고 있던 낸시 리들이 사다리에 올랐다. 낸시의 발성법

** 영국 서머싯셔주의 온천 도시.

교습 시대는 지금 이 순간부로 막을 내렸고, 앞으로는 평생 중부 억양으로 말하게 될 것이었다. 도로시의 뒤를 따라 사다리를 오르는 낸시의 골반은 이전보다 부쩍 커 보였다. 다음으로는 세 명의 아가씨가 동시에 사다리에 오르려고 했다. 4층의 4인 침실을 사용하던 이 아가씨들은 모두 군대에서 갓 전역했고, 육군에서 5년을 복무한 여성답게 튼튼하고 잘 단련된 신체를 가지고 있었다. 이들이 누가 먼저 오를지 결정하는 동안 제인이 사다리를 타고 탈출했고, 전직 군인 아가씨들이 서둘러 그 뒤를 따랐다.

조안나가 변기 위에서 뛰어내렸다. 그녀는 이제 회전이 끝날 무렵의 팽이처럼 희미하게 흔들리며 빙글빙글 돌고 있었다. 조안나의 시선이 혼란스럽게 채광창에서 슬릿 창으로 옮겨 갔다. 조안나의 입술과 혀는 강박적으로 "스물일곱 번째 날"의 호칭 기도를 연이어 암송했지만, 목소리가 약해졌고 기침 때문에 잠시 암송을 멈추기도 했다. 공기가 여전히 회반죽 가루와 연기로 자욱했다. 조안나의 옆에는 세 명의 아가씨가 남아 있었다. 조안나가 사다리를 더듬다가 놓쳐 버렸다. 그녀가 바닥에 놓인 줄자를 잡으려고 몸을 숙였다. 조안나는 눈이 잘 안 보이는 듯 줄자를 더듬어 찾으며 암송을 계속했다.

지나가는 이들*은 아무도 '주님의 복이 너희에게 있기
  를.' 하고 말하지 말라:
우리는 주님의 이름으로 너희에게 축복한다.

깊은 곳에서 내가 부르짖나니….**

조안나의 곁에 있던 세 명의 아가씨가 사다리에 올랐고, 그중 놀라울 만큼 날씬했지만 생각보다 뼈가 굵어 슬릿 창으로 탈출할 수 없었던 피파가 뒤를 보며 소리쳤다. "조안나, 서둘러!"

"조안나, 사다리요!"

니콜라스도 창밖에서 소리쳤다. "조안나, 사다리로 올라가요!"

조안나가 정신을 다잡고 앞서간 두 아가씨를 따라 사다리를 부여잡았다. 갈색 피부에 근육질 체형의 수영선수 아가씨와 풍만한 몸매의 그리스 귀족 출신 망명자 아가씨였다. 두 사람 모두 안도의 눈물을 흘리고 있었다. 조안나는 앞서간 마

* 이스라엘 민족의 적들.
** 129: 8, 130:1.

지막 아가씨의 발이 사다리 가로대를 뜨기 무섭게 그곳을 손으로 움켜잡으며 신속하게 앞사람을 뒤쫓아 오르기 시작했다. 그 순간, 건물이 흔들리면서 사다리와 세면실도 함께 흔들렸다. 화재는 진압되었지만 과격한 채광창 개폐 작업 탓에 껍데기뿐인 집이 마침내 더는 버티지 못하게 된 것이었다. 조안나가 사다리를 반쯤 올랐을 때 호각 소리가 울렸다. 확성기로 소방대원들에게 당장 뛰어내려 피신하라고 지시하는 소리가 울려 퍼졌다. 마지막 소방대원이 조안나가 채광창 밖으로 나오기를 기다리던 순간, 집이 무너져 내렸다. 경사진 지붕이 내려앉기 시작하자 소방대원은 옥상 위로 급히 뛰어내려 위태롭고 고통스럽게 착지했다. 건물이 그 중심으로 가라앉아 들어가며 높이 솟은 잔해더미로 변했고, 조안나도 함께 가라앉았다.

9

테이프 녹음이 지워졌다. 절약해서 다시 쓴다는 이유로. 1945년의 상황은 원래 이랬지만, 니콜라스는 불같이 화를 냈다. 조안나의 장례식 후 고인의 유품 회수차 런던에 서류를 작성하러 온 조안나의 아버지에게 딸의 목소리를 들려주고 싶었기 때문이다. 니콜라스는 한편으로는 조안나의 마지막 모습을 그녀의 아버지에게 전해 주고 싶은 충동으로, 또 한편은 호기심으로, 마지막은 조안나가 낭송한 《도이칠란트호의 난파》 녹음을 극적으로 재생하는 상황을 연출하고 싶은 욕망으로 조안나 아버지에게 편지를 썼다. 그리고 그 편지에서 녹음테이프를 언급했었다.

하지만 녹음된 것이 날아가 버렸다. 그의 사무실에서 누군가 지워 버린 게 틀림없었다.

당신은 제 뼈와 핏줄을 매시고, 제게 살을 붙이신 후,
거의 허물어 버리셨으니. 당신이 하신 일을, 참으로
두렵게도.
당신은 저를 새롭게 만지려 하심입니까?

니콜라스가 교구 목사인 조안나 아버지에게 말했다.

"정말 화납니다. 조안나는 《도이칠란트호의 난파》를 낭송할 때 최고였거든요. 진심으로 죄송합니다."

조안나의 아버지는 맞은편에 앉아 있었다. 얼굴은 분홍빛이 감돌았고, 머리는 백발이었다. 그가 말했다.

"아, 너무 신경 쓰지 마시게."

"시 낭송하는 걸 들려드리고 싶었습니다."

니콜라스의 상실감을 위로하듯이, 조안나의 아버지가 그리운 미소를 지으며 나직이 암송했다.

겨울 바다를 항해한 것은
범선 헤스페러스호였네.*

* 헨리 워즈워스 롱펠로, 〈헤스페러스호의 난파〉 1-2행.

"아, 아니요. 그 시가 아니고 《도이칠란트》, 《도이칠란트호의 난파》입니다."

"아, 《도이칠란트》, 그 시." 조안나의 아버지가 매부리코 영국인 특유의 제스처로 코를 킁킁댄 후 말했다. 마치 공기 중에서 깨달음의 냄새라도 맡았다는 듯.

니콜라스는 그 제스처를 보고 잃어버린 녹음테이프를 마지막으로 한 번 더 찾아보기로 했다. 일요일이었지만 집에 있던 사무실 동료 한 명이 전화를 받았다.

"혹시 내가 사무실에서 빌렸던 녹음기에서 테이프 꺼내 간 게 누군지 알아? 바보처럼 테이프를 사무실에 두고 왔거든. 정말 중요한 테이프인데 누가 가져갔어. 개인적인 녹음이 담겼는데."

"아니, 아무도…. 잠깐만…. 그래, 그 녹음된 것. 회사에서 지워 버렸어. 시 낭독이었는데. 유감이군. 그래도 절약 규정 때문에 어쩔 수 없는 거, 자네도 알잖아…. 그 뉴스는 어떻게 생각하나? 숨이 멎을 듯이 놀랐지, 안 그래?"

니콜라스가 조안나 아버지에게 말했다.

"네, 정말 다 지워져 버렸네요."

"괘념치 마시게. 조안나가 목사관에 머물던 때가 기억나는군. 교구에서 정말 많은 도움이 되었지. 런던에 온 게 실수였어, 가여운 것."

니콜라스가 조안나 아버지의 잔에 다시 위스키를 따르고 물을 섞기 시작했다. 위스키와 물의 비율이 적당해지자 그만 따르라고 조안나의 아버지가 짜증 섞인 손짓을 했다. 오랫동안 혼자 지낸 홀아비, 혹은 비판적인 여성과 함께 지내는 데에 익숙하지 않은 사람의 행동이었다. 니콜라스는 이 사내가 딸의 실제 모습을 본 적이 없다는 것을 직감했다. 그러면서 자신의 공연 기획이 무산된 데에 약간의 위안을 얻었다. 조안나 아버지에게 딸의 《도이칠란트》 낭송을 들려줬더라도 그녀를 인지하지 못했을 것이므로.

찌푸린 그분의 얼굴이
앞을 막고, 지옥의 낭떠러지가
뒤를 막았으니 어디로, 어느 곳으로 피신할 수 있었던가?

"나는 런던을 좋아하지 않네. 꼭 와야 할 때만 오지."

조안나의 아버지가 말했다.

"성직 회의라든가, 그런 일들이 있을 때만 말일세. 조안나가 목사관에 정착할 수 있었더라면…. 목사관에서는 안정을 찾지 못하더군, 그 가여운 것이."

조안나 아버지가 목을 헹구듯 고개를 젖히며 위스키를 마셨다.

니콜라스가 말했다.

"조안나가 추락하기 전에 성무일도 같은 것을 암송하고 있었습니다. 같이 있던 아가씨들도 그 암송을 대강은 듣고 있었고요. 〈시편〉 같았어요."

"그런가? 아무도 그 얘기는 안 하던데?"

조안나 아버지가 당황한 표정을 지었다. 노인은 잠시 위스키 잔을 휘휘 돌리더니 한입에 꿀꺽 들이켰다. 자신의 딸이 끝내 로마가톨릭 신자가 되었다거나, 모욕적인 죽임을 당했다는 이야기라도 들을 것을 대비라도 하는 것처럼.

니콜라스가 거친 어투로 말했다.

"조안나는 신앙심이 강했어요."

"나도 잘 알고 있네, 니콜라스 군."

조안나의 아버지가 약간 놀라 하며 대답했다.

"지옥을 많이 무서워했어요. 친구에게도 지옥이 두렵다고 말했다더군요."

"그런가? 몰랐군. 조안나가 어두운 주제에 관해 이야기하는 것을 들은 적이 없거든. 런던의 영향인 게 분명해. 나는 꼭 와야 할 때가 아니면 런던에 오지 않아. 젊었을 때 발함*에서 부목사로 지낸 적이 있었지. 하지만 그 후로는 시골 교구를 맡았어. 시골 교구가 좋더군. 시골 교구에서는 더 성실하고, 독실하고, 또 어떤 때에는 아주 거룩한 영혼을 만날 수 있거든."

니콜라스는 미국인 정신과 전문의 지인에게서 받은 편지 내용이 떠올랐다. 지인은 전쟁 후 "신경증 환자와 불안으로 가득한 분주한 '현실'을 벗어나" 영국에서 의사직을 수행할 예정이라고 했다.

"오늘날 기독교 정신은 시골 교구에만 있다고 생각하네."

조안나의 아버지가 최고급 양고기를 취급하는 양치기 대장처럼 말했다. 그리고 마치 이 명제에 대한 자신의 입장을 확정 짓겠다는 듯이 위스키 잔을 탁자에 탁 내려놓았다. 그러고는 조안나가 목사관을 떠난 사건으로 매 순간 회귀하는 참척의 슬픔에 잠겨 들었다.

조안나 아버지가 말했다.

"조안나가 죽은 장소를 보러 가야겠네."

* 런던 남부에 있는 지역.

니콜라스는 이미 조안나 아버지에게 켄싱턴가의 철거된 클럽 건물로 안내하겠다고 약속했었다. 조안나 아버지도 니콜라스에게 여러 차례 그 약속을 환기한 터였다. 조안나 아버지는 그 현장 답사 의무를 수행하지 못하고 부주의하게 런던을 떠나게 될까 봐 걱정스러운 기색이었다.

"제가 동행하겠습니다."

"그래, 자네가 그리해 준다면 나야 고맙지. 그 새로운 폭탄** 에 대해서는 어떻게 생각하나? 그냥 정치적인 선전이라고 보나?"

"잘 모르겠습니다."

니콜라스가 대답했다.

"두려움에 숨이 막힐 지경이야. 폭탄 얘기가 사실이라면 아마 휴전을 해야 할 게야."

두 사람이 켄싱턴을 향해 걷는 동안 조안나의 아버지는 자주 주위를 둘러보았다.

"폭격 현장들이 정말 끔찍하군. 런던에 오지 않을 수만 있다면 정말 안 오고 싶어."

잠시 후 니콜라스가 말했다.

** 원자폭탄.

"조안나와 같이 건물에 갇혔던 아가씨들이나, 클럽의 다른 회원들은 만나 보셨습니까?"

조안나 아버지가 대답했다.

"그래, 몇 명 만났지. 줄리아 여사가 신경을 많이 써 주더군. 어제 오후 차 마시는 자리에 몇 사람을 함께 데려와 줬다네. 끔찍한 일을 겪은 불쌍한 아가씨들이야. 지켜본 아가씨들도 마찬가지고. 줄리아 여사가 그 일에 관한 얘기는 하지 말자고 했는데, 현명했다고 생각해."

"정말입니다. 어제 만난 아가씨들 이름은 기억하세요?"

"줄리아 여사의 조카 도로시와 바버튼 양이 있었지. 기억하기로는 바버튼 양이 창문으로 탈출했다던가. 그 외에도 몇 명 있었고."

"레드우드 양은요? 설리나 레드우드요."

"글쎄, 내가 이름을 잘 외우지 못해서 말이지."

"키가 크고 날씬하고, 아주 아름다운 아가씨예요. 지금 그녀를 찾고 있습니다. 검은 머리고요."

"다들 매력적이던데, 니콜라스 군. 젊은 사람들은 다 매력적이지. 조안나도 내 눈에는 가장 매력적인 아가씨였고. 물론 아버지라서 객관적일 수는 없겠지만."

"조안나도 매력적인 아가씨였습니다."

니콜라스가 그렇게 말하고는 잠시 입을 다물었다. 하지만 상대는 자기 동네 최고의 목축업 전문가였다. 설리나를 향한 니콜라스의 조급함을 퍽 빨리도 간파한 조안나 아버지가 대뜸 걱정스러운 투로 물었다.

"그 젊은 아가씨가 사라진 겐가?"*

"그게, 찾을 수가 없습니다. 9일 동안 계속 찾았는데도요."

"이상하군. 기억을 잃거나 하진 않았겠지? 혹시 거리를 헤맨다거나…?"

"그랬다면 찾았을 겁니다. 눈에 띄는 아가씨거든요."

"그 아가씨 가족은 뭐라고 하던가?"

"가족은 캐나다에 있습니다."

"그 일을 잊으려고 떠났을 수도 있겠군. 그럴 만도 하지. 위층에 갇힌 아가씨 중 하나였나?"

"네, 창문으로 탈출했죠."

"음, 자네 말대로라면 어제 줄리아 여사와 함께 있던 아가씨 중 하나는 아니겠군. 전화해서 물어보지 그러나."

* 목사가 '잃어버린 양lost sheep'에 민감하고 기민하게 반응하지 못함을 조롱하는 묘사.

"이미 전화해 봤습니다. 설리나 소식은 듣지 못했다고 하더군요. 다른 아가씨들도 마찬가지고요. 저는 뭔가 착오가 있는 것이길 바랐습니다. 종종 그런 일이 있잖아요."

"설리나…." 조안나 아버지가 말했다.

"네, 그 이름입니다."

"잠깐, 누가 설리나를 언급했던 것 같군. 설리나가 하나뿐인 무도회 드레스를 가지고 사라졌다고 아주 젊은 금발 머리 아가씨가 불평했었어. 그 아가씨인가?"

"그렇습니다."

"다른 아가씨의 드레스를 훔치다니 썩 좋은 행동은 아니군. 가뜩이나 화재로 다들 옷을 잃었을 텐데."

"스키아파렐리 드레스였습니다."

조안나의 아버지는 이 이해할 수 없는 사건에 대해 더 이상 언급하지 않았다. 두 사람은 곧 5월의 테크 클럽이 있었던 현장에 도착했다. 몇 년 전 폭격으로, 혹은 수개월 전 유도 미사일 공격으로 산산조각나 버린 듯한 그 살풍경은 이제 주변의 익숙한 폐허들과 더 이상 차이가 없었다. 건물 현관의 포장용 돌들은 자리에서 벗어나 어디로도 이어지지 못한 채 흩어져 있었다. 기둥들이 로마의 유적처럼 바닥에 뉘어져 있었고, 집

뒷벽의 한쪽 부분이 절반 높이로 부서져 남루하게 서 있었다. 그레기의 정원은 석조물로 뒤덮여 작은 꽃 몇 송이와 희귀 화초가 그 사이로 고개를 내밀고 있었다. 오랫동안 방치된 현관홀의 분홍색과 흰색 타일들이 어지러이 변색되거나 파손돼 있었고, 남루한 한쪽 벽의 아랫부분에서는 갈색 응접실 벽지 일부가 말려 나와 더욱 추레한 몰골을 드러냈다.

조안나의 아버지가 챙이 넓은 검은색 모자를 들고 멈춰 섰다.

집 꼭대기 층에 사과가 줄지어 놓여 있고,

조안나 아버지가 니콜라스에게 말했다.

"정말로 남은 게 하나도 없군."

"제 테이프 녹음처럼요."

니콜라스가 대답했다.

"그래, 전부 사라져 다른 곳으로 간 것이지."

루디 비테쉬가 니콜라스의 탁자 위에 놓인 필기 뭉치를 들

어 올렸다. 그가 종이를 훑으며 물었다.

"아무튼, 이게 자네 원고라는 거지?"

평소 같았으면 루디도 이렇게 제멋대로 행동하지 않았을 테지만, 지금은 니콜라스가 루디에게 빚진 것이 있었다. 루디가 설리나의 행방을 알려 줬기 때문이다.

"필요하면 갖게."

니콜라스가 원고를 한번 흘깃 보고는 말했다. 니콜라스는 앞으로 자기가 죽는다는 것을 예상하지 못하고 이렇게 덧붙였다.

"원한다면 가져가도 좋아. 내가 유명해지면 가치가 있을지도 모르지."

루디가 미소 지었다. 그러면서도 원고를 겨드랑이 밑에 끼워 넣으며 말했다.

"갈까?"

두 사람은 제인과 함께 왕실에서 주최하는 행사를 구경하러 갈 예정이었다. 제인을 데리러 가며 니콜라스가 말했다.

"아무튼, 책은 출판하지 않기로 했네. 타자기로 친 원고가 못 쓰게 돼 버렸거든."

"젠장, 이렇게 덥다 많은 원고를 내내 들고 다녔는데, 이제

야 말하기는. 출판하지 않을 거면 뭔 가치란 말인가, 대체?"

"가지고 있게. 혹시 모르지 않은가."

루디는 이런 면에서 신중했다. 그래서 《안식일 노트》를 보관하여, 결국 보상을 받게 될 것이었다.

"찰스 모건이 내게 천재라고 한 편지도 줄 수 있네만."

니콜라스가 말했다.

"무슨 일인지는 몰라도 오늘 우라지게 기분이 좋은가 보군."

"그런 셈이지."

니콜라스가 대답했다.

"어쨌든, 그 편지도 필요한가?"

"무슨 편지 말인가?"

"이것일세."

니콜라스가 안주머니에서 아끼는 사진처럼 닳아진 제인의 편지를 꺼냈다.

루디가 그 편지를 받아 흘끗 보았다.

"제인이 쓴 것이군."

그렇게 말하고는 편지를 돌려주었다.

"대체 왜 그렇게 기분이 좋은 겐가? 혹 설리나를 만났나?"

"그렇다네."

"뭐라고 하던가?"

"비명을 지르더군. 멈추지 않고 말이야. 신경성 반응이지."

"자네 얼굴이 다시 떠오르게 했나 보군, 그 일을. 멀리하는 게 좋을 듯하네만."

"비명을 멈추지 않았어."

"자네가 무서웠던 게야."

"그렇겠지."

"멀리하는 게 좋아. 아무튼 좋은 여자도 아니고. 지금은 클라지스가*에서 발라드 가수와 함께 산다지? 본 적 있나, 그 남자?"

"봤지. 정말 좋은 사내더군. 둘이 결혼했네."

"그래, 나도 들었네. 정숙한 여자를 만나는 게 좋아. 설리나는 잊어."

"글쎄. 어쨌든, 그 남자가 설리나의 비명 때문에 미안해하더군. 나도 당연히 미안해했더니, 설리나가 더 비명을 질렀어. 설리나는 우리가 싸우는 걸 보는 게 차라리 좋았을 거야."

"딴따라 따위와 싸우려고 그 여자를 사랑하는 건 아니지 않은가."

* 런던 웨스트민스터시에 있는 거리.

"꽤 괜찮은 가수였네."

"노래하는 거 들었나?"

"아니, 안 들었네. 중요한 지적이군."

제인은 불행과 희망 사이에 놓인 그녀의 평상시 상태를 회복했고, 이제 켄싱턴 처치가에 위치한 가구가 딸린 방으로 거처를 옮긴 차였다. 제인은 두 남자를 기다리는 중이었고, 곧바로 합류했다. 루디가 물었다.

"제인은 니콜라스 봐도 비명 안 질러요?"

"그럼요."

제인이 대답했다.

"하지만 사장님이 《안식일 노트》 출판한다는 거 니콜라스가 계속 퇴짜 놓으면 비명 지를 거예요. 사장님이 저한테 뭐라 한다고요. 사장님한테 찰스 모건의 편지에 대해서도 솔직히 털어놨어요."

"제인도 니콜라스를 무서워하는 게 좋아요."

루디가 말했다.

"아무튼 여자들이 비명을 지르게 만든대요. 오늘은 설리나가 니콜라스한테 공포에 질렸었나 봐요."

"저번에는 설리나 때문에 내가 공포에 질렸었네."

"그럼 설리나를 찾은 거예요?"

제인이 물었다.

"네, 하지만 충격으로 고통받고 있더군요. 나를 보고 그날의 공포가 다시 떠오른 거겠죠."

"지옥이었어요."

제인이 말했다.

"알아요."

"아무튼, 제인은 왜 니콜라스가 설리나를 사랑한다고 봐요?" 루디가 물었다.

"왜 정숙한 여자를 만나지 않는 걸까요? 차라리 프랑스 여자*를 만나든지."

"이거 시외전화야."

제인이 빠르게 말했다.

"알아요. 누구세요?" 중부지방 성직자의 딸이자, 이제는 다

* 매춘부 같은 여자, 혹은 매춘부.

른 중부지방 성직자와 결혼한 낸시가 말했다.

"제인이야. 있잖아, 니콜라스 패링던에 대한 질문 하나만 빨리 더 할게. 니콜라스가 개종한 게 화재와 연관이 있다고 생각해? 그 남자에 관한 긴 기사를 이제 끝내야 하거든."

"글쎄, 나는 항상 그게 조안나의 영향 때문이라고 생각했어. 조안나가 완전 고교회파였잖아."

"하지만 니콜라스가 사랑했던 건 조안나가 아니라 설리나였잖아. 화재 후에도 설리나 찾는다고 얼마나 여기저기 들쑤시고 다녔는데."

"어쨌든 설리나 때문에 개종한 건 아닐 거야. 그건 아니지."

"니콜라스가 원고에 선의 비전만큼이나 악의 비전 또한 개종에 효과적이라고 쓴 게 있어."

"광신자들은 이해할 수 없어. 통화 제한 시간이 끝나 가는 소리가 울리네, 제인. 내 생각에 니콜라스는 우리 모두를 사랑했던 거야. 불쌍한 남자 같으니라고."

연합국이 일본 제국에 승리를 거둔 8월의 밤에도 5월 승리

의 밤 때만큼이나 많은 군중이 열광적으로 몰려들었다. 절차에 따라 30분 간격으로 궁전 발코니에서 작은 형상이 나타나 잠시 손을 흔들고 사라졌다.

제인과 니콜라스, 루디는 사방에서 몰려든 군중 사이에 끼어 일순간 불편해졌다. "가능하면 팔꿈치를 밖으로 유지해요." 제인과 니콜라스가 서로에게 거의 동시에 말했지만 쓸데없는 조언이었다. 선원 한 명이 제인에게 몸을 들이밀며 그녀의 입에 열정적으로 키스를 퍼부었지만, 제인은 속수무책이었다. 군중 사이에 공간이 생길 때까지 제인은 남자의 맥주 냄새 나는 척척한 입술에 자비를 베풀어야 했고, 그 후 세 사람은 거칠게 길을 내며 켄싱턴 공원 근처에 약간 더 안전하고 쾌적한 장소를 점했다.

이 장소에서는 또 다른 선원이 함께 있던 여성의 갈비뼈 사이로 조용히 칼을 찔러 넣었고, 니콜라스만이 그 장면을 목격했다. 궁전 발코니에 불이 켜졌고, 왕실의 출현을 예상한 군중이 조용해졌다. 칼에 찔린 여성은 비명 한 자락 흘리지 못하고 그대로 몸을 축 늘어뜨렸다. 그 고요함 속, 제법 멀리 떨어진 어딘가에서 다른 여자가 비명을 질렀다. 선원의 다른 희생자였을 수도 있고, 아니면 누군가에게 발가락을 밟혔을지도 몰랐다. 군중이 다시 함성을 지르기 시작했다. 군중의 모든 시선은 이 순간 왕실 일가가 예정된 수순에 따라 등장하는 발코니에 고정돼 있었다. 루디와 제인도 환호성을 지르느라 여념이 없었다.

니콜라스는 다친 여자에게 군중의 관심을 돌리고자 팔을 들어 올렸지만 헛수고였다. 니콜라스는 여자가 칼에 찔렸다고 소리를 질렀고, 그 칼잡이 선원은 칼에 찔려 축 늘어진 채 군중 사이에 껴 있는 여성을 비난하며 소리를 질렀다. 이렇게 사적인 시위는 전반적인 대혼돈 속으로 사라졌다. 니콜라스는 더 몰에서 몰려드는 인파에 휩쓸려 뒤로 떠밀려 갔다. 궁전 발코니가 어두워지자 니콜라스는 군중의 덤불을 헤치고 작은 활로를 개척할 수 있었고, 제인과 루디가 그 뒤를 따라 넓고 탁 트인 켄싱턴 공원으로 향했다. 이동하던 중, 니콜라스는 다시 한 번 군중에 밀려 걸음을 멈출 수밖에 없었다. 그리고 칼잡이 선원이 바로 옆에 있다는 것을 깨달았다. 칼에 찔린 여성의 흔적은 찾을 수 없었다. 다시 움직일 수 있게 되길 기다리던 니콜라스는 주머니에서 찰스 모건의 편지를 꺼내 선원의 셔츠 안으로 밀어 넣었다. 그러고 나서, 휩쓸려 나아갔다. 니콜라스가 이런 행동을 한 데에는 뚜렷한 이유도, 아무런 효과도 없었다. 단지 시늉이었을 뿐. 당시에는 만사가 그런 식이었다.

세 사람은 켄싱턴 공원의 청징한 공기를 마시며 왔던 길을 되돌아가기 시작했다. 길가에 부둥켜안고 널브러진 연인들을 피해 걸어야 했다. 공원이 노랫소리로 가득했다. 니콜라스와 제인, 루디도 노래를 불렀다. 세 사람은 영국 군인과 미국 군인들 사이에 벌어진 싸움에 휘말렸다. 두 남자가 길가에 의식을 잃고 누워 친구들의 보살핌을 받고 있었다. 뒤쪽 멀리에서 군중들이 환호성을 질렀다. 항공기 편대가 밤하늘을 가로지르며 윙 소리를 냈다. 영광스러운 승리의 밤이었다. 제인이 중얼거렸다.

"어휴, 사서 고생한다더니, 진짜."

제인이 헝클어진 머리를 정돈하려고 멈춰 선 채, 머리핀을 입에 물며 그렇게 말했다. 그 순간 니콜라스는 제인의 강인함에 감탄했고, 수년 후 자신이 죽음을 맞이하게 될 나라에서, 어둑한 잔디 위에 맨다리로 꿋꿋하게 선 채 머리를 정돈하던 제인의 모습을 떠올리며, 이것이 오래전 1945년 가난함 속에서도 온화하고 남의 눈을 신경 쓰지 않던 5월의 테크 클럽과 그 모든 것의 이미지였노라고 회상하게 될 것이었다.

– 끝 –

작품 해설

깃털과 머랭 케이크

참을 수 없이 가볍고, 심연보다 더 깊은

뮤리얼 스파크의 세계로

뮤리얼 스파크의 전성기

오래전 1961년, 영국에 이민 온 한 스코틀랜드 여성 작가가《뉴요커》에 에든버러 사립 여학교의 키 크고 세련된 어느 중년 여선생 이야기를 연재하기 시작했다. 무솔리니에 너무도 심취한 나머지 교장과 당국의 감시를 피해 교정 느릅나무 응달 아래 여학생들을 은밀히 불러 모아 파시즘의 교리와 그 아름다움을 설파하는 이 위험천만한 여선생의 이야기는《진 브로디 선생의 전성기》였다. 이듬해 책으로 출간된 이 소설은, 제목 그대로, 곧장 뮤리얼 스파크의 '전성기'를 열었다. 같은 해 출간된 동료 가톨릭 작가 앤서니 버지스의 또 한 권의 기념비적 저작《시계태엽 오렌지》(1962)가 그 폭력성과 난해함으로 대중과 평단의 엇갈린 평가를 받은 것과 대조적으로,《진 브로디》는 대번에 스파크를 에벌린 워, 그레이엄 그린 같은 영국 가톨릭문학 거장의 계보를 이을 후발 주자로 격상시켰다.[1] 시의적절하게 에벌린 워가《진 브로디》출간을 기념하여 자신의 마지막 소설《무조건 항복Unconditional Surrender》속표지에 "쇠퇴기[2]의 에벌린 워가

1 뮤리얼 스파크는 1954년 가톨릭으로 개종했다. 개종 초기에 에벌린 워의 문학적 지원과 그레이엄 그린의 재정적 지원에 힘입어 가톨릭 소설가로서 명성을 얻었고, 가톨릭 출판사 쉬드 앤 워드Sheed & Ward의 공동 설립자인 프랭크 쉬드Frank Sheed나 팜 스트리트Farm Street 예수회의 신부들 같은 기독교 지식인들과 지속적으로 교류하며 가톨릭 작가로서의 소명과 소설적 미학에 대한 이해를 정립했다.

2 에벌린 워의 첫 소설《쇠퇴와 몰락Decline and Fall》에서 차용.

전성기의 뮤리얼 스파크에게"라는 헌사를 써서 스파크에게 선물한 것은[3] 그런 세간의 평가에 쐐기를 박은 셈이었다.

하지만 다음 해 《가난한 처녀들》(1963)이 출간되었을 때 평단의 반응은 양 갈래로 나뉘었다. 《진 브로디》 때부터 지적돼 온 "진지함의 결여"[4]가 문제시되는 분위기였다. 《진 브로디》보다도 더 얇아진 책의 두께나, 잔망스러움의 끝을 달리는 5월의 테크 클럽 아가씨들의 가벼운 말씨와 행동거지는 딱 좋은 먹잇감이었다. 《타임스》는 스파크를 "깃털처럼 가벼운 이야기꾼"으로 소개했고,[5] 칼더 마샬은 그녀를 "위대한 마이너 작가"[6]라며 조롱했다.[7] 기독교도에 대한 일관되게 불경한 묘사[8] 역시 가톨릭 작가로서 스파크의 정체성에 의심의 칼날을 들이대게 했다. 실제로 스파크는 미사에도 불성실하게 참례했고,[9] 걸핏하면 교황에

3 Martin Stannard, *Muriel Spark: The Biography*, New York: Norton, 2009, p. 254.
4 *Ibid.*, p. 298.
5 *Ibid.*
6 Arthur Calder-Marshall, "New Novels", *Financial Times*, Sep 26 1963.
7 심지어 《가난한 처녀들》을 출판한 맥밀런Macmillan 출판사마저도 이 책을 지적 여성Smart Lady을 위한 "가벼운 풍자 코미디"로 소개해 스파크를 당황케 했다. Martin Stannard, p294.
8 《위로하는 사람들The Comforters》(1957)과 《로빈슨Robinson》(1958)에서는 묵주에 과도한 집착을 보이는 개종자들을 등장시키고, 《진 브로디 선생의 전성기》에서는 죄수처럼 수녀원 창살을 붙잡고 절규하는 '갇힌 수녀'를 묘사한다. 주인공 진 브로디 또한 로마가톨릭을 제외한 거의 모든 기독교 종파(스코틀랜드 자유교회, 스코틀랜드 국교회, 감리교, 성공회 등)에 심취하지만, 결코 경건한 인물상으로 제시되지 않고 비극적 결말을 맞이한다.
9 스파크는 툭하면 미사에 결석했고, 참석할 때도 매번 설교가 끝난 후에야 모습을 드러냈다. 설교로 시간을 낭비하는 것을 대죄mortal sin라고 여겼기 때문이다. Robert Hosmer, "An Interview with Dame Muriel Spark", *Salmagundi* 146/147, 2005, p. 128.

대한 불손한 언사를 일삼기 일쑤였으니[10] 반쯤은 스스로 자초한 일이기도 했다. 반면에, 《가난한 처녀들》의 형이상학적 복잡성에 매료된 비평가들도 있었다. 먼저 프랭크 커모드가 《가난한 처녀들》을 "한 권의 작은 기적"[11]이자 "어떤 면에선 스파크의 최고 작품"[12]이라 극찬했고, 대븐포트도 "스파크 여사의 간결함에는 무서운 힘이 내장되어 있다"고 고평했다.[13] 줄리안 젭에게 《가난한 처녀들》은 "초자연적인 악의 힘을 추상적으로 구현한" "기술적 걸작"이었고,[14] 프라이스 존스는 이 소설을 "모차르트적인 정밀함"으로 "아름답게 구성된" 작품으로 간주했다.[15]

하지만 이런 찬사가 《가난한 처녀들》에 상대적으로 낮은 점수를 매긴 반反-뮤리얼 스파크파 비평가들의 평가를 발본적으로 전환시킨 것은 아니었다. 적어도 '형이상학적'이라는 칭찬은 비평계에서 당장 이 소설의 평판을 뒤집는 데에 별로 도움이 되지 못했다. 《가난한 처녀들》의 추상성에 심취한 이들이 그 숨은 암시를 모조리 간파해 텍스트의 심오함을 한눈에 납득시

10 교황에 관한 스파크의 발언 중 유명한 것을 꼽자면 이렇다. "교황은 재앙입니다. 지난 교황도 마찬가지였고요. 교황청도 재앙입니다. 교황도, 교황청도 존재해야겠지만, 로마에 있어선 안 돼요. 교황이 세 명쯤 있는 게 좋겠어요." Martin Stannard, p. 406.

11 *Ibid*., p. 298.

12 Frank Kermode, "The Prime of Miss Muriel Spark", *The New Statesman*, Sep 20 1963.

13 John Davenport, "Mrs Spark's Roses", *Observer*, Sep 22 1963.

14 Julian Jebb, "Lonely Hearts", *The Sunday Times*, Sep 22 1963.

15 Alan Pryce-Jones, "Doubts About the Human Race", *New York Herald Tribune*, Oct 5 1963.

킬 명쾌한 해설을 단박에 내놓는 것도 어불성설 아닌가. 그래서 프랭크 커모드 같은 일군의 친-스파크파 학자는 "작가의 절대적인 통제력을 나타내는" 모든 "장난"을 미처 다 파악하지 못했음을 에둘러 고백했다.[16] 더군다나 진 브로디처럼 스펙터클한 권력의 역학이나, 복잡다단한 심리를 보여 주는 인물 또한 마뜩잖다는 점 역시 비평의 지난함에 한몫했다.[17] 그러니 초기 비평가들이 《가난한 처녀들》을 읽는 안경알을 조금은 편리한 도덕주의의 렌즈로 갈아 낀 것은 이해 못 할 일이 아니다. 스키아파렐리 드레스를 구하려고 불길 속으로 뛰어들었다가 이미 소설 내에서 과하게 매도된 5월의 테크 클럽 아가씨 설리나를 부관참시하려는 시도들이 한동안 득세했다.[18] 이 엄중한 도덕적 심판들이 《가난한 처녀들》의 가벼운 분위기에 그리 조화

16 스파크의 "기법들에는 작가의 절대적인 통제력을 나타내는 어떤 장난들이 있을지 모른다(혹은, 그 통제력의 균열을 나타내는 징후들도 있을지 모르고)." Frank Kermode, "Introduction", *The Prime of Miss Jean Brodie*, *The Girls of Slender Means*, *The Driver's Seat*, *The Only Problem*, by Muriel Spark, New York: Random House, 2004, p. x.

17 이 점에서 레오 롭슨은 《가난한 처녀들》의 주인공들이 "다층적이지 않고 유형화됐다"며 스파크를 비판했다. Leo Robson, "Muriel Spark: The Biography", *New Statesman*, Aug 6 2009.

18 예를 들어, 엣지콤브는 설리나가 한스 안데르센 동화의 빨간 구두가 더러워질까 봐 빵을 밟고 흙탕물을 건넌 소녀 카렌의 재림이라고 설명했다. 앨런 카슨은 스키아파렐리 드레스를 안아 든 채 불길 속에서 다가오는 설리나의 모습을 "지옥의 질주"로 표현했고, 피터 켐프 또한 설리나의 행위를 "이기적"이라며 강하게 비판했다. Rodney Stenning Edgecombe, *Vocation and Identity in the Fiction of Muriel Spark*, Columbia: University of Missouri Press, 1990, p. 43., Allan Casson, "*The Girls of Slender Means*, by Muriel Spark (Book Review)", *Critique*, 7.3, 1965, p. 96., Peter Kemp, *Muriel Spark*, London: Elek, 1974, p. 90.

롭게 녹아드는 것 같진 않았지만. 어느 에세이집 제목처럼 '정의감 중독 사회'를 살아가는 오늘날의 독자가 읽어도 좀 냉정한 감이 없잖은 이 고지식한 논의들은 곧 사그라들었다. 그리고 《가난한 처녀들》은 꽤 오랫동안 비평적 무관심 속을 배회해야 했다. 설상가상 당시 팽배하던 여성 작가들에 대한 암묵적인 멸시의 시선도 스파크에게 더해졌다. 한때 에벌린 워, 그레이엄 그린과 동급으로 여겨졌던 스파크는 이제 "동성애자, 정신병자, 장애인, 변태" 혹은 "어린 여자들의 음모 연대기" 따위에 심혈을 쏟는 전형적인 여성 서사물 작가로 전락했다.[19] 최소한 문학 평론판에서 스파크의 전성기는 벌써 '오래전' 일이 되어 버린 것 같았다.

하지만 스파크가 자신을 둘러싼 이런 눈초리들에 딱히 신경 썼을 것 같지는 않다. 비평가들보다 훨씬 예리한 감식력을 가진 작가와 일반 독자들은 《가난한 처녀들》에 열광했으므로. 먼저 스파크의 광팬인 에벌린 워가 스파크에게 《가난한 처녀들》 출간 축하 편지를 보내며, 소설이 헨리 그린의 《결론Concluding》[20]을 방불케 할 만큼 "무한한 다양성"으로 가득하

19 Parul Sehgal, "What Muriel Spark Saw", *The New Yorker*, Apr 8 2014.

20 헨리 그린의 대표작으로, 영국의 한 교육기관 내에서 벌어지는 일들을 그린다. 주인공인 은퇴한 과학자 록과 손녀 엘리자베스는 일상적이면서도 비일상적인 사건들에 휘말리며, 소설은 그린 특유의 몽환적이고 초현실적인 필치로 관료주의와 권력관계, 인간의 욕망과 갈등 등의 주제를 탐구한다.

다고 치하했다.[21] 존 업다이크는 스파크의 "의도적인 명료함"과 "신비성"을 카프카에 비견했고,[22] 사이먼 레이븐은 《가난한 처녀들》이 "고전적인 절제와 조화의 미덕"을 보여 준다고 상찬했다.[23] W. H. 오든도 후일 스파크와의 만남에서 특히 좋아하는 그녀의 소설로 《가난한 처녀들》을 꼽으며, "자신이 무엇을 하는지 정확히 안다"고 스파크를 추켜세웠다.[24]

조금 훗날의 이야기지만 각색도 활발하게 이루어졌다. 《가난한 처녀들》은 1965년 라디오 연극, 1975년 BBC TV 3부작 미니시리즈,[25] 2009년 주디스 애덤스의 연극으로 각색됐다. 1995년에는, 힐러리 맨틀의 소설 《사랑의 실험An Experiment in Love》으로 다시 쓰이기도 했다.[26] 이 중에서도 BBC 각색은, 마지막 장면 제인의 모습("어둑한 잔디 위에 맨다리로 꿋꿋하게 선 채 머리를 정돈하던")을 십자가에 못 박힌 예수의 형상으로 제시하고, 황홀경에 빠져 이를 바라보는 니콜라스의 얼굴을 클로즈업

21 Martin Stannard, p. 291.
22 John Updike, "Between a Wedding and a Funeral", *The New York Times*, Sep 15 1963.
23 Simon Raven, "Heavens Below", *Spectator*, Sep 20 1963.
24 Martin Stannard, p. 377.
25 BBC는 1998년 라디오 연극 시리즈로 다시 한 번 《가난한 처녀들》을 각색했다.
26 물론 맨틀 본인은 1998년 인터뷰에서 《가난한 처녀들》과 《사랑의 실험》의 유사성을 지적하는 비평가들의 물음에 직접적인 응답을 피하며, 자신은 스파크만큼 신앙심이 깊지 않고 오히려 동시대 작가인 마거릿 애트우드와 더 많은 "동질감"을 느낀다고 일축했다. 그럼에도 젊은 여성들의 기숙사 생활과 식습관, 불타는 건물과 죽음을 맞는 소녀, 명품 옷(여우털 코트)과 창문의 모티프 등 많은 측면에서 《사랑의 실험》은 《가난한 처녀들》을 강하게 환기한다. Rosario Arias and Hilary Mantel, "An Interview with Hilary Mantel," *Atlantis* 20.2, 1998.

함으로써, 비평가들에 의해 기정사실화된 니콜라스의 개종(회심)에 끼친 '악의 화신'으로서 설리나의 독보적인 영향력을 다소간 감쇄시키는 데에 기여했다.

일반 독자들의 반응은 더욱 뜨거웠다(당시에는 서평가들이 미출간 상태의 책을 먼저 접하고, 일반 독자들이 나중에 출간된 책을 읽었다는 점을 염두에 두자). 아이러니하게도 《가난한 처녀들》 출간 3일 후인 1963년 11월 22일 존 F. 케네디가 암살당했고, 이 사실은 소설 전반에 깔린 냉정한 죽음, 혹은 그 수용의 정취와 오묘한 화학작용을 일으켜 단숨에 《가난한 처녀들》에 대한 독자의 관심과 책 판매량을 수직 상승시켰다. 스파크 본인도 이 희소식(?)을 직감했던 것일까? 스파크는 케네디 사망 바로 다음 날 프랭크 커모드와 주저하는 친구들을 불러 모아 파티를 열고, 질펀하게 놀았다.[27] 《가난한 처녀들》은 출간 몇 주 만에 영미 양국에서 베스트셀러가 됐다. 스파크 자신도 차기작인 《맨들바움 게이트The Mandelbaum Gate》 집필에서 지독한 '작가의 벽'에 시달리던 차에 한껏 영바람이 났다. 그녀의 전성기는 아직 끝나지 않은 셈이었다.

27 스파크는 파티를 연기할 줄 알았던 커모드에게 이렇게 말했다고 한다. "말도 안 되는 소리예요. 대통령이 죽었다고 왜 즐거움을 멈춰야 하나요? 케네디는 신이 그를 원했기 때문에 죽었을 뿐이에요." Martin Stannard, P. 296.

그리고 그 전성기는 여전히 '쇠퇴기'에 들어설 기미가 없다. 오늘날에도 끊임없이 재소환되는 《가난한 처녀들》의 사후적 삶의 궤적을 되짚어 본다면 확연히.[28] 특히 2006년 스파크가 세상을 떠나고 그녀의 작업 노트 일부가 공개되며, 스파크의 어떤 소설보다 자전적 요소가 많이 투영된 《가난한 처녀들》에 대한 새로운 관점이 속출하기 시작했다. 그중 일부는 《가난한 처녀들》이 "기만적일 정도로 가벼워서 지적 실체가 없다"[29]는 기존의 비판에 직접적으로 응답하기도 한다. 이를테면, 니콜라스가 전쟁 막바지에 영국 정보부에서 파견되어 미국을 위해 임시로 일했다는 대목을 상기해 보자. 미국 정보부는 5월의 테크 클럽 옆 '영국' 호텔을 점유 중이다. 어딘지 불평등한 영미 양국의 이 협력 관계는 미 정보부에서 일하는 펠릭스 도벨과

28 일례로, 최근 2024년 4월 에든버러 로열 리시움 극장에서 연극 〈가난한 처녀들〉(가브리엘 퀴글리 각색, 록사나 실버트 연출)이 새로 개막했다는 사실은 이 소설의 생명력을 보여 주는 투명한 지표다. 팬데믹이 창궐하고 사회적 거리두기가 한창이던 2020년 《내셔널 리뷰》는 집단성의 메커니즘에 천착한 《가난한 처녀들》의 중요성을 아련한 투로 재확인했고, 2022년 《오피에트》는 농담조로 영국이 브렉시트 정책으로 가난한 사람들을 모조리 쫓아내는 통에 "오래전 1945년, 착한 영국 사람들은 죄다 가난했다."라는 이 책의 유명한 첫 문장이 더 깊은 울림을 갖게 되었다고 보도했다. Madeleine Kearns, "Lovely and Savage: Muriel Spark's 'Girls of Slender Means'", *National Review*, Apr 25 2020., Genna Rivieccio, "The Slender Choices of Women Across the Ages: Muriel Spark's *The Girls of Slender Means*", *The Opiate* 30, 2022, p. 76.

29 Cairns Craig, *Muriel Spark, Existentialism and the Art of Death*, Edinburgh: Edinburgh University, 2019, p. 2.

설리나 레드우드의 만남을 촉발하고, 후일 니콜라스가 5월의 테크 클럽 옥상에서 설리나와 잠자리를 갖는 데도 도움을 준다.[30] 주인공들의 행보는 '만리타국에서의 일시적 사련邪戀', '야외 섹스' 같은 한없이 가볍고 지극히 개인적인 욕망의 소산이지만, 그 행보를 추동한 궁극적인 물적 토대에는 광범한 국제관계가 자리한다.

이처럼 당시 국제 상황, 아니면 최소한 영국 내부 사정에 대한 이해는 《가난한 처녀들》의 심층을 들여다볼 가장 기본적인 단초이자 향도이다. 오늘날 비평가들이 《가난한 처녀들》에 재주목하는 가장 큰 이유도 이 소설이 "독일과 일본의 항복이라는 두 차례의 종전 사이" 짧은 기간과 당시 영국의 분위기 및 생활상을 집중 조명한 몇 안 되는 전후소설이기 때문이다. 6년간의 격렬한 전쟁이 승리로 귀결될 조짐을 보이자, 영국인들은 이제 폐허가 된 땅 위에 새로운 예루살렘, "황금의 나라"를 재건하려는 기대로 부풀어 올랐다. 《가난한 처녀들》 첫 문단이 소묘한 "돌무더기로 뒤덮인" 런던의 풍경은 엘리엇의 《황무지》 속 "쓰레기 돌더미stony rubbish"[31]를 거의 그대로 재현했지

30 Allan Hepburn, "Interventions: Haiti, Humanitarianism, and *The Girls of Slender Means*", *Around 1945: Literature, Citizenship, Rights*, ed. Allan Hepburn, London: McGill-Queen's University Press, 2016, p. 134.

31 제1부 20행.

만, 또 한 번의 세계대전도 승리로 이끌어 자신감이 하늘까지 치솟은 영국인들의 봄에는 춘래사춘의 기운이 완연했다. "충치를 뽑아내 구멍만 남은 거대한 치아 모형의 집들"과 "벽면 한쪽이 사라져 버린 건물들"의 경관은 비감을 자아냈지만, 동시에 영국인들을 "상상 속 목적지 어딘가"로 이어 줄 재건의 희망에 더없이 적절한 터전이기도 했다. 영국인들은 1945년 7월 총선에서 구시대의 상징인 처칠을 축출하고, 새로운 비전, 특히 복지주의 정책을 내세운 노동당의 기획에 동참했다. 배급제가 엄격히 강화되었고, 사람들은 《베버리지 보고서》[32]라고 명명된 사회보장제도의 확대를 강조한 300페이지짜리 '문서'를 (재)구매하고자 어느 배급품을 받을 때보다 더 긴 줄을 섰다. 이 문서는 63만 부가 팔려 나갔다. 전후 영국을 어떻게 재건할지에 대한 목소리들이 사방에서 터져 나왔고, 상당수의 영국 남성이 5월의 테크 클럽 아가씨들의 오빠나 남동생, 이성 친구들처럼 그 꿈의 자재를 실어 나를 운송업에 뛰어들었다. 리치가 지적하듯, 영국인들이 1945년을 최고의 시기로 기억한다면, 그것은 제2차 세계대전에서 승리를 거뒀을 뿐 아니라 새로운 미래

32 1942년 영국의 경제학자이자 자유당 정치인인 윌리엄 베버리지가 발표한 보고서로, 영국 사회 미래 복지 체계에 대한 포괄적인 계획을 제시했다. 국민최저선, 보편주의 원칙, 완전고용, 사회보장 계획을 강조했고, 이른바 "5대 거악"인 불결, 무지, 빈곤, 나태, 질병을 척결할 전략을 구상했다. 베버리지 본인은 1945년 총선에서 낙선했으나 《베버리지 보고서》에 실린 그의 제안은 클레멘트 애틀리의 노동당 정부에서 전면적으로 실행되었고, 이는 현대 복지국가의 초석이 되었다.

에 대한 부푼 기대와 생생한 상상으로 어느 때보다 충만하게 들떠 있던 시기였기 때문일 것이다.[33]

《가난한 처녀들》이 전후에 쏟아져 나온, 혹은 전후를 다룬 다른 영국 문학작품과 다른 이채로운 족적을 아로새기는 지점은, 작가 자신의 가치판단을 전면에 내세우지 않고 이러한 재건의 꿈, 부분적으로는 복지주의 물결이 일던 당대의 분위기를 있는 그대로 펼쳐 보인다는 점이다. 재건의 주제는 말할 것도 없이 예술과 건축, 사회학, 산업디자인 등과 관련된 미학적 담론이었지만, 아이러니하게도 문학계 인사들에게 환대를 받은 주제는 아니었다. 기성 작가 대다수는 재건 주제를 의도적으로 외면했고, 일부는 비관적이었다. 전후 영국 문단을 주도하던 흐름은 그레이엄 그린과 엘리자베스 보엔, 헨리 그린 등을 필두로 한 일명 '블리츠(런던대공습)' 문학이었다. 이 작가들이 재건의 필요성을 인식하지 않았던 것은 아니나, 아직은 어디로 향할지 모르는 불분명한 미래보다는 전쟁의 폭력성 고발과 증언, 애도에 집중하고자 했다.

한편, 조지 오웰과 윌리엄 골딩 같은 작가들은 재건의 꿈이 복지국가의 방향으로 향하는 것과 관련하여, 철저히 통제받는

33 Kelly M. Rich, "'Nowhere's Safe': Ruinous Reconstruction in Muriel Spark's *The Girls of Slender Means*", *ELH* 83.4, 2016, p. 1185.

미래 사회에 대한 악몽 같은 비전을 제시함으로써 강한 반발감을 표했다. 이 작가들에게 복지주의는 전시 집단 논리의 연장일 뿐이었고, 그 결과는 전체주의일 수밖에 없었다. 존 오스본과 앨런 실리토 등 이른바 '성난 젊은이들'로 불린 일군의 작가들도 비판 대열에 합세했다. 그들은 억압적이고 숨 막히는 노동자계급의 삶에 대한 폐소공포증적인 묘사를 통해, 집단이 개인에게 언제든 감시의 그물망을 드리우고 복지 인프라가 무자비한 사회통제로 변할 수 있음을 경고했다.[34]

그렇다면 스파크는 어떻게 전시 감상주의나 디스토피아적 비전에 빠지지 않고 전후 영국의 현실을 있는 그대로 투영할 수 있었을까? 그것은 당시 스파크 본인이 재건과 복지국가를 향한 영국인들의 열망에 누구보다 열렬히 동화돼 있었다는 사실과 무관하지 않다. 1944년, 20대 젊은 여성이었던 뮤리얼 스파크는 30여 명의 '용감한' 민간인 여성과 함께 군용선을 타고 로디지아(현 짐바브웨)에서 영국으로 이주했다. 독일 U보트를 피해 케이프타운에서 아조레스 제도를 우회하는 긴 항해 끝에 도착한 영국 런던은 낙후된 로디지아에서의 생활에 찌들어 있던 스파크를 즉시 감화시켰다. 스파크는 5월의 테크 클럽의 원형인 헬레나 클럽the Helena Club에 하숙하며, 매일 밤 런던의 휘

34 *Ibid.*, p. 1187.

황한 시가지와 환호성 가득한 무도회장을 전전했다. 후일 영국 외무부에 취직해 워번Woburn으로 숙소를 옮긴 후에도 런던의 화려한 밤을 잊지 못해 휴가 때마다 런던을 찾았으니, 세속적이고 활기찬 5월의 테크 클럽 아가씨들의 모태가 실로 스파크 본인이었던 셈이다.

물론, 처참한 런던 곳곳의 풍경이 눈에 밟히지 않았던 것은 아니다. 자서전《이력서》에서도 밝히듯이, 폭격으로 폐허가 된 런던이 스파크가 "처음으로 마주한 진짜 런던"이었다.[35] 그러나 그런 환경 때문에 우울해하는 것은 '그랜드캐니언을 보고 우울해하는 것과도 마찬가지'였다고 스파크는 부언했다. 특히 스파크는 런던 공습이 갈수록 격화되고, 배급이 줄어 점점 말라가는 와중에도 굴하지 않고 공동체 정신을 지켜 나가는 헬레나 클럽의 하숙인 아가씨들에게서 이상적인 복지사회의 맹아 비슷한 것을 발견했다. 빅토리아 여왕의 딸 중 한 명이 "런던에서 직장을 구할 의무가 있는 일반 가정의 아가씨들"을 위해 설립한 이 클럽에 대해 스파크는 많은 말을 하지는 않는다. 다만, "늘 회색 옷을 입는" "우울한 회색 낯빛"의 5월의 테크 클럽 관리인과는 달리, "더 없이 매력적이고" "천사 같은 부인이 관리

35 Muriel Spark, *Curriculum Vitae: Autobiography*, Boston: Houghton Mifflin, p. 147.

하는" 장소였다고 향수 어린 투로 회고했다.[36]

이 모든 이색적이고 다채로운 경험을 선사한 런던을, 마치 "조국을 사랑하듯이" 스파크는 사랑했다. '기이한 콧소리(앤의 남자 친구)'하며, '코를 킁킁대는 버룻(조안나 아버지)' 묘사까지 영국인들에 대한 조롱이 《가난한 처녀들》 곳곳에 넘쳐난다는 사실 또한 간과해선 안 되겠지만 말이다. 스파크는 세프턴 델머Sefton Delmer가 이끄는 흑색선전 부대에 취직해 독일 국민의 사기를 떨어뜨리고 히틀러에 대한 신뢰를 약화시키는 가짜 뉴스를 생산해 대는 등 영국의 승리를 물심양면으로 지원했다. 전쟁은 폭력적인 남편과의 갑갑한 결혼 생활에서 벗어날 탈출구이자,[37] 간절히 원하던 특별한 경험, 그리고 영국에 갓 이민 온 '가난한' 젊은 여성에게 쏠쏠한 돈벌이의 기회이기도 했다.[38] 무엇보다 스파크는 전쟁의 승리가 가져올 변혁적 힘에 도취돼 있었다. 훗날 스파크는 《가난한 처녀들》 작업 노트에, 1945년 여름 과도기적 시기에 전후 영국 사회의 통치에 관해 그녀가 구상한 정치적 아이디어들을 옮겨 적었다. 최상의 정치 형태는 "무정부주의"였다. 부분적으로는, 헬레나 클럽 하숙인들에게서

36 *Ibid.*, p. 144.

37 스파크는 1939년부터 남편과 별거에 들어갔고, 1942년 길고 까다로운 소송 끝에 이혼했다. 로디지아에서의 무료한 생활 도중 전쟁이라는 극적인 도피처를 갈망했던 것으로 보인다.

38 *Ibid.*, pp. 143~144.

"개인의 선善에 대한 확신"을 얻었던 까닭이리라.[39] 스파크가 보기에 "개인의 선"과 "기독교인들이 추구하는 영적 가치"에 의해 인도되는 사회야말로 공산주의나 파시즘 같은 극단적인 이데올로기를 바로잡을 수 있는 유일한 정치체계였다("모든 국가를 약화시키기 충분하다").

물론 이것은 반쪽짜리 논리였다. 전통적인 권력구조와 계급체계에 반대하는 무정부주의의 급진성과, 신과 교황의 권위에 복종하는 기독교의 반동성을 어떻게 조화시킬지에 대한 구체적인 방법론이 전무했으므로. 젊은 날 스파크 자신의 사상을 계승한 니콜라스가 무정부주의자들에게 외면당하고 루디의 조롱을 사는 건 기실 스파크 본인을 향한 묘사이기도 하다. 그럼에도 당시 스파크는 정교한 사상가라기보다는 《팡세》 같은 아포리즘을 끄적이는 20대 아마추어 시인에 불과했다. 스파크의 노트에는 니콜라스의 《안식일 노트》와 거의 똑같은 구절이 있다.

> 영국에는 정부가 필요하지 않다. 우리에게는 하원下院도 필요없다. 의회는 해산되고 의원들은 영원히 집으로 돌아가야 한다. 우리는 완전한 무정부주의 사회로의 이행기에, 훌륭하면서도

39 Muriel Spark Papers, McFarlin Library, University of Tulsa, box 14, file 24.4, notebook p. 8.

권력을 갖지 않은 우리의 여러 제도와 기관을 효과적으로 활용할 수 있다.[40]

그리고 스파크 본인의 사상을 전수한 니콜라스의 《안식일 노트》에는 다음과 같은 구절이 덧붙여진다.

사회의 실질적인 업무는 시와 구, 마을 의회에서 자치적으로 처리할 수 있다.

"전시 중(태평양전쟁)이라 '할 일이 없어'" 설리나와 외도나 즐기던 미군 대령 펠릭스 도벨이 니콜라스의 정치적 견해에 마을 자치 기구인 "윤리 수호자" 조합을 떠올리는 5장의 장면은, 그런 면에서 니콜라스의 생각처럼 그리 생뚱맞고 "동문서답"하는 반응이라고만은 볼 수 없다. 이상이 현실에 구현된 양태, 그 괴리를 받아들이지 못하는 니콜라스의 맹목적이고 자성 없는 시각이 아이티에서 그를 죽음으로 이끈 건지도 모르지만.

반면에 스파크는 몽상가 니콜라스보다 조금 더 현실적이었다. 아니면, 자신의 모순을 더 예민하게 인식하고 있었거나. 스파크는 1945년 7월 자신이 지지하던 영국국교회와 왕실의 정

40 file 24.5.

당인 토리당이 집권에 실패한 다음에도 니콜라스처럼 실망감을 쏟아 내는 대신에 노동당의 복지 개혁에 기대를 걸기로 했다. 5월의 테크 클럽에 울려 퍼지는 처칠의 게슈타포 연설 구절처럼, 공무원이 아니라 개인이 공동체에 봉사하고 헌신할 것을 강조하는 복지국가는 어딘지 무정부주의 사회와 닮은 것 같기도 했다. 젊은 스파크의 분신인 니콜라스도 "영국 시민이 의무로써 배심원 일에 복무하듯, 식료품 장수와 의사, 요리사 등이 일정 기간 국가의 일에 복무해야만 한다"고 쓰고 있지 않은가. 스파크는 다시 한 번 니콜라스와 유사한 어휘로 다음과 같이 적는다. ("익숙하지 않은 책임에 대한 두려움과 고통은 자유가 아닌 새로운 종류의 노예를 잉태할지도 모른다.") "그럼에도 불구하고 우리에게 기회의 순간이 왔다고 말하자. 우리의 결핍과 평화의 힘으로 자유로운 삶을 축조할 적기適期가 도래했으니. 특별한 은총의 해인 1945년에."[41]

그러나 영국의 미래에 대한 스파크의 낙관적인 전망은 끝까지 유지되지 못했다. 스파크도 직관했듯 1945년은 아직 "성취"가 아닌 "잠재력"의 시기였고, 6년 전쟁의 재난이 휩쓸고 간 영국은 자국민들의 기대처럼 가능성으로 충만한 땅이 결코 아니었다. 1945년 말 렌드리스 협정(1941년 미국이 세계대전에 참전한

41 file 24.5.

동맹국들에 군사적·경제적 지원을 제공하고자 도입한 법안)이 종료되며 영국은 파산 직전의 상태에 놓였고, 이는 수년 후 파운드화의 가치를 30퍼센트나 평가절하하는 고육지책으로 이어졌다. 1946~47년 겨울에는 20세기 최악의 한파가 영국 전역에 휘몰아쳐 심각한 에너지 위기를 초래했다. 총선에서 압승한 클레멘트 애틀리의 노동당 내각은 국유화와 공공복리 관련 법안들을 신속하게 통과시키고, 5대 보험(가족수당법, 국민보험법, 국민의료법, 산업재해법, 국민부조법)을 제정하여 빠르게 영국 복지체계의 기반을 다졌지만, 6년 후인 1951년 처칠이 이끄는 보수당에 다시 정권을 내주게 된다.

하지만 이런 시국에서도 스파크는 '이상적인 복지사회'에 대한 미련을 못내 떨쳐 낼 수 없었던 모양이다. 《가난한 처녀들》 집필 준비에 한창이던 1960년대 초, 스파크는 UN의 '글로벌 미션Global Missions' 프로젝트에 다시 한 번 기대를 걸어 보기로 했다. '국제 평화와 안전 유지, 분쟁 해결, 개발 협력' 등을 표어로 내걸고, 낙후된 세계 곳곳에 인도주의적 지원을 아끼지 않겠노라는 UN의 공약은 지난 10년간 지지부진한 영국 상황의 개선과 이런저런 세파(아들 로빈과의 불화, 아버지의 사망, 식욕억제제 덱세드린 과다복용으로 인한 신경쇠약 등)로 다소 냉소적으로 변한 스파크의 마음마저 들뜨게 할 만큼 사뭇 호기롭고 신선하게 다가왔다. 스파크는 아예 거주지를 UN 본사가 보이는 뉴욕

이스트 44번가의 아파트로 옮기고, 실시간으로 UN의 소식을 입수했다. UN이 창설된(1945) 캘리포니아(샌프란시스코)에 거주하며, UN 구제부흥사업국과 함께 일하는 펠릭스 도벨 부인의 강연회에 니콜라스가 참석하려는 장면은 《가난한 처녀들》 집필 당시 UN에 대한 스파크의 관심을 반영한다.

그러나 스파크의 작업 노트에 동봉된, 아이티에 관한 UN의 보고서 두 편은 그녀의 기대가 다시금 좌초되었음을 설로한다. 첫 번째 보고서는 '아이티 중요 임무Mission to Haiti'라는 제목의 1949년 문서였다. 전후 국제 개발에 대한 장밋빛 전망으로 가득한 이 보고서에는 문맹 퇴치와 수출입 네트워크 확장, 인프라 구축, 말라리아 및 매종Yaws 예방, 행정력 강화, 농업생산 확대 등 UN이 상상하는 이상적인 국가로 아이티를 재건하려는 전문가들의 수많은 권고 사항이 담겨 있었다.[42] 두 번째 보고서는 1962년 10월 5일 UN 기술지원위원회의 것으로, 아이티에 대한 UN의 개입이 어려움에 직면했음을 조심스럽고 관료적인 문체로 진술하고 있었다. 말인즉슨, 아이티 정부가 자국의 경제적 "해방"을 위해 기금을 모으는 일련의 조치를 단행했다는 것이었다. 이 조치에는 모든 아이티 공무원과 사기업 종사자들

42 *Mission to Haiti: Report of the United Nations Mission of Technical Assistance to the Republic of Haiti*, New York: United Nations Publications, 1949.

의 복권 의무 구매, 수출입 부과금 및 차량 세금 인상 등이 포함돼 있었다.[43] 보고서에 프랑수아 뒤발리에[44]의 독재와 민간인 학살에 대한 언급은 찾아볼 수 없었다.[45]

스파크는 1949년 에세이 〈아프리카 유인물African Handouts〉에서, 로디지아에 살던 시절에 영국 정부가 남아프리카 토착민들을 로디지아로 이주시키고자 로디지아 해변에 금광이 있다고 거짓 유인물을 뿌린 사실을 폭로한 바 있다.[46] 이런 경험이 스파크의 마음속에 국가에 대한 근본적인 불신을 싹틔우고, 아나키즘을 배양하게 된 계기가 되었을지도 모른다. 그리고 UN이 주도하는 새로운 글로벌 거버넌스에 희망을 품었던 스파크는 뒤발리에와의 공모가 의심스러운 UN의 두루뭉술한 보고서에 또 한 번 실망했다. '유럽인' 니콜라스가 아이티 현지인들에게 무참히 살해당했다는 대목을 기술하며 스파크가 탈식민주의적 카타르시스를 느꼈을지는 알 수 없다. 그러나 UN의 모호한 보고서를 암시하는 듯한 니콜라스의 죽음에 얽힌 미스터리가 소설 전반에 드리워져 있다. 제인이 니콜라스 순교 사건

43 Jean B. Richardot, "Technical Assistance Board Activities in Haiti (January to September 1962)", New York: United Nations, 1962.

44 아이티의 독재자. '파파 독Papa Doc'이라는 별명으로 유명하다. 1957년부터 1971년 사망할 때까지 아이티의 대통령으로 재임했고, 비밀경찰 조직인 통통 마쿠트Tonton Macoute를 이용해 수많은 야권 인사를 탄압했다. 집권 기간 내내 3~6만의 아이티 국민을 학살한 것으로 추정된다.

45 Allan Hepburn, p. 144.

46 Muriel Spark, "African Handouts", *New English Weekly*, Apr 28 1949, pp. 32~33.

의 전말을 파헤치고자 하지만 절해고도에서 일어난 사건을 객관적으로 재구성할 지적 능력이 없고, 그럼에도 진실을 직조하려는 그녀의 노력은 주인공들의 산만함(도로시)과 시끄러운 육아(앤), 불완전한 기억(폴린) 등으로 계속해서 지연된다. 줄리아 마컴 여사는 영국 외교부의 불투명성을 대놓고 조롱하고("걔넨 원래 공식적으로 발표 안 하잖아"), 불량한 전화선을 암시하는 '생략 부호(…)'의 반복은 비협조적 시스템으로 인한 증언의 어려움을 상징적으로 보여 준다.

이런 정황들을 차치하고도, 1945년부터 《가난한 처녀들》이 출간된 1963년까지의 세계는 인류의 공존을 꾀하고 박애를 실현하려는 낭만적인 복지주의의 이상을 유지하기 힘든 시대였다. 1945년 7월 17일부터 2주간 진행된 포츠담 회담에서 일명 '빅 3Big Three'로 불린 미국과 영국, 소련이 무수한 갈등과 이견을 드러내며 냉전시대의 개막을 예고했고, 우방국 간의 균열은 《가난한 처녀들》 결미 영국 군인과 미국 군인들 간의 싸움에서도 암시된다. 1950년대부터 본격화된 미국의 '빨갱이 사냥 선풍'이 영어권 전체에 먹구름을 드리웠고, 《가난한 처녀들》에도 비밀주의적·도피적 성향의 공산주의자들에 대한 언급이 있다. 더욱이 스파크가 《가난한 처녀들》을 집필하던 1962년에는 소련의 쿠바 핵미사일 배치로 국제적 긴장감이 최고조에 달한 때였으니, 어쩌면 《가난한 처녀들》은 전후 인류의 진보에 대한 인본주의적 망상과 그 파국의 연대기를 그린 짤막한 우화일지도 모르겠다.

*

이런 시대를 관통하여 스파크가 얻은 교훈이 있다면 '세속적인 것 외에는 어떤 것도 기대하지 않기', '모든 것에 무심한 태도 유지하기'였는지도 모른다. 최소한 스파크는 '세속성'과 '무심함' 이 두 가지 덕목을 한때 자신의 이상향이었던 복지 공동체(헬레나 클럽)의 문학적 재현물이자, 전후 영국인들이 막연히 꿈꾼 이상적인 미래 사회의 "실체"인 5월의 테크 클럽 아가씨들에게 부여하기로 했다.

먼저 세속성과 관련하여, 클럽의 모든 아가씨가 스키아파렐리 태피터 드레스를 선망하고, 그것이 돈이든, 물질이든, 정보든, 성性이든 어떤 형태로든 거래에 관여한다. 화자는 '사랑이 돈보다 중요한 주제였다'고 말하지만, 텍스트를 꼼꼼히 읽은 독자라면 클럽 아가씨들에게는 돈이 우선순위, 사랑은 부수적인 문제라는 걸 단번에 알 수 있다. 클럽 아가씨들에게 사랑하는 상대를 일주일도 안 돼 갈아치우는 일쯤이야 여반장이고, 공동 침실의 어린 소녀들도 남자의 가치를 "스펙asset"으로 재단한다.

한편, '무심함'의 덕목은 매일 아침저녁으로 품위("완벽한 균형, 몸과 마음의 평정, 완전한 침착성을 의미"하는) 유지 문장을 낭독하는 설리나에게서 가장 뚜렷이 확인되고, 이 낭독 행위는 클럽 꼭대기 층의 모든 아가씨들에게 "존중"받는다. 회원들이 일으키는 소란에 좀체 참여하지 않는 조안나의 "무심함"이 영웅적으로 부각되고, 이는 제인의 시심을 유발하기까지 한다. 그렇다고 해서 다른 회원들과 제인의 무심함이 도드라지지 않는 것은 아니다. 아가씨들은 자신들이 살고 있는 터전인 클럽 정원에 폭탄이 파묻혀 있다는 그레기의 경고에도 시큰둥한 태도로 일관하고, 제인은 클럽 꼭대기 층에서 들려오는 "공포에 찬 비명 소리"를 "대수롭지 않은 일"일 거라 생각한다. 이런 반응들은 런던대공습 당시 비근한 죽음과 생존 위기 속에서도 꿋꿋이 생계를 이어 나가야 했던 영국인들의 삶을 부분적으로 인화印畫한다. 더하여 제인은, 소설 말미에 술 취한 해군의 성추행에도 반어법을 쓰는 여유를 보이며("어휴, 사서 고생한다더니, 진짜.") 니콜라스를 "감탄"시킨다.

바로 이 '흥분(니콜라스의)'과 '무던함(제인의)', 역설적으로 말하자면 전후 새로운 세계에 대한 "신출내기 보헤미안" 같은 니콜라스의 열정과, 그따위 신기루 같은 공리공론에 "철학적 피로감"을 느끼는 제인 및 여타 아가씨들의 대선율을 스파크는 《가난한 처녀들》 전반에 포진시킨다. 1945년, 종전의 기류가 감돌며 영국의 분위기는 환희와 격정에 차올랐지만, 전쟁에서 평안을 찾는 극단주의자 니콜라스는 오히려 그 전쟁 기계

machine de guerre의 축소와 전후 뒤처리의 노곤, "삭막한 방"에서의 일상 등으로 무료함에 젖어 있었다. 그리하여 그 무료함에 적응, 혹은 그것을 타파할 기제로서 "보편적인 가난이라는 존엄한 속성들로 결속된 공동체"에 대한 전후 사회 자신의 이상을 《안식일 노트》에 단조해 나간다. 니콜라스는 그 완벽한 모본을 5월의 테크 클럽에서 발견하고, 클럽 아가씨들의 복지와 생활상에 대한 정보를 애타게 갈구한다. 그 사회의 일원인 설리나를 "조국을 사랑하듯이" 사랑하기까지 한다. 무정부주의자, 됭케르크의 퇴각병, 불명예 전역자인 니콜라스가 조국을 얼마나 사랑했는지는 의문이지만 말이다.

반면, 니콜라스의 이상 국가 당사국 시민들인 5월의 테크 클럽 아가씨들은 클럽을 삶에서 "일시적이어야만 할" 장소로 여길 뿐이다. 제인은 클럽 자기 방을 "요양원 방과 다를 게 없다"고 생각하고, 조안나는 "모든 회원의 통상적인 반감을 대변하듯" 클럽에 대한 혐오감을 표출한다. 실제로 5월의 테크 클럽의 첫 조항("5월의 테크 클럽은 일자리를 구하기 위해 가족과 떨어져 맨손으로 런던에 온 30세 미만 여성들의 금전적 편의와 사회적 보호를 위해 존립한다.")은 존중과 배려를 가장한 초기 영국 복지 체계의 끔찍한 소득조사를 환기하는데, 이것이 '가난한' 사람들을 얼마나 치욕스럽게 했는지는 조지 오웰의 《위건 부두로 가는 길》에도 잘 나타나 있다.[47] 하물며 "튼튼"하지도 않고 정원에 폭탄까지 파묻힌 불안정한 공간에서, 전시 내내 엄격해지기만 할 뿐인 긴축 지시(이 지시는 손님이 '없는' 날 저녁 클럽 관리인을 통해 하달된다)에 클럽 아가씨들은 더는 클럽에서의 삶에 어떤 가식이나 매혹도 느낄 수 없다. 클럽 아가씨들은 보수당을 지지하고 처칠의 연설에 귀를 기울이며, 과거로 돌아가고 싶어 할 뿐이다.

니콜라스와 클럽 아가씨들의 대비가 분명하게 각인되는 지점은 배급품에 대한 양자의 태도이다. 니콜라스는 "배급제가 엄격해지는 것에 기쁨을 느끼고",[48] 배급품을 착실히 헤아리며, 때로는 클럽 아가씨들에게 나눠 주기도 하는 등 긴축 시대 영국 정부가 바라는 검소하고 이타적인 복지사회 시민 역할을 성실히 수행한다. 반면, 클럽 아가씨들은 음식별 칼로리표를 들고 다니며 "쓸데없이 살찌는" 배급 음식을 최소한만 수용하고, 마가린과 비누 등의 배급품을 창문을 통과하는 데에 죄다 소모해 버리는 식이다. 배급품을 그램 단위로 철저히 셈하는

47 Kelly M. Rich, p. 1189. 한 사례만 꼽자면, 런던 사교계의 귀부인들이 동부 빈민가 주택을 방문해 실업 가정의 부인네에게 장 보는 요령을 가르치는 장면이 그렇다. 가난한 사람들은 자신의 삶을 스스로 관리할 능력조차 없다는 가정假定에서 비롯된 영국 지배계급의 이 '상냥한 능욕'에, 오웰은 "애초에 '실업자'들이 돈을 경제적으로 쓰는 법을 배운다 해서 대체 무슨 득을 본단 말인가"라며 한탄한다. George Orwell, *The Road to Wigan Pier*, Harmondsworth: Penguin Books Ltd, 1962, pp. 89~90.

48 Muriel Spark Papers, file 24.4, notebook p. 8.

니콜라스의 좀스러운 모습은 암시장 사내들의 "여왕"이자, 바로 그 때문에 전후 불어닥칠 지독한 결핍deprivation과 탈사유화deprivatization 시대 영국에서 필히 매도되어야 할 설리나의 조롱, 혹은 그따위 계산이 필요 없던 옛 시절에 대한 그리움 섞인 웃음을 살 뿐이다.

그런데, 설리나의 이런 노골적인 무시에도 불구하고 니콜라스가 "완벽한 여성"에 대한 자신의 비전을 그녀에게 거듭 강요하는 불편한 묘사가 있다. 니콜라스는 설리나가 "가난한 삶의 형태를" 받아들일 것을 요구하고, 그의 "불가해한" "윤리적", "미적" 이미지를 클럽 전체에 들이민다. 이 아이러니를 그저 몽상가 니콜라스 개인의 돈키호테적 저돌성, 혹은 여성 공동체에 대한 이방인 남성의 가부장적 횡포로 이해하는 것도 문제 될 건 없지만, 범박하게는 더 넓은 측면에서 생각해 볼 수도 있다. 이제는 긴축 시대 영국의 선전 문구이자 지배 논리이기도 했음이 분명해진 《가난한 처녀들》의 동화적인 첫 문장을 되새겨 보자. "오래전 1945년, 착한 영국 사람들은 죄다 가난했다." 그리고 소설 첫 문단 마지막 문장은 이 첫 문장을 한 번 더 되풀이하고 다음과 같이 덧붙인다. "부자들은 대체로 마음이 가난하다고 믿어지던 시대였다." '네 다리는 좋고 두 다리는 나쁘다'는 《동물농장》의 슬로건을 미묘하게 연상시키는 전후의 이 원색적이고 거의 단정적인 공리가 노정하는 것은, '착함'과 '그렇지 않음'이라는 직설적이고 도발적인 용어로 타인을 규정짓고 전자(착함)의 틀 속으로 유도하려는 은근한 개입intervention의 의지다. 이 개입 의지가 제2차 세계대전 전후 영국에서 형성된 바로 한 세대 전과는 퍽 딴판인 사회적 감수성이었다. 어떤 이념적 당위도 확보하지 못하고 대규모의 무의미한 사상자만 남긴 제1차 세계대전 이후, 영국에서는 부조리한 국가폭력에 저항하고자 이른바 '모더니즘'으로 표상되는 내면으로의 침잠이 공명을 일으켰다. 반면 파시즘이라는 명백한 거악巨獄과의 일전이었던 제2차 세계대전 후 영국에서는, 다시는 이 같은 악이 활개 치지 못할 정의로운 사회를 건설해야 한다는 생각이 '공통'의 인식으로 자리 잡았다.

더불어 제2차 세계대전 동안 영국에서 전례 없는 '민간인의 참여Home Front'가 이루어졌다는 사실 또한 이런 인식의 생성에 풀무질을 더했다. 됭케르크 철수작전에서 민간 선박 수백 척의 참여, 런던대공습 기간 동안 예비군의 헌신, 스파크 본인을 비롯한 여성들의 참전 등 영국인들에게 제2차 세계대전은 실로 '인민의 전쟁People's War' 그 자체였던 셈이다. 《가난한 처녀들》 1장의 유럽 전승 기념일(Victory in Europe Day) 행사에서 '옆 사람과 짝을 지었다'거나 '낯선 사람끼리 팔을 둘렀다'는 묘사, "거대한 폭포나 지질학적 소란", 혹은 "바다 물결 같은 군중"의 직유는 당시 영국인들의 유대감을 보여 주는 좋은 예시다. 제2차 세계대전은 모든 영국인이 함께 싸워 이긴 전쟁이었고, 그래서 동료 시민과 스스로에 대한 우월감에 얼마간 도취될 수밖에 없었던 것도 사실이다. 전후 영국 사회에 복지주의의 열풍이 인 것 역시 영국인들의 이 '유대감'과 '우월감'의 작용을 무시하기 어려우리라. 제2차 세계대전은 영국에서 군인과 민간인의 경계를 허물었고, 그렇게 공적 영역과 사적 영역의 경계도 재고하게 했다.[49]

영국 사회 경계선 소멸의 징후는 《가난한 처녀들》 첫 문단에서부터 확인된다. 스파크는 버지니아 울프의 '자기만의 방'과 대별되는, 바깥을 향해 광활하게 뚫린 "무대" 같은 방을 묘사한다. 그 밖에도 스파크는 '구멍 뚫린 집'과 '갈가리 찢긴 건물' 등의 이미지를 제시하여 "구조적으로든 정신적으로든 안정된 내부"가 더는 존재하지 않는 영국 현실을 즉시 공표한다.[50] 5월의 테크 클럽은 이런 무경계성의 축도와도 같은 장소다. 제인과 루디의 대화, 조안나와 그녀가 가르치는 학생의 시 낭송, 피아노 음계 연주, 아가씨들의 재잘거림이 휴게실 한 장소에서 다성악처럼 동시에 울려 퍼지는 4장의 장면을 떠올려 보자. 다수의 비평가가 스파크의 '가벼움'과 '진지함 결여'를 한목소리로 규탄

49 Kelly M. Rich, p. 1194.
50 *Ibid*.

했지만, 이처럼 '고립'과 '내면으로의 침잠'이 원초적으로 불가능한 포스트모던 공간에 대한 묘사는 사실 스파크의 여러 작품을 관류하는 주제이다. 《이스트 강가의 온실The Hothouse by the East River》(1973)에서도 "30세 미만의 여자는 방을 공유해야 한다"는 권위주의적인 여성 마르셀 퀸넬과, "자신만의 방이 필요하다"는 엘사의 대립이 점화된다.[51] 그러므로 제인이 "타오르는, 혹은 타오르는 듯한 특성"을 지녔다고 묘사한, 공허한 것들에 관한 시를 쓰는 이유는 비단 그녀의 열등한 지적 능력 때문만은 아니다. 군국주의적 흐름으로나 사유의 깊이 측면에서나 일방통행로Einbahnstraße에 접어든 근대주의자들과 다르게, 루디의 말버릇 "아무튼(by the way)"은 무엇하나 제대로 일궈 놓은 것도 없으면서 방향성만 무성한 당대의 풍조를 웅변적으로 반영한다.

《가난한 처녀들》과 모더니즘 텍스트에서의 건축물 차이는 버지니아 울프의 《댈러웨이 부인》을 살펴보면 더욱 명징해진다. 《댈러웨이 부인》에서, 댈러웨이 클라리사의 방은 사색의 매개체로서 기능한다. 특히 클라리사의 방 창문이 주요 화소로 다뤄지는데, 외부 세계와 내부 세계를 구획 짓는 명시적인 경계선으로 자리매김하기 때문이다. 또한 《댈러웨이 부인》에서 창문은 주인공들 내면의 감정과 생각을 투영하는 거울이자, 거

51 *The Hothouse by the East River*, Edinburgh: Polygon, 2018, pp. 55~56.

리감을 두고 바깥세상을 부감하게 해 주는 "반투명한 막",[52] 그리고 제1차 세계대전 참전 용사 셉티머스가 투신자살이라는 아주 극단적인 세상과의 단절을 도모하는 생사의 접경이기까지 하다. 반면에 5월의 테크 클럽의 건축양식과 내부 설계에 대한 설명에서 알 수 있는 것은, 그 체계 및 구조가 클럽 아가씨들의 '사회적' 지위에 완벽하게 대응된다는 사실뿐이다. 예컨대 2층 공동 침실에는 재정력이 가장 떨어지는 어린 아가씨와 소녀들이, 3층에는 클럽 직원이나 임시 회원 같은 한시적이고 유동적인 인력이 머문다. 4층에는 전통적인 가족 구성원에서 벗어난 독신녀들이, 5층에는 "가장 매력적이고, 세련되며, 활기찬 아가씨들이" 거주한다. 주인공들에게 개인적인 고뇌나 깨달음의 창구가 되어 줄 장소, 또는 건축적 구조물에 대한 묘사는 찾아볼 수 없다.[53]

물론, 창문은 《가난한 처녀들》에서도 중요한 상징이다(특히, 슬릿 창과 채광창). 그리고 소설 도입부는 《댈러웨이 부인》에서 축적한 창문의 의미를 보존하려는 듯한 뉘앙스를 취한다("창문은 가정의 일상 공간에서 전쟁이 벌어지는 바깥 세계로 통하는 주요 위험 구역으로 기능하면서 갈수록 큰 의미를 지니게 되었다").

52 Virginia Woolf, "Modern Novels", *The Works of Virginia Woolf*, ed. Jean Guiguet, New York: Harcourt Brace Jovanovich, 1976, p. 206.
53 Kelly M. Rich, p. 1194.

그러나 창문에 대한 그런 기존의 인식론은 5월의 테크 클럽 정원에서 폭탄이 폭발한 순간 극적으로 반전되어, 이제 위험은 건물 내부에, 안전은 창문 바깥에 존재하는 것이 된다.[54] 클럽의 날씬한 아가씨들은 낙타의 바늘귀 같은 슬릿 창을 통과해 건물 밖으로 빠져나가고, 체격이 큰 조안나는 채광창을 탈출하지 못해 무너져 내리는 클럽과 운명을 같이한다. 하지만 니콜라스를 진정으로 공포에 빠뜨리는 것은 조안나의 죽음이 아니라 불타는 건물 속으로 다시 들어가는 설리나의 가벼운 몸놀림과 관련이 있다. 연기 속에서 설리나가 구출해 온 것이 다른 아가씨가 아니라 스키아파렐리 드레스라는 것을 깨닫는 순간, 클럽이 "보편적인 가난이라는 존엄한 속성들로 결속된 공동체", 자신의 두꺼운 색안경 속에서 단단히 "결빙"된 금성철벽의 성소가 아니라, 세속의 시장, 너무도 쉽게 넘나들고 붕괴될 수 있는 다공적多孔的 모래성임을 직시한 순간, 니콜라스는 이렇게 외치고 수년 후 죽음으로써 그 말의 진실성을 입증하게 된다. "안전한 곳은 없어요."

동시에, 스파크가 일종의 지연된 해독delayed decoding 기법을 활용해 설리나 품속의 물체를 니콜라스가 단번에 알아채지 못하게 하는 스키아파렐리 드레스 회수 장면에는, 제임스 조이스

54 *Ibid.*, p. 1196.

의 《젊은 예술가의 초상》에 대한 반향도 섞여 있다. 《젊은 예술가의 초상》에서 클라이맥스라 할 만한 장면은 단연 스티븐 디덜러스가 강가에 서 있는 아름다운 소녀를 보며 영적 계시 epiphany를 경험하는 순간이다. 강줄기를 따라 걷던 스티븐은 "마법에 걸려 진기하고도 아름다운 바닷새로 변한 듯한" 소녀를 목도하고, 그 순간 자신이 자유분방하고 독립적인 예술가로 재탄생했음을 알리는 신호로서 무소불위의 시선으로 소녀의 신체를 재구성한다. 이를테면 소녀의 "길고 가냘픈 다리"를 "두루미의 다리"로, "허벅지"를 "부드러운 빛깔의 상아"로, "가슴"을 "검은 깃털을 한 비둘기의 것"으로 치환하는 식이다.[55] 그렇게 스티븐의 신비로운 환각적 시선 속에서 "소녀의 육체는 해체되고 추상적 이미지로 탈바꿈한다."[56] 《가난한 처녀들》에서도 외부 세계의 구상성·물질성을 용해·멸각하려는 니콜라스의 폭압적인 영적 비전이 도드라진다. 니콜라스는 설리나의 육신이 "뼛속까지 의인화된 이상적인 사회", "지적인 남녀"가 되길 바라고, 그녀의 "아름다운 팔다리"에서 "마음과 영혼"을 찾아 헤매는 듯 보인다. 그렇기에 연기로 흐릿한 시선 속에서, "시체"를 껴

55 James Joyce, *A Portrait of the Artist as a Young Man*, New York: Penguin, 1994, pp.185~186.

56 Joori Lee, "The Making of Beauty: Aesthetic Spaces in the Fiction of D. H. Lawrence, Muriel Spark, and Virginia Woolf", PhD dissertation, Texas A&M University, 2013, p. 165.

안고 불구덩이 속을 가로질러 박두하는, 흡사 피에타상像의 육화된 형상과도 같았을 설리나의 모습에 니콜라스는 스티븐이 경험한 영성·초월성의 순간이 곧 자신에게도 "벼락"처럼 쏟아지리라 기대했을지 모른다. 그러나 그 일생일대의 순간, 스파크는 속물성의 결정結晶인 스키아파렐리 드레스를 조명하고, 니콜라스의 몽상적 시선이 토막 내 버린 사체의 은유로서 '머리 없는 목과 어깨 같은 옷걸이'가 공허하게 대롱거리는 장면을 연출함으로써, 객체에 대한 심미적 관찰자의 우월적 위치를 농락하며 예술가로서 니콜라스의 인생을 거의 끝장내 버린다.

게다가, 5월의 테크 클럽이라는 그의 "이상적인 사회"도 붕괴했다. 《가난한 처녀들》 마지막 장의 심란하기 짝이 없는 5월의 테크 클럽 붕괴 현장 묘사는 "상상 속 목적지" 운운하는 소설 첫 문단의 초현실적인 낙관론을 비웃으며, 재건과 이상적인 복지사회를 향한 영국인들의 꿈이 결코 만만치 않을 험로에 직면할 것임을 예고한다. '참회적인 분위기를 자아내는' "갈색 벽지"의 클럽 응접실 벽만이 폐허 속에 덩그러니 남겨져 있다는 서술은(심지어 이 벽지는 전후 "대유행"한다) 클럽 아가씨들을 고달프게 한 혹독한 긴축정책만이 중단되지 않고 계속 이어질 것이라는 암유暗喩이리라. 그런데도 정체불명의 음성으로 폐허가 된 클럽과 그 앞에 선 니콜라스의 머리 위를 떠도는 드링크워터의 시 구절("집 꼭대기 층에 사과가 줄지어 놓여 있고")은 사과처럼 예쁜 아가씨들이 조화롭게 질서를 이루고 살아가는 이상적인 복지사회에 대한 니콜라스의 꿈이 여전히 다 꺼져 버리진 않았음을 시사하는 듯하다. 조안나 아버지의 말처럼 "사라져 다른 곳으로" 가버린 그 꿈의 메아리를 니콜라스는 아이티 쪽에서 들은 것일까? 스파크가 그랬던 것처럼?

중력으로서의 뿌리, 은총으로서의 먼지
: 메타소설[57]로서 《가난한 처녀들》

지금까지의 논의에서 산정되는 한 가지 사실은 《가난한 처녀들》이 최초의 노동당 정부 출범이나 UN의 보고서 같은 역사적 사실이나 문서뿐 아니라 엘리엇과 울프, 조이스 같은 모더니즘 작가들에 대한 참조로도 가득하다는 점이다. 《가난한 처녀들》 같은 포스트모더니즘으로의 이행기 소설이 모더니즘 텍스트라는 재생양피지palimpsest 위에 몇 겹의 번안과 재가공을 거쳐 다시 쓰인 것은 상례였지만, 이를 고려해도 이 얇은 텍스트가 기존의 문학 전통에 지고 있는 빚의 두께는 실로 놀랍다.

57 텍스트가 스스로 허구임을 자각하고 기존 소설의 모티프와 플롯, 시점, 인물 묘사, 서사 기법 등을 의식적으로 재현하거나 실험적으로 변형하는 소설 형식.

스파크는, 단순히 작품을 참조하는 것을 넘어 기성 작가들을 소설 내에 간접적으로 등장시키기까지 한다. 대프리 듀 모리에가 제인의 사기 편지에 "연민 가득한 답장"을 보냈다고 하거나, 작가 본인이 창작한 버나드 쇼의 조소 일색 편지를 작품 내에 끼워 넣기까지 하는 식이다. 죽은 지 30년이 다 된 헨리 제임스(1843~1916)에게 제인이 편지를 보냈다거나, 제인과 니콜라스가 영국 내에서 그리 대단치 않은 찰스 모건(1894~1958)의 인지도(반면, 프랑스에서는 1936년 레지옹 도뇌르 훈장을 수상하며 높은 명성을 누렸다)를 이용해 위조 편지를 계획하는 장면에서도 옛 작가들에 대한 스파크의 유쾌한 향수를 엿볼 수 있다.

이런 명시적인 언급 외에도 기성 작가들에 대한 숨은 암시가 《가난한 처녀들》 곳곳에 흘러넘친다. 일례로 "문학적인 남자가 남자 대신에(at all) 여자를 좋아할 때는, 문학적인 소양을 지닌 여자가 아닌 그냥 여자를 원한다"는 5장의 대목을 보자. 이 문장 자체와 "남자 대신에"를 단지 "at all"이라고만 표현한 원문의 완곡한 어법에서 동성애를 터부시하던 1945년 영국의 분위기와 당시 문단을 주름잡던 W. H. 오든, 크리스토퍼 이셔우드, 에벌린 워("지극히 동성애적인 시기를 겪던"[58] 옥스퍼드 재학 시절의) 같은 위대한 게이 작가들, 그리고 워 본인의 《다시 찾은 브

58 Humphrey Carpente, *The Brideshead Generation: Evelyn Waugh and His Friends*,

라이즈헤드》에서 자전적 주인공 찰스 라이더와 세바스천 플라이트의 오묘하고도 야릇한 관계를 떠올리는 것은 영미 독자들에겐 꽤 자연스러운 일이다. (물론 해당 문장은 지극히 남성중심주의적인 당대 영국 문학계에 대한 풍자적 성향이 더 강하지만.)

2000년대 이후로 학계에서는《가난한 처녀들》의 이런 비가시적인 문학적 참조를 찾아내려는 시도들이 줄을 잇는 추세인 듯하지만,[59] 그보다는 소설의 더 확실한 참조 텍스트들을 살펴보는 일이 우선순위일 듯하다. 조안나와 일군의 시인들이 낭송하는 시들 말이다. 조안나가 발성법 전공자이며, 읊는 시들이 모두 의미보다는 운율을 즐기도록 조탁된 낭송용 시들에 가깝기 때문에, 영미 독자들은 그 시들을 이야기 흐름상 자연스러운 것으로 간주하고 숨은 의미에 크게 집착하지도 않는다.[60]

London: Faber & Faber, 2013, p. 122.

59 알란 헵번Allan Hepburn은《가난한 처녀들》에서 존 허시John Hersey의《히로시마》와 시몬 베유의《중력과 은총》의 영향을, 주드 닉슨Jude V. Nixon은《처녀들》에서 제프리 초서와 찰스 디킨스, 샬럿 브론테, 제임스 조이스의 영향을 읽어 낸다.《가난한 처녀들》과 제임스 조이스 소설의 비교는 이주리Joori Lee의 박사논문에서,《처녀들》과 샬럿 브론테 소설의 비교는 하타나카 안미畑中 杏美의 논문에서 더 집중적으로 다뤄진다. Allan Hepburn, "Interventions"., Jude V. Nixon, "'[A] Virginal Tongue Hold': Hopkins's *The Wreck of the Deutschland* and Muriel Spark's *The Girls of Slender Means*", *REN* 57.4, 2005., Joori Lee, "The Making of Beauty"., 畑中 杏美,〈貧しい娘たちと《ミッション》: *The Girls of Slender Means*とJane Eyreとの比較考察〉,《Ferris research papers = フェリス女学院大学大学院人文科学研究科英米文学英語学専攻研究報》5, 2015. Allan Hepburn, "Interventions"., Jude V. Nixon, "'[A] Virginal Tongue Hold': Hopkins's *The Wreck of the Deutschland* and Muriel Spark's *The Girls of Slender Means*", *REN* 57.4, 2005.

60 Drew Milne, "Muriel Spark's Crimes of Wit", *The Edinburgh Companion to Muriel Spark*, eds. Michael Gardiner and Willy Maley, Edinburgh: Edinburgh University Press, 2010, p. 111.

《가난한 처녀들》에서 조안나가 처음 읊는 시詩인 오든의 〈자장가〉를 보자. "신실하지 못한 내 품속의 사람이여(human)"라는 두 번째 행에서, 상대를 "human"이라고 칭하는 화자의 어법은 전통적인 영문법에 비추어 확실히 이상하다. 그러나 역설적으로 오든의 이 구절은 영어 사용자들에게 아름답게 들리기로 정평이 자자한 미문美文이기도 하다.[61] 조안나가 여러 차례 낭송하는 드링크워터의 〈달빛에 비친 사과〉 또한 철학적 의미가 아니라 운율과 심상에서 재미를 찾는 통속시通俗詩이다. 그래서 조금 더 고상한 취향을 가진 듯한 5월의 테크 클럽 아가씨 누군가(아마도 주디 레드우드)는 클럽에 조안나의 〈달빛에 비친 사과〉 낭송이 울려 퍼진 순간, "조안나가 《도이칠란트호의 난파》로만 수업했으면 좋겠어"라고 투덜대기도 한다.

이처럼 운율 본위 시들에 대한 조안나의 확고한 취향이 그 시들의 의미에 대한 호기심을 자연스럽게 봉쇄하지만, 가차 없이 경제적인 작가 스파크가 선별한 시들에는 각각의 암시와 기능이 숨겨져 있다. 먼저 오든의 〈자장가〉의 경우("그대 졸린 머리를 뉘어요, 내 사랑…"), 연기 속에서 시체처럼 보이는 스키아

61 첫 행 "Lay your sleeping head, my love(그대 졸린 머리를 뉘어요, 내 사랑)"에서 강음절 어구의 반복("Lay", "sleep-", "head", "love")과, 두 번째 행 "Human on my faithless arm(신실하지 못한 내 품속의 사람이여)"에서 m, n 등의 약음절 자음 반복을 통한 음절의 조화. "lay your"에서 모음 반복을 통한 음악적인 울림 등.

파렐리 드레스를 든 "신실하지 못한" 설리나를 묘하게 환기한다. 마찬가지로 "흘러가는 저 구름이 가을밤의 달을 가린다"는 드링크워터의 시구 또한, 설리나의 모티프가 그리스 신화의 무심하고 차가운 달의 여신 셀레네Selene인 점[62]을 고려하면 그 암시가 분명해진다. 한편, 〈달빛에 비친 사과〉의 배경인 "집 꼭대기 층"은 《가난한 처녀들》 클라이맥스의 배경이기도 하며, "계단" 아래 치명적인 '고요함'은 5월의 테크 클럽에서도 실현된다. 1장 마지막 부분에 인용된 C. P. 카바피의 〈야만인을 기다리며〉는 또 어떤가("이제 야만인들이 없으니 우리는 어떻게 되는 거지? / 그들이 일종의 해결책이었는데"). 전장의 야만주의가 일상으로 전이·삼투되는 과정을 함축한다.[63] 그 외의 시들은 대개 죽음과 관련이 있고(웹스터의 〈악마의 심판〉, 블레이크의 〈아! 해바라기여!〉, 테니슨의 〈진홍빛 꽃잎 방금 잠들고〉, 콜리지의 〈노수부의 노래〉 등), 어떤 시들은 특히 젊은 날의 죽음과 관련이 있으며(앤드루 마블의 〈어린 사슴의 죽음을 슬퍼하는 님프〉, 워즈워스의 〈결의와 독립〉, 에드거 앨런 포의 〈천상의 그대에게〉 등),[64] 죽음과 부활의 주제를 동시에 다루는 시들도 있다(어니스트 클레이모어의 자작시, 셸리의 〈서풍의 노래〉 등). 5장 끝부분 〈쿠빌라이 칸〉

62 Norman Page, *Muriel Spark*, New York: Macmillan, 1990, p. 48.
63 Rodney Stenning Edgecombe, p. 42.
64 Allan Casson, p. 96.

의 한 귀절("그〔연주자〕의 주위에 세 겹 원을 짜고… ")은 불타는 건물에서 "최면에 걸린" 듯 〈시편〉의 시를 암송하는 조안나와 그녀 주위를 둘러싼 클럽 아가씨들의 이미지를 선취하여, 칸의 연주자처럼 조안나도 결국 사후세계에 떨어질 것을 예고한다.

앞선 장에서 우리는 《가난한 처녀들》이 전후 영국 사회 복지주의 물결에 이바지한 전시 사회적 유대성의 신화를 파괴하는 텍스트임을 확인했다. 그러므로 《가난한 처녀들》은 본질적으로 종말의 비전을 겸유하며, 작품 내에 죽음의 암시가 그토록 편만한 것은 이 때문일지도 모른다. 스파크 특유의 가벼운 문체에 가려져 잘 포착되진 않지만, 《가난한 처녀들》에는 묵시록적 모티프가 실로 도처에서 마각을 드러낸다. 소설의 배경은 전시 내내 폭격에 시달린 켄싱턴의 폐허이고, 첫 장부터 화자는 "최종 심판의 해('전쟁이 막바지에 접어들며'로 번역)"를 언급한다. 니콜라스가 죽음을 맞는 아이티는 "목회자들의 안식처",[65] 즉 낙원의 은유인 "타히티"와 혼동되고, 5장 끝부분에서는 중의적인 표현 "The sun broke('태양이 고개를 내밀었다'로 번역)"가 활용돼 파국의 도래를 예견한다. 조안나는 무심결에 〈요한계시록〉의 한 구절("그는 분노하고, 또 분노한다. 시간이 얼마 남지 않은 것을 알기에")을 암송하고, 니콜라스가 신봉하는 아

65 Jude V. Nixon, p. 305.

나키즘은 어떤 면에선 그 자체로 아포칼립스적 주제다. 소설에 인용된 블레이크의 〈아! 해바라기여!〉, 콜리지의 〈쿠빌라이 칸〉, 매슈 아널드의 〈도버 해안〉, 앤드루 마블의 〈수줍은 여인에게〉 등도 전통적인 종말론 텍스트들이다. 그중에서도 "해바라기"가 "시간에 지쳐" "태양의 발자국"을 센다는 블레이크의 시는 특히 직접적인 파멸의 전주곡처럼 들린다. 과연 이 시의 한 소절처럼 조안나는 추락 직전의 순간 천국으로 이어지는 "야곱의 황금 사다리"[66] 같은 소방 사다리를 오르며 "감미로운 황금의 나라를 상상"했을까?

무엇보다도 조안나와 클럽 아가씨들이 가장 사랑하는 시가 홉킨스의 《도이칠란트호의 난파》라는 사실이 계시적이고 비극적인 결말로 나아갈 《가난한 처녀들》의 플롯을 가장 선명하게 현시한다. "매끈하게 발음하기 어렵고", "듣는 이의 귀를 긴장시키는"[67] 구문으로 가득 차 영시 낭송가들의 애창곡으로 꼽히는 《도이칠란트호의 난파》는, 1875년 독일에서 비스마르크 정부의 가톨릭 탄압정책으로 추방되어, 도이칠란트호를 타고 미국으로 향하던 중 영국 동부 해안에서 난파로 사망한 다섯 명의 프란치스코 수녀에게 헌정된 시로 알려진다. 자서전 《이력서》

66 *Ibid*., p. 302.
67 *Ibid*., p. 299.

에서 "예술 형식으로서의 소설이 본질적으로 시의 변형"이자 "확장"[68]이라고 언술한 스파크는, 1945년 "전후의 궁핍과 싸우는 5월의 테크 클럽 아가씨들의 모험"[69] 속에 홉킨스의 《도이칠란트호의 난파》를 실로 정교하고, 효과적이며, 대담하게 재현해 낸다. 침몰 순간을 중심으로 전개되는 《도이칠란트호의 난파》의 모티프는 5월의 테크 클럽 정원에서 폭탄이 폭발한 소설 8장에서부터 가장 극명하게 표면화되기 시작하지만, 도이칠란트호의 비극을 암시하는 디테일들은 텍스트 곳곳에 매복해 있다. 우선, 다섯 명의 프란치스코 수녀를 가리키는 듯한 숫자 5가 미묘한 방식으로 강조되는 점이 그렇다. '5월'의 테크 클럽 '5층'에 거주하는 '다섯 명'의 아가씨를 중심으로 이야기가 펼쳐진다. 조안나가 머무는 4층의 작은 침실 열 개도 본래는 '다섯 개의 큰 침실'이었음이 밝혀진다.[70] 제인이 쓰는 "비이성적인" 시들은 '뿌리와 장미, 난파("해초"로 번역), 파묻힘(혹은 돛대 밧줄, "수의"로 번역)' 같은 《도이칠란트호의 난파》의 주요 모티프들을 은근슬쩍 누설하고, 1875년 도이칠란트호 난파 당시 교신 불량으로 구조가 지연되었던 것처럼 《가난한 처녀들》에서도 통신

68 p. 206.

69 Peter Boxall, *1001 Books You Must Read Before You Die*, London: Cassell Illustrated, 2012, p. 576.

70 Mickey Pearlman, "Re-inventing Reality: Patterns and Characters in the Novels of Muriel Spark", PhD dissertation, City University of New York, 1986, pp. 60~61.

장애(···)가 발생한다.[71] 도이칠란트호 생존자 구조 작업에서 필요한 구명정을 제대로 구비하지 않아 영국 당국과 여론의 뭇매를 맞은 하리치 항구가 언급되고, 이 장소는 조지가 구매한 책들을 단순히 "음란" 서적(높은 확률로 제임스 조이스나 D. H. 로렌스, 헨리 밀러의 소설일)이라는 이유로 "소각"해 버려 다시금 조롱거리가 된다. (이 책들의 소각은 자신의 성욕을 문학 텍스트에 투영한 조안나의 죽음—불타는 건물에서의—을 환기하기도 한다.)

그리고 8장 도입부부터 《도이칠란트호의 난파》의 파국적 비전이 빠르게 서사를 잠식해 간다. 7장 마지막 조안나의 《도이칠란트호의 난파》 낭송 장면에서 곧바로 이어지는 8장의 첫 문장은, 마치 종말의 새벽을 깨우는 계명성처럼 클럽 전체에 울려 퍼지는 누군가의 "비명 소리"를 조명하는 것이다. 그 비명 소리(틸리의)가 5층으로 향하는 층계참 양변기실 슬릿 창을 통과하려다 끼어 버린 데 기인했다는 사실은 밀폐된 공간에 갇혀 버린 절망적인 상황을 예시豫示한다. 이 순간부터 종말의 카운트다운과의 갈마듦으로 죽음, 특히 익사와 추락의 전조가 시시각각 제시된다. 예를 들어 클럽 현관홀 시계가 조종弔鐘을 울리듯

71 도이칠란트호의 비보가 세상에 알려졌을 때, 사람들은 해상교통이 활발한 템스강 하구에 대형 증기선이 좌초됐고, 지나가던 선박들이 사고 현장에 접근하기 쉬웠으며, 세 척의 등대선(켄시티 노크호, 선크호, 코크호)이 신호 거리 내에 있었는데 어째서 구조되기까지 30시간이나 소요된 건지 의아해했다. Noman Weyand, *Immortal Diamond: Studies in Gerard Manley Hopkins*, New York: Sheed, 1949, p. 365.

"6시"를 알리고 얼마 지나지 않아 제인과 니콜라스의 통화가 갑작스럽게 중단되고, 그레기의 손목시계가 "6시 15분"을 가리킬 즈음 틸리의 통곡 소리가 라디오 소리에 파묻혀 버린다. 이때 이 파묻힘의 묘사는 클럽에 울려 퍼지는 소멸과 새 생명의 탄생을 노래하는 '고상한' 낭만주의 시 〈서풍의 노래〉 낭송과, 클럽 아가씨들이 자주 듣는 무너져 버린 옛 런던을 아름답게 추억하는 '풍속가' 〈나이팅게일은 버클리 광장에서 노래를 불렀지〉 사이에 적절히 배치돼 탄생 → 죽음 → 애도의 패턴을 확립한다. "6시 22분"이 세어진 순간에는 공동 침실 아가씨 한 명이 제인의 난폭한 달음박질에 난간 너머로 떨어져 죽을 뻔했음을 격하게 항의하고, 제인이 "6시 30분!"이라고 크게 외친 순간 정원에서 폭탄이 폭발해 설리나의 비명 소리를 덮어 버린다.

조안나와 《도이칠란트호의 난파》의 "키 큰 수녀"[72]의 유비성이 '부상'하기 시작하는 지점도 이때부터다. 《도이칠란트호의 난파》의 수녀가 "폭풍과 난투극"을 벌이는 사내들 사이에 "우뚝 선 암사자"라면,[73] 조안나는 "위대한 전설 속의 멋진 북유럽인"이 되어 클럽 아가씨들을 선도한다. "포효하는" 밤바다에 의연히 맞서 주님을 "부르짖는" 6피트(180센티미터) 장신의 수녀는

72 제2부 71행.
73 제2부 55, 72행.

굳건한 "바위 덩어리(Petros, 혹은 시몬 베드로)"이고,[74] "여성의 특권"인 침착함(신중함)을 발휘해 줄자로 아가씨들의 신체 치수를 재고 "우두커니 서서" 〈시편〉 127곡("깊은 곳에서 내가 부르짖나니…")을 암송하는 조안나는 영락없이 "시를 낭송하는 조각상"이다. 성스러운 묘사도 두 여성에게 덧씌워진다. 수녀는 "스스로를 신성한 존재로 격상시키고",[75] 신령한 아이에게 "젖을 물리듯" 시를 낭송하는 조안나의 피부는 "밝은 황금빛 반점"으로 두드러진다. 물론 이것은 "태양빛" 같은 "공포"에 의한 착색 작용이지만, 그럼에도 이 장면이 성육신成肉身을 암시하는 뉘앙스를 취하고 있음은 분명하다. 수녀의 "입에서 혀가 울리며" 그녀 "안의 존재"가 그녀에게서 "저절로 기도문이 쏟아져 나오게 했듯",[76] 조안나 역시 어떤 초월적인 의지가 그녀에게 개입된 것처럼 그녀의 "입술과 혀"에서 〈시편〉의 단시와 회답이 자연스럽게 '흘러나온다.'

아울러 조안나가 읊는 〈시편〉의 한 소절이 교묘하게 5월의 테크 클럽의 붕괴를 예고하기 때문에("주님께서 성을 지키지 아니하시면: 파수꾼의 깨어 있음이 무용하리라"), 홉킨스 연구자 닉슨은 조안나가 예수와 마리아뿐 아니라 이스라엘의 예언적인 여

74 제2부 69, 70, 151행.
75 제2부 70행.
76 제2부 75행.

가수 미리암을 상징한다고도 했다.[77] 그런가 하면 다른 아가씨들을 위해 기도하는 조안나를 "이타심의 화신"이자, "고결하고 순결한 영웅"으로 보는 시각도 있다.[78] 그러나 소설을 세심히 읽은 독자라면 이런 주장들이 과장됐음을 알 것이다. 조안나의 죽음에 극적인 종교적 영웅주의는 없다. 조안나는 "최면에 걸린" 듯, 〈시편〉의 시를 "강박적"·"기계적"으로 읊으며 죽는다.[79]

조안나의 죽음이 천국으로의 상승이 아니라 지옥으로의 침강沈降일 수도 있음을 더 분명히 하려면, 스파크의 성향을 다시 한 번 되새겨 볼 필요가 있다. 전술했듯, 스파크는 전쟁이 한창이던 1944년 비교적 안전한 아프리카 로디지아에서 영국 런던으로 넘어와 흑색선전 부대의 일원으로 직접 참전하기까지 한 용감하고 사회적인 여성이었다. 당시의 가부장적 법률에 따라 폭력적인 남편과 이혼 후 위자료까지 물어 줘야 했지만, 조안나처럼 사랑에 실망해 타인에게 벽을 치고 천리타향의 감옥 같은 방 안에 스스로를 유폐하는 일도 스파크에겐 없었다. 실제로 《가난한 처녀들》을 집필 중인 1963년에도 스파크는 여러 젊은 남자와 키스를 즐겼고(결혼 생활의 트라우마로 섹스는 피했

77 p. 308.
78 Peter Kemp, p. 90., A. L. Kennedy, "Introduction", *The Girls of Slender Means*, by Muriel Spark, London: The Folio Society, 1980, p. xii.
79 Allan Casson, p. 95.

지만), 그중에는 아들과 동갑내기 작가 대리인인 길론 앳킨Gillon Aitken[80]도 있었다.[81] 영국 고교회의 가르침은 "정숙"을 강조하지만, 스파크는 섹스가 "어린이들의 장난" 같은 것에 불과하며, 성에 대한 과도한 관심이 더 심각하게 다뤄야 할 사회적 현안으로부터 주의를 분산시킨다고 보았다.[82] 요컨대, "고상한 지성(영혼)의 대지"에 입장하고자 사랑이나 섹스로 대변되는 궁극의 사회적 교환 행위를 거부하는 것을 스파크는 수긍하지 못했다는 말이다.

스파크의 이런 관점은 그녀의 시 〈초월주의자들에 맞서Against the Transcendentalists〉에서도 관찰된다. 이 시에서 스파크는 본질적이고 시원적인 경험으로서 "야생"을 자신의 텍스트 속에 채우거나, "천상의 공허함 속으로 날아가지 않겠노라"고 언명했다.[83] 에세이 〈이미지들의 반환What Images Return〉(첫 발표 당시 제목은 "에든버러의 자녀Edinburgh Born")에서도 스스로를 "마음과 영혼의 망명자"[84]로 정의하여, 원주민 집단이나 실향민, 빈민, 참정권·상속권 박탈자 같은 소외계층과 자신을 분리하지 않을

80 영국의 저명한 '유명 작가' 대리인. 여러 걸출한 작가의 가능성을 경력 초기에 알아보고 그들이 잠재력을 개화할 수 있도록 최선의 환경을 지원했다. 전담했던 작가로는 V. S. 나이폴, 존 파울즈, 지넷 윈터슨, 줄리언 반스 등이 있다.

81 Martin Stannard, p. 292.

82 Muriel Spark, "Sex & Love", *A Good Comb: The Sayings of Muriel Spark*, ed. Penelope Jardine, New York: New Directions, 2018, eBook edition.

83 *Collected Poems: I, New York*: Alfred A. Knopf, 1968, pp. 10~11.

84 스파크는 1937년 열아홉 살에 한 댄스파티에서 만난 열세 살 연상의 시드니 오즈월드 스

것을 확언했다.[85] 이처럼 "타인les autres"에 입각한 스파크의 시학은 헬레나 클럽 거주 당시 단란했던 공동체 생활의 경험에도 얼마간 정초한다. 조안나는 "클럽 음식에 살찌는 재료가 너무 많이 들어간다고 회원과 직원들이 벌이는 논쟁"에 무관심하지만, 스파크는 "분말계란, 햄 통조림, 건조 우유" 같은 열악한 배급 식량을 클럽 회원들과 나눠 먹은 기억, 넓은 1층 응접실에서 클럽 아가씨들과 함께 연습한 피아노 연주곡·노래·춤사위, 공습경보가 울려 매트리스를 들고 지하실로 내려가 다 함께 잤던 경험 등을 애틋한 어조로 회상한다.[86]

《가난한 처녀들》에서 조안나의 자기애적 성향이 가장 극명하게 돌출되는 순간은, 그녀가 바이런의 〈그리스의 섬들〉을 낭송할 때이다. 인용된 시구는 페르시아인들에 맞선 그리스인들을 향한 애도와 그들이 추구한 자유와 해방이라는 고결한 사회적 가치 숭배로 시작하지만, 기이하게도 '나 자신을 노예라고 생각할 수 없었다'는 과장된 자아 예찬으로 끝난다. 《가난한 처녀들》은 1945년 폭격 맞은 런던의 전경과 배급 현황, 잭 뷰캐

파크와 결혼하고자 가족의 반대를 무릅쓰고 함께 영국령 로디지아로 사랑의 도피를 벌였다. 스파크가 "마음과 영혼의 망명자"라는 모호한 표현을 쓴 것은 이처럼 정치적인 박해를 피해서가 아니라 개인적인 이유로 스코틀랜드를 떠났기 때문으로 보인다. 첨언하자면, 훗날 스파크는 어느 인터뷰에서 결혼을 서두른 이유를 묻는 인터뷰어의 질문에 "섹스를 할 수 있는 유일한 방법"이었기 때문이라고 대답했다. Martin Stannard, p. 406.

85 *The Golden Fleece: Essays*, ed. Penelope Jardine, Manchester: Carcanet, 2014, eBook edition.

86 *Curriculum Vitae*, p. 144.

넌, 왓쉬프·가고일·밀로이 바, 콰그리노·베르토렐리 레스토랑 같은 당대의 문화 산물이 전후를 다룬 어떤 소설보다 충실히 묘사되는 유물론적 세계이고, 스파크는 그런 세계를 자신의 내면을 투영할 밑거름으로 휘발해 버리는 조안나의 나르시시즘을 용인할 생각이 없다. "섹스를 대신해 시를 낭송하는", 다시 말해 세속적·에로스적 욕망에 결코 초탈하지 못하는 어딘지 모순적이고 "우울"한 조안나의 성향을 조금씩 폭로하며, 스파크는 그녀를 비극적으로 퇴장시킬 준비를 한다.

물론 온갖 성스러운 묘사와 예표豫表로 치장된 조안나에게서 초월성의 외피를 벗겨 내기란 쉽지 않다. 특히 건물이 붕락하는 마지막 순간 경전을 읊는 그녀 행위 자체의 거룩함 혹은 불가사의함은, 정말로 그 순간 조안나의 육신에 초월자가 강림하여 그녀로 하여금 자신의 복화술을 펼치게 한 것이 아닌가 하는 의문을 불러일으킨다. 그래서 스파크의 전기작가 스타나드도 대부분의 비평가가 조안나의 마지막 암송 장면을 "형이상학적 차원"에서 해독하려 들었고, 머리를 쥐어 싸맸다고 기술했다.[87] 하지만 추상적이고 모호한 상황 자체가 아니라 스파크가 구사하는 구체적이고 두드러진 형식에 주목해 보자. 조안나가 〈시편〉 암송을 시작하는 부분의 묘사는 이렇다.

87 p. 297.

아가씨들은 마치 최면에 걸린 사람들처럼 조안나를 둘러쌌고, 조안나 역시 최면에 걸린 것처럼 우두커니 서서 성공회 예배 절차에서 "스물일곱 번째 날"에 읊는 묘한 시 구절을 암송했다. 마치 그 구절이 이 세상의, 인간 삶의, 모든 유형과 조건에 적용될 수 있다는 듯이. 같은 순간, 런던에서는 근로자들이 고단한 걸음걸이로 켄싱턴 공원을 가로질러 걸으며 멀찍이 보이는 소방차 여러 대를 궁금해하며 쳐다봤고, 루디 비테쉬는 세인트 존스 우드에 있는 그의 아파트 실내에 앉아 클럽에 있는 제인과 사적인 대화를 나누려고 전화를 걸었지만 연결이 되지 않았으며, 새로운 노동당 정부가 탄생했고, 지표면의 다른 곳에 있는 사람들은 잠을 자거나, 해방 후 물자를 배급받으려고 줄을 서거나, 톰톰 드럼을 두드리거나, 폭격기를 피해 피신하거나, 유원지에서 범퍼카를 몰고 있었다.

불타는 건물 꼭대기 층의 공포와 위태로움에서 일상적이고 평범한 것들로의 이 갑작스러운 초점 전환은 일명 바토스bathos(혹은 돈강법頓降法)라 불리는 '함양된' 문학 기법을 완벽히 세련되게 구현한다. 동시에, 이 장면은《도이칠란트호의 난파》의 패러디이기도 하다.《도이칠란트호의 난파》에서 홉킨스의 화자, 혹은 시적 자아는 수녀들이 익사하기 직전의 순간 안전하게 분리된 명상가로서 자신의 입장을 반추한다. "그곳에서 먼 아름다운 서쪽 지방 / 웨일스의 전원 산기슭 / 이곳 지붕 밑에서 나는 휴식하고 있었는데, / 그들은 강풍의 먹이가 되고 있었구나."[88] 《가난한 처녀들》과 《도이칠란트호의 난파》의 이런 상관성은 스파크가 죄와 구원이나, 인간의 영적 여정, 신과 인간의 관계 등의 주제에 관한 기존의 심오하고 유화적인 가톨릭 문학 전통의 관습에서 벗어나, 다분히 풍자적이고 상호텍스트적인 방식으로 조안나를 종교적 주인공으로 승화해 냈음을 알려준다.[89] 심지어 스파크는 '안전한 곳은 없다'는 앞선 니콜라스의 발언을 약화시키지 않는 방식으로, 바토스 장면에 당시 "천여 대의 미 항공기가 도쿄를 폭격한"[90] 실제 역사적 사건의 암시인 듯한 구절을 추가해 '안전하게 분리된' 명상가로서 홉킨스의 화자와 뚜렷한 차이를 주기까지 한다.

조안나의 행위를 근거 짓는 물적 토대로서 《도이칠란트호의 난파》의 확고한 주형鑄型과, 홉킨스의 장면을 너무도 정교하게 재구성하는 스파크의 이 미학적 디테일이 조안나의 신비주의에 균열을 일으킨다. 이 인공성은 조안나가 읊는 시구의 의미심장함으로 더욱 배가되는데, 기실 조안나는 어떤 문학적·

88 제2부 105-107행.

89 Helena M. Tomko, "Muriel Spark's *The Girls of Slender Means* at the Limits of the Catholic Novel", *R&L* 47.2, 2015, pp. 59~60.

90 Muriel Spark Papers, file 24.4, notebook p. 27.

역사적 선각자보다도 구체적이고 기이하리만치 정확한 예언을 읊는다. 조안나가 클럽 붕괴를 예고하는("주님께서 집을 짓지 아니하시면: 짓는 이들의 수고가 헛되리라") 〈시편〉 127곡과, 본인의 추락에 관한("깊은 곳에서 내가 부르짖나니….") 130곡을 읊을 때, 우리는 신의 음영이 아니라 작가의 체계적인 의도를 감지하지 않을 수 없다. 시를 낭송하며 금단의 열락을 맛보는 조안나가 언어와 그 초월성의 신봉자라면, 오든의 표현처럼 '자신이 무엇을 하는지 정확히 아는' 자기 언어의 절대군주인 스파크는 본인의 텍스트에서 일체의 천기누설을 허락하지 않는다.

그리하여 스파크는 조안나의 〈시편〉 암송을 신인神人의 발화가 아니라 기계적 인과론의 결과로 설명한다. "매일 그 날짜에 해당하는 〈시편〉 구절을 낭송하는" 조안나의 습관, 즉 생체리듬의 발현이었다고 말이다. 실제로 조안나의 암송이 〈시편〉 126곡에서 127곡으로 연달아 이어지며 그 형이상학적 모호함이 극대화되는 순간, 스파크가 조명하는 것은 조안나의 옷차림, 즉 물적 조건이다. 이때 예수의 희생과 씨앗의 발아를 기도하는 126곡 가까이 배치된 "울 스웨터"는 "암녹색"이고, 아들들의 죽음에 관한 127곡 바로 앞의 "치마"는 애도의 "회색"이라는 사실은 상황의 작위성을 더욱 강화한다. 조안나의 클럽 탈출을 마지막까지 방해하는 것도 '땅에 떨어진 물건'인 "줄자"에 대한 불가해한 집착이다. 이렇게 신비의 성역이자 예수의 발등상

footstool으로 보였던 조안나의 자리가 실은 그녀에게서 경시되던 물질계의 크레바스임이 밝혀지며, 수몰된 도이칠란트호의 잔해가 얼비치는 그 깊이를 헤아릴 수 없는 균열 밑창으로 조안나를 끌어당길 기회를 엿본다. 그레이엄 그린이 《사랑의 종말》에서 세라 마일스의 머리 위로 독일 폭탄을 떨어뜨리며 그녀의 회심을 추동한 것과 대조적으로, 스파크가 땅바닥 아래 잠들어 있던 폭탄을 터트려 버린 것은 이 때문일지도 모른다. 조안나의 추락은 야곱의 사다리 위에서 부르는 손짓보다도 더 강력한 중력의 법칙을 환기한다.

본문 각주에서도 상기한바, 제인의 시에 활용된 단어 "뿌리"는 다음과 같은 《도이칠란트호의 난파》의 구절에 기인한다.

> 우리는 먼지이건만, 땅에 뿌리내렸다고 착각한다.[91]

여기서 "먼지"는 생략하고 "뿌리"만을 언급한 스파크는 어쩌면 홉킨스에 반론을 펼치고 싶었던 걸지도 모른다. 우리는 땅에 뿌리내렸건만, 먼지일 거라 착각한다고….

물론, 조안나의 〈시편〉 암송에 대한 이런 유물론적 독해는 이현령비현령의 해설에 그칠 수 있다. 교황의 권위에마저 복종

91 제2부 5행.

하기를 거부하는 불귀순의 아나키스트 스파크의 텍스트에 획일화된 해석, 제일의적인 답안이란 존재할 수 없으니까. 한 예로 《가난한 처녀들》 7장에는 조안나가 5월의 테크 클럽에서 죽을까 봐 겁난다고 얘기하고, 곧바로 니콜라스가 "당신 결혼할 거예요"라고 대답하는 장면이 있다. 이 대답은 조안나의 세속적 욕망을 꿰뚫어 본 니콜라스의 통찰이겠지만, 동시에 기독교 종말론(조안나가 자신의 죽음을 예견했다는 점에서)에서 결혼은 곧 그리스도와의 결합을 의미한다.[92·93] 그러나 이런 아이러니에도, 한 가지만은 단언할 수 있다. 스파크는 조안나의 죽음을 진지하거나 감상적으로 다룰 생각이 추호도 없었다. 도이칠란트호와 프란치스코 수녀들의 수장을 극적으로 재현하는 8장 대미의 문장은 다음과 같다. "건물이 그 중심으로 가라앉아 들어가며 높이 솟은 잔해더미(a high heap of rubble)로 변했고,

92 "기뻐하고 즐거워하며 하느님께 영광을 드리자. 어린 양의 혼인날이 되어 그분의 신부는 몸단장을 끝냈다." 〈요한계시록〉 19장 7절.

93 실제로 조안나와 예수의 연관성을 지적한 학자는 적지 않다. 먼저 칼 말코프Karl Malkoff가 조안나 차일드Joanna Childe의 이름이 순교자 요한John과 어린아이Child를 연상시킨다며 그녀를 종교적인 "순수성innocence"의 상징으로 읽었고, 벨마 리치먼드 Velma Bourgeois Richmond 역시 조안나 차일드와 예수 그리스도Jesus Christ의 이름 철자가 유사한 것에 주목했다. 시바타 에미柴田 惠美도 열두 명의 클럽 아가씨를 옥상에 먼저 대피시킨 조안나의 행위가 열두 사도를 지상에 남기고 십자가에 달린 예수의 희생과 일맥상통하며, 슬릿 창을 미끄러지듯 넘나드는 설리나의 몸놀림은 낙원 상실의 원흉인 "뱀을 형상화"한다고 주장했다. Karl Malkoff, *Muriel Spark*, New York: Columbia University Press, 1968, p. 39., Velma Bourgeois Richmond, *Muriel Spark*, New York: F. Ungar, 1984, p.90., 柴田 惠美, 〈Joanna Childeの死を嘲笑する眼差し—*The Girls of Slender Means*考—〉, 《早稲田大学大学院教育学研究科紀要 別冊 / 早稲田大学大学院教育学研究科 編》 10.1, 2002, p. 187.

조안나도 함께 가라앉았다." 여기서 스파크는 "높이 솟은 〔잔해〕 더미"를 의미하는 원문의 a high heap에서 두운법alliteration(일련의 단어나 구의 첫 음절에서 특정 음소를 반복하는 것, 이 경우에는 h)을 사용하는데, 이것은 홉킨스의 시가 특징으로 삼는 시적 기법이다.[94] 즉, 스파크는 홉킨스를 성실히 재현하겠다는 지극히 미학적인 욕망으로, 조안나가 사망하는 마지막 순간까지 악마적인 언어유희를 멈추지 않았던 것이다.

*

가톨릭 신자들에게 견실한 믿음의 전제 조건은 지옥에 대한 공포를 체화하는 것이므로, 조안나도 지옥을 두려워했다. 그녀가 낭송하는 다음과 같은 홉킨스의 구절이 텍스트에 두 차례나 인용될 정도로.

> 찌푸린 그분의 얼굴이
> 앞을 막고, 지옥의 낭떠러지가
> 뒤를 막았으니 어디로, 어느 곳으로 피신할 수 있었던가? (이 구절은 벽돌로 막힌 지붕의 채광창과 조안나의 추락을 암시하기도 한다.)

94 Helena M. Tomko, p. 60.

조안나가 진단한 자신의 원죄는 첫 번째 부목사에서 두 번째 부목사로 사랑하는 대상을 전환한 것이었고, 홉킨스의 가사처럼 벗어날 길 없는 천망天網에서 추가적인 죄를 피하고자 조안나는 자아의 패각 속에 스스로를 결박한다. 사랑과 정조에 관한 조안나의 이 질식할 것 같은 이상주의는 경험이 아니라 관념 덩어리 시들, 교구 목사관을 방문한 신학에 조예가 깊은 성직자들, 조안나의 정인情人이자 시골 예배당의 신도들에게 알아듣지도 못할 그리스어를 지껄여 대는 좀 더 현실을 배워야 할 풋내기 두 번째 부목사, 그리고 교구 목사인 아버지에게서 학습된 것이다. 그리하여 스파크는 그중에서도 조안나의 자폐적 행보에 가장 심대한 영향을 끼친 조안나 아버지에게 일말의 동정심도 보이지 않는다. 《가난한 처녀들》 종장에서 마침내 런던에 등장한 조안나 아버지는 "요정-아마fairy-flax처럼 파란 눈"에 "동트는 새벽빛 뺨"의 어린 딸을 난파로부터 구하지 못한 헤스퍼러스호 선장의 슬픔을 은연중 재현하지만,[95] 이 장면은 《도이칠란트호의 난파》와 〈헤스페러스호의 난파〉도 구분하지 못하는 조안나 아버지의 몰지각함으로 그저 우스꽝스러울 뿐이다. 또한 조안나 아버지는, 조안나가 지옥을 많이 무서워했다는 니콜라스의 말에 런던의 영향이라며 은근슬쩍 런던을

95 4-5행.

지옥과 병치하기까지 하는데, 인간의 잣대로 함부로 지옥을 가늠하는 이 오만을 스파크는 참지 못한다. 스파크에게 지옥은 "상상할 수 없기 때문에" "절대적인 진리"였다.[96] 스파크가 조안나 아버지를 조롱하고자 빗댄, 심각한 환자는 팽개치고 편한 환자만 찾는 미국인 정신과 의사의 편지를 보자. "새로운 폭탄(원자폭탄)"에 대한 흉흉한 소문이 나도는 미국의 시민인 그가 보기엔 오히려 영국이 안식의 땅이다. 이처럼 인간의 관점에선 결코 확정 지어질 수 없고 상대적일 뿐인 지옥을 피한답시고, "'현실'을 벗어나" 한적한 시골에서 음풍농월하는 조안나 아버지를 스파크는 양 떼 같은 신도들을 모조리 도살해 버리는 '목축업자'로 규정한다.

이 나태하고 부작위적인 관념론자들과 대척점에 선 존재가 니콜라스 패링던이다. 니콜라스의 가장 큰 특징은 끊임없는 불확실성으로, 전쟁 전 그는 "영국에서 살지 프랑스에서 살지", 여자와 남자 중 누구를 사랑할지, 권태의 종착지로서 "자살"과 일상적 삶의 해태를 벗어던지고 고행의 길을 걸으라는 "다르시 신부님의 가르침" 중 무엇을 선택할지 결정하지 못했다. 니콜라스의 이런 모순적 기질은 종교적 가치와 유물론적 가치를

96 Frank Kermode, "[Muriel Spark's House of Fiction]", *Critical Essays on Muriel Spark*, ed. Joseph Hynes, New York: G. K. Hall, 1992, p. 30.

모두 추구하는 태도에서도 드러난다. 니콜라스는 조안나를 숭모하는 동시에, 설리나의 아름다운 육체에 매료된다. 조안나의 억눌린 성적 욕망을 간파하고, 설리나의 팔다리에 초월성을 부여하려 한 것도 이 때문이리라. 니콜라스는 자신의 책 출간이라는 다분히 세속적인 욕망으로 제인의 5월의 테크 클럽 초대를 수락하고, 루디가 지적하듯 신학적인《안식일 노트》원고에 제인처럼 허영기 다분한 일반 독자가 좋아할 별 의미 없는 구절을 삽입하기도 한다.

니콜라스가 종교적 삶과 유물론적 삶 사이에서 나름의 균형을 잡아 가고 있다는 신호는《가난한 처녀들》6장 니콜라스의 5월의 테크 클럽 현관홀 배회 장면에서 포착된다. 클럽에 울려 퍼지는 조안나의 시 낭송을 들으며 아슴아슴한 기분으로 현관홀을 어슬렁대던 니콜라스 앞에, 문득 폴린 폭스가 등장한다. '가상'의 연인과 데이트를 마치고 슬그머니 홀에 들어선 이 미치광이 아가씨에게서 니콜라스는 어딘지 비현실적이라는 인상을 받고, 그 인상은 폴린이 태평양처럼 화사한 스키아파렐리 드레스 자락을 휘날리며 클럽 계단을 '올라갈 때' 더욱 증폭된다. 그런데 아이러니한 것은 니콜라스가 그런 폴린과, 이후에 클럽 계단을 '내려오는' "더 사실적"인 설리나의 동작을 "거의 한 사람의 것처럼" 여긴다는 점이다. 점입가경으로 니콜라스는 5월의 테크 클럽에서 자신이 받는 이런 "불가해한" 인상을 "재밌어" 하고, 종내에는 그가 이 "모순된 사고 과정"을 이해하고 긍정하기로 했음이 9장 조안나 아버지와의 대화에서 밝혀진다. 조안나 아버지는 불타는 건물에 옷가지를 구하려고 뛰어든 설리나의 결정을 이해하지 못하지만, 니콜라스는 그 옷이 당시 상황에서 설리나가 건질 수 있는 가장 가치 있는 물건, 즉 "스키아파렐리 드레스"였음을 분명하게 적시한다.

스파크의 신학에서, 니콜라스의 이런 변화는 결코 타락의 징후가 아니다. 스파크는 "영적 세계 저편의 현실reality을 긍정하고, 물질적 세계에 정당한 가치를 부여할 수 있는 가톨릭 신자만이 의미 있는 변화를 끌어낼 수 있다"고 믿었다.[97] 〈초월주의자들에 맞서〉에서도 "비잔티움이 아니라, 지금 여기, 현실을 다루자"[98]고 말한다. 조안나가 사랑에 빠진 두 번째 부목사가 마치 너무도 "부정적인 개념"이라 언급하는 것만으로도 죄라는 듯 지옥을 "긍정적으로" 에둘러 설명한다면, 니콜라스는 "악의 비전" 또한 "선의 비전"만큼이나 "개종에 효과적"일 수 있다며 현실을 외면하지 않을 것을 다짐한다. 그렇게 니콜라스는 "안식일"에 관한 자신의 두꺼운 원고를 파기해 버리고, 2,400년 전 최초의 순교자-철학자 소크라테스처럼 죽음이 아니라 불의를

97 Allan Massie, "Calvinism and Catholicism in Muriel Spark", *Muriel Spark: An Odd Capacity for Vision*, ed. Alan Bold, Totowa, NJ: Barnes & Noble, 1984, p. 105.
98 p. 10.

피하지 않고자 음모와 위험이 판치는 땅 아이티로 향한다. 혹은, 순교자 예수 그리스도처럼.[99]

니콜라스의 개종에 관한 이런 독법에는 반론이 있을 수 있다. 대부분의 비평가는 '선의 비전만큼이나 악의 비전 또한 개종에 효과적이다'는 《안식일 노트》의 구절에서, 니콜라스가 설리나의 진정한 실체로서 "악의 비전"을 목도하고 개종한 것이라는 결론을 추출해 냈다. 그러나 골목골목마다 다른 해석의 여지를 숨겨 놓은 스파크의 텍스트를 그렇게 표피적으로 읽어선 안 된다. 《안식일 노트》의 해당 구절을 들먹이며, 니콜라스의 개종을 설리나 탓으로 몰아가는 주체가 제인이라는 사실을 되짚어 보자. 이 순간 제인은 가십 본위의 황색언론지 기자로, 그녀의 촉은 본인에게 이득이 되는 쪽으로만 발달해 있다("흥미로운 기사" 작성). 반면 제인과 통화 중인 낸시는 니콜라스의 개종이 설리나 탓임을 부정하는데, 주목할 것은 둘의 대화가 제인이 이전에 통화한 다른 누구와의 대화보다도 매끄럽게 이루어지고 있다는 점이다. 낸시는 니콜라스를 어렵지 않게 기억해 내고, 대화 중 전화선 문제(…)를 겪지도 않는다. 오히려 전화가 곧 끊길 거라는 상황을 먼저 파악하고("통화 제한 시간이

99 영미 독자들의 일반적인 독법 중 하나는 니콜라스와 설리나의 관계를 헤롯의 성전에서 간음한 여성과 돌을 든 군중으로부터 그녀를 감싼 예수의 관계로 읽는 것이다.

끝나 가는 소리가 울리네, 제인"), 니콜라스가 모든 5월의 테크 클럽 아가씨를 사랑했다는 요점을 짚어 내기까지 한다. 6장에서 "이혼이 합법화돼야 한다"는 조안나를 향한 낸시의 발언도, 기실 정숙성 관념에 포박돼 버린 조안나의 자기파멸적 삶에 탈출로를 내보인 의외의 선견지명이라 할 수 있다.

스파크가 전기작가 스타나드에게 보낸 서한에는 개종에 관한 본인의 생각을 더 분명하게 나타내는 구절이 있다. "사람들이 정말 진심으로 종교적 견해를 바꿀 때, 그것은 단지 견해만이 아니라 마음의 변화를 수반합니다. 그리고 사람의 마음은 무릇 천천히 변하는 법이지요."[100] 따라서 니콜라스의 개종은, 그가 이른바 "악의 비전"으로서 설리나를 직시한 그 한순간에 즉각적으로 이루어진 결과가 결코 아닐 것이다. 그보다는 5월의 테크 클럽의 붕괴와 조안나의 죽음, VJ의 날Victory over Japan(일본 제국 항복의 날) 행사에서 목격한 칼잡이 선원의 만행, 아이티에서 마주한 "극도로 야만적인 행위" 모두가 니콜라스의 개종에 시나브로 영향을 미쳤으리라. 끝끝내 무대연출가(예술가)로 조안나 아버지에게 딸의 《도이칠란트호의 난파》 낭송 녹음을 들려주려 한 니콜라스의 욕망이 설리나의 악惡을 관조한 후로도 한동안 그의 회심이 완전히 이루어지진 않았음을 방증하

100 Martin Stannard, p. 297.

지 않는가?

그러므로, 소설 마지막 제인의 모습 또한 니콜라스의 개종에 일조했을 수 있다. 암시성, 순환성, 향수, 시간적 전위轉位의 묘미가 돋보이는 《가난한 처녀들》 마지막 문장은 이렇다.

> 그 순간 니콜라스는 제인의 강인함에 감탄했고, 수년 후 자신이 죽음을 맞이하게 될 나라에서, 어둑한 잔디 위에 맨다리로 꼿꼿하게 선 채 머리를 정돈하던 제인의 모습을 떠올리며, 이것이 오래전 1945년 가난함 속에서도 온화하고 남의 눈을 신경 쓰지 않던 5월의 테크 클럽과 그 모든 것의 이미지였노라고 회상하게 될 것이었다.

스파크의 작업 노트에 의하면, 그녀는 이 마지막 문장을 최소한 다섯 번 이상 수정했다. 그중 한 문장은 다음과 같은 구절을 삽입한다. "그토록 가냘픈(slender) 희망과 불확실한 수단(means)에 기대어 풍요로운 대지를 상속받으라."[101] 또 어떤 구절은 니콜라스의 거룩함과 영성을 강조한다. "풍요로운 하늘과 땅의 왕국을 상속하게 될 것을, 니콜라스 본인도 전혀 예상하

101 Muriel Spark Papers, file 24.4, notebook p. 15.

지 못했다."[102] 이 구절들에서 도출되는 한 가지 분명한 사실은, 스파크가 마지막 문장에 종교적 뉘앙스를 가미하고 싶어 했다는 점이다. 더 구체적으로는, 천상과 대지의 상태를 대조하고자 했던 것처럼도 보인다. 최종적으로 채택된 본문의 마지막 문장은 종교적 색채가 꽤 희석되었지만, 여전히 성경적 원형이 감지된다. 이를테면 〈마태복음〉의 이런 구절.

> 행복하여라, 온화한 사람들! 그들은 땅을 차지할 것이다.[103]

마지막 장면의 제인에게 신성을 부여하고 니콜라스가 그 모습에 황홀해하는 콜린 데이비스 각색, 《가난한 처녀들》 BBC 연극 연출은 스파크의 의중을 어느 정도 정확히 반영했다고 봐야 한다. 밤의 어스름 속에서 은은한 광채를 발할 제인의 퉁퉁한 맨다리가 영세하고 풍요로운 대지 위에 단단히 뿌리내리고 있다는 사실 또한 놓쳐선 안 되겠지만.

102 file 24.5.
103 5장 5절. Allan Hepburn, p. 140.

신낭만주의자와 그 벗들에게 천벌, 아니 철퇴를!
: 형식의 마술사 뮤리얼 스파크

그럼에도 조안나를 퇴장시킨 스파크의 선택에는 의문이 남을 수 있다. 조안나의 폐쇄적 삶을 비판하고 싶었던 거라면 더 나은 선택지도 많았을 테니까. 실제로 스파크가 조안나에게 내린 사형이라는 잔혹한 형벌은 조안나에 대한 비난 여론을 형성하는 데에 그리 좋은 수단처럼 보이지 않는다. 도덕의 궁극적인 패배로만 보일 뿐. 하지만 이것이 스파크의 노림수였다. 스파크는 조안나에 대한 독자의 격렬한 분노를 유발할 생각이 없었다. 이 궁극의 견인주의자 아가씨에게 향할 감정은 약간의 동정심이면 충분했다.

비단 조안나뿐 아니라 조안나 아버지에게도 모종의 격한 감정이 독자로부터 쏟아지지 않기를 바랐다. 역설적으로, 조안나 아버지를 끝없이 조롱한 것도 그 때문이다. 참척의 극통을 겪는 노인을 향한 스파크의 강도 높은 조롱은 비극적 상황의 무거움도, 조안나의 사망 원흉으로서 그녀 아버지에 대한 독자의 반감도 퇴색시키기 마련이다. 어쩌면 설리나가 작중 과한 손가락질을 받게 한 것도 독자의 분노를 사전에 차단하려는 스파크의 복안일지 모른다.

스파크는 《가난한 처녀들》에 어떤 강렬한 파토스pathos, 혹은 정동이 유입되는 것을 억제하고자 했다. 이성의 "하부 능력 lower faculties"인 감정의 호소에 지나치게 의존했다간 인간 삶에서 예술의 진짜 역할을 약화시키는 결과로 이어질 수도 있다고 생각했기 때문이다.[104] 스파크는 쓴다.

확실하지는 않지만, 많은 관객이나 독자가 느끼도록 유도된 감정을 예술 작품에서 느끼고 도덕적 책임을 다했다는 안도감에 빠지곤 한다. 감정적인 연극을 본 사내는 그날 밤 죄책감을 덜 느끼며 잠자리에 들 수 있다. 그 남자는 약자에 연민을 느꼈으므로. 그의 눈에서 진한 눈물이 볼을 타고 흘러내렸고, 이제 그는 맛있는 저녁을 즐길 차례다. 그는 용서받았고, 꿈자리는 평온하다. 그는 상쾌한 기분으로 일어나, 우월한 위치에 서겠노라고 어느 때보다 더 굳게 다짐한다. 정서와 감정의 문학이 아무리 아름답고 현실을 인상적으로 묘사할지라도 사멸해야 하는 것은 이 때문이다. 그것은 우리가 진정한 삶을 경험하고 사회에 참여한다고 느끼게끔 속이지만, 실상은 분리된 활동을 부추길 뿐이다.[105]

104 "The Desegregation of Art", *The Golden Fleece: Essays*.
105 *Ibid*.

이 글에서 스파크가 겨냥하는 대상이 1950~60년대 영국에서 유행한 "참여문학la littérature engagée", 그중에서도 특히 멜로드라마적 요소를 자주 활용한 '성난 젊은이들'의 극예술이라는 사실을 짐작하기란 어렵지 않다. 그 유파 이름에서부터 파토스적 충일함이 십분 느껴지는 이 '성난' 작가들은 문학을 통한 사회적·정치적 변화를 추구했고, 그러려면 대중에게 비참한 영국 중하류계급의 실상을 낱낱이 고발하는 게 급선무라고 판단했다. 그런 통찰은 노동계급의 일상적 디테일을 무대나 스크린, 지면 위에 고스란히 재현하는 '싱크대 리얼리즘kitchen sink realism'으로 이어졌고, 존 오스본이나 앨런 실리토 같은 '성난' 작가들은 생생한 질감으로 조감되는 극사실주의적인 세계관을 통해 대중의 공포와 분노, 비애를 조장했다.

현대 예술에서 이런 극사실주의 기법과 파토스의 작용에 대한 스파크의 불편한 심사는 조금 훗날의 소설인 《켄싱턴과는 사뭇 다른A Far Cry from Kensington》(1988)에 은근히 녹아 있다. 《가난한 처녀들》과 유사하게 1950년대 런던 켄싱턴 배경에, 훨씬 더 우울한 분위기의(전후의 들뜬 분위기가 가라앉았음을 표시) 이 소설에는, 주인공 호킨스 부인이 하숙집 계단에 집주인과 나란히 앉아 창문 너머로 이웃집 계단에서 벌어지는 가정폭력의 현장을 목격하는 장면이 있다. 호킨스 부인과 집주인에게 유리창이라는 제4의 벽 너머에서 펼쳐지는 폭력 현장은 어쩐지 일련의 소극처럼 다가오고, 무엇을 해야 할지 알 수 없던 두 "관객"은 그대로 앉아 "초콜릿을 먹으며 쇼를 관람한다."[106] 신고를 접수하고 도착한 경찰도 하숙집 계단에 앉아 함께 초콜릿을 먹으며 유혈 사태를 지켜보다가 뒤늦게 개입한다. 이 한 장면은 스펙터클한 삶의 양상이 모방적 사실주의로 소묘되고 관객이 그것에 익숙해질 때 얼마나 안일하고 관음증적인 미적 반응을 초래할 수 있는지를 효과적으로 음화陰畫한다.[107]

이처럼 1950~60년대 영국 문학계의 주도적 흐름에 대한 풍자가 《켄싱턴과는 사뭇 다른》의 저변에 교묘히 잠복해 있다면, 1940년대 주요 영국 문사들에 대한 조롱은 《가난한 처녀들》의 표면 위에 첨예하게 돌출해 있다. 1930년대 W. H. 오든(모더니스트)이 주도한 진보적인 지성주의의 물결을 역류하는 신낭만주의자들에 대한 희화화가 그것이다. 1919년, T. S. 엘리엇이 에세이 〈햄릿과 그의 문제들Hamlet and His Problem〉에서 감정의 객관화를 주장하며 '강렬한 감정의 자발적 분출'로 대변되는 낭만주의의 시대를 끝장내 버린 것은 영국 시 문학사의 가장 획기적인 사건 중 하나였다. 한때 엘리엇에 심취했으며, 그의 편집자이기도 했던 스파크 역시 엘리엇처럼 낭만주의 문학

106 *A Far Cry from Kensington*, London: Penguin Books, 1988, p. 18.
107 Helena M. Tomko, p. 54.

을 무위를 향한 예술이자 세속과의 결별 행위로 간주했을 것이다. 자기 고유의 정신적·파토스적 무한성을 인식하려는 낭만주의 시학이 주체의 신성화를 결코 피할 수 없다는 것은 모더니즘 예술가들의 공통된 견해였다.

그리고 파죽지세 같던 모더니즘의 기세도 한풀 꺾이고, 세기말적인 1930년대 말의 분위기에서 슬금슬금 다시 준동을 시작한 신낭만주의자들의 본산이 바로 제인과 조지의 출판사가 있는 레드 라이언 광장이었다. 1930년대 중엽 파튼가의 시인들the Parton Street Poets이라 불린 "집시적이고 보헤미안적인 행위를 일삼던" 일군의 신낭만주의자들이 레드 라이언 광장에 파튼출판사Parton Press를 설립해, 이곳을 신낭만주의 시인들의 집결지이자 등용문으로 일대 세력을 구축해 갔다.[108] 이들에 대한 스파크의 농도 짙은 조롱은 무명의 "신비주의" 시인들이 개최한 《가난한 처녀들》 4장의 시 낭송회 장면에서 읽을 수 있다. 어딘지 이단적인 분위기를 풍기는 이 익명의 시인 무리를, 스파크는 저들끼리만 이해하는 "비밀스러운 본능"으로 "세계에 맞서는" 저항 운동가들이라고 소개한다. 이들 중 상당수는 현역 복무 부적합에, 생계는 또 얼마나 궁핍한지 사재('실용품'이 아닌) 장갑

108 Derek Stanford, *Inside the Forties: Literary Memoirs*, London: Sidgwick and Jackson, 1977, pp. 190~191.

한 결례도 마음 편히 구매하기 어려워 그 장갑 착용자에게 "진심 어린" 공경을 보낼 정도다. 《가난한 처녀들》 1장에서도 "일관성 있게 해 온 유일한 일이 시 짓기라서 시인"인 정체불명의 신낭만주의자가 등장해 클럽 아가씨들 앞에서 생소한 그리스 시인의 시를 인용한다. 이 순간 같은 파벌에 속한 이의 자기만족을 나타내는 니콜라스의 비릿한 미소는, 해당 시구가 누구의 것이냐는 제인의 물음에 답하기보다 "런던이라는 대도시와 인근 지역에서" 소수만이 그 시의 출처를 안다는 사실을 재확인하며 뿌듯해하는[109] 신낭만주의자들의 폐쇄적이고 유아론적인 기질을 가감 없이 그려 낸다.

스파크가 이 시인들 대다수에게 '이름'을 부여하지 않은 것은 그 자체로 신낭만주의자들이 도태될 운명에 처했음을 예고한다. 알코올중독자나 문인 혐오자, 광고 및 출판업자가 될 운명이 그들을 기다리는 미래다. 이름이 밝혀진 어니스트 클레이모어 같은 어느 정도 성공할 일부 시인도 시 쓰기에 지쳐 간헐적으로 절필하거나 별도의 직업을 겸직하게 될 것이다. 스파크의 이런 묘사는 1947년 시릴 코널리가 한탄의 어조로 다음과 같이 진단한 영국 문단의 현주소를 정확히 반영한다.

109 Valerie Shaw, "Fun and Games with Life-stories", *Muriel Spark: An Odd Capacity for Vision*, p. 54.

오늘날 우리 문학판을 구성하는 것은 프리마돈나들〔교만하고 자기중심적인 사람들을 일컫는 멸칭〕의 은하계에서 우뚝한 몇몇 '최고의 시민'과, 그들 주위를 순환하는 한때 시인·소설가·혁명가였던 사업가·출판업자·방송인·공무원들이다.[110]

이 '프리마돈나 은하계' 주민에는 조안나도 있다. 조안나는 신낭만주의 시인들의 사표인 딜런 토마스의 소네트를 즐겨 낭송하고, 그녀가 읊는 시들은 죄다 서정시나 송시, 애도시elegies 같은 낭만주의 시뿐이다. 심지어 4장 시 낭송회에서 신낭만주의자들이 읊은 〈쿠빌라이 칸〉 뒷부분을 5장에서 낭송하여, 그들의 사상적 동지임을 암묵적으로 인정하기까지 한다. 이에 대표적인 스파크 학자 엣지콤브는 조안나의 죽음을 "낭만주의적 과잉"에 대한 스파크의 엄벌이라고 결론짓는다.[111]

스파크 이전에 이 신낭만주의자들에게 철퇴를 휘두른 자들이 바로 성난 젊은이들이었다. 신낭만주의자들의 반사회성을 경멸한 성난 젊은이들은, 본인들의 주요 거점인 피폐한 현실에서 점차 영역을 넓혀 가며 신낭만주의자들을 누구도 알지 못하는 그들만의 청정도량 속에 완전히 처박아 버렸다. 그럼에도

110 Cyril Connolly, *Horizon, XVI, No. 90*, London: Horizon, 1947, p. 1.
111 Rodney Stenning Edgecombe, p. 43.

스파크가 보기에 '카타르시스적 감정'이나 사실주의 같은 이미 시효가 끝난 '고릿적 기법'에 매달린다는 점에서, 두 집단은 사실상 이형동질의 것이었다. 두 차례의 세계대전으로 기존의 질서와 가치가 모조리 파괴된 "20세기 삶의 기괴한 본질이 19세기 사실주의 관습의 나침반을 벗어났다"는 것이 스파크가 모더니즘 작가들에게서 계승한 문제의식이었다.[112] 제2차 세계대전에서 더 심대한 타격을 입은 이웃 나라 프랑스에서는 스파크 자신이 존경한 로브그리예나 마르그리트 뒤라스 같은 누보로망 작가들이 등장해 조이스와 프루스트가 시도한 반사실주의적 실험을 극단까지 밀고 나가는 판국에, 인간의 편협하고 한정된 지각과 이성에 기초한 과거의 사실주의 기법으로 논리와 합리적인 이해의 범위를 갈수록 더 벗어나는 현대사회를 질서정연하게 설명하겠다는 영국 문단의 복고적인 흐름이 스파크에게는 언어도단이자 안일한 승리감에 젖은 것으로 보였다.

그리하여 스파크는 우선 파토스의 작용을 사금파리처럼 깨버릴 철퇴로서 텍스트의 작위성을 강화하기로 했다. 도식적 행위와 패턴이 조안나에게서 신비성의 베일을 걷어 냈듯, 감정이라는 족쇄에서 독자의 정신을 충격적으로 해방할 수 있을 터였다. 앞에서 우리는 《가난한 처녀들》에 인용된 시가 텍스트를

112 "The Desegregation of Art".

기이하리만치 날카롭게 관통하는 방식에 주목했지만, 사실 플롯 자체에도 작위적인 구성과 배치는 넘쳐난다. 불발탄 처리반이 클럽 정원에 파묻힌 살아 있는 폭탄을 발견하지 못한 것부터, 3년 내내 잠잠하던 폭탄이 하필 노동당이 집권한 바로 다음 날 폭발하고, "완벽하게 안전한" 화재 탈출구 계단이 건물에서 가장 먼저 박살 나 클럽 아가씨들을 상층에 고립시키는 장면까지 어느 것 하나 자연스러운 게 없다. 그래서일까? 화자 또한 소설 도입부부터 벽면이 날아가 '무대'처럼 드러난 방과 '인형술사의 줄'처럼 천장에 대롱거리는 양변기 사슬 레버를 제시하고, '이런 장면에 우울해할 필요는 없다'며 감상주의를 차단한다.

더욱이, 세상의 모든 우연과 섭동의 작용을 한데 그러모은 것 같은 5월의 테크 클럽의 비극은 그 자체로 《가난한 처녀들》이 사실주의의 후원 아래 기능하지 않음을 나타내는 증거가 된다. 《가난한 처녀들》의 플롯은 분명 비현실적이지만, 스파크는 그런 부조리야말로 진정한 우리 시대의 모습이라고 판단했다. 스파크가 에세이 〈예술의 탈분리The Desegregation of Art〉에서 "우리는 부조리한 것들에 사방으로 둘러싸여 억압받는 역사의 순간에 이르렀다"고 기록한 것도 그 때문이다. 물론 외견상 《가난한 처녀들》은 당대 영국 문학판의 지배적 형식에 대한 반향으로서 사실주의의 기율을 제법 철저히 고수한다. 상술했듯 당대 문화 산물에 대한 활달한 언급(잭 뷰캐넌, 밀로이

바 등등)이나, 폭발의 위력과 그 파장, 그리고 재난 구조 작업에 관한 세세하고 실감 나는 묘사가 특히 그렇다. 하지만 이따금씩, 초현실적인 모티프들이 엄격한 사실주의의 형틀Mold을 비집고 존재감을 과시한다. 소설 첫 문단의 고대 성이나 괴물 형상 건물들, 묘지 같은 피폭 현장 스케치는 사실적이기보다는 고딕적 서술에 가깝다.[113] 날아가 버린 벽과 비어 있는 방, 홀로 멀쩡한 계단들의 이미지 또한 보는 사람의 마음을 무의식중에 환상의 세계로 유도하는 몽환적인 풍경들이다. 클럽 붕괴 현장 묘사에서도 "로마의 유적"이나 "추레한" 거지의 행색을 연상시키는 초시공적·애니미즘적 심상이 활용되고, 9장 내내 육신 없는 조안나의 목소리가 불가사의하게 니콜라스 곁을 떠돈다.

《가난한 처녀들》의 사실주의적 약속에 파열이 있음은, 만유의 주관자·통찰자인 리얼리즘 문학의 신적 화자를 성실히 재현하는 듯하면서도 은근히 그 전형을 빗겨 나가는 스파크의 모호한 화자에서도 관찰된다. 마치 시공이동장치 타디스(영국 드라마 〈닥터 후〉에 나오는)에 탑승한 것처럼[114] 인물의 시점과 과거·현재·미래를 자유자재로 오가고 툭 던지듯 주인공들의 운명을 무심히 예언할 때, 스파크의 화자는 어떤 면에선 전통

113 Tamara Parezanović and Marina Ćuk, "Perforated Narrative Space in Muriel Spark's *The Girls of Slender Means*", SIC 11.1, 2020, p. 7.

114 Steven Brocklehurst, "Ian Rankin on the genius of Muriel Spark," *BBC Scotland News*,

적인 사실주의 화자보다 더 전능한 존재처럼 여겨진다. 그러나 독자는 곧 스파크의 화자가 결코 사실주의 화자처럼 공평하고 투명하지 않으며, 특정한 질감을 지닌 시선과 정서에 구동되는 불완전하고 주관적인 존재라는 것을 깨닫게 된다. 스파크의 화자는 객관적인 사실이나 인물의 도저한 심리 상태를 서술하기보다는 "느껴졌다"거나 "묻어났다"는 식의 피상적인 인상을 토로하길 선호하고, 주인공들을 끊임없이 조롱해 대며, 절체절명의 위기 속에서 〈시편〉의 구절을 암송하는 조안나의 불가해한 행동 앞에선 독자처럼 의문을 던지기도 한다. "왜, 어떤 의도로 조안나는 이 구절을 암송했던 것일까?"

스파크 화자의 불명확함을 폭로하는 다음 두 구절을 보자.

> 앤은 분홍색과 회색 타일이 뒤섞인 널따란 빅토리아풍 현관홀 바닥에 경멸하듯 담배꽁초를 밟아 껐다. 클럽 초창기 회원은 아니지만 몇 안 되는 중년 회원 중 하나인 비쩍 마른 여성이 앤을 지적했다. "건물 바닥에 담배꽁초 버리는 거 금지야." 중년 회원의 말은 게시판 주위를 서성이던 여성들의 관심을 그녀들 뒤편의 괘종시계 초침 소리만큼도 끌지 못했다. 앤이 물었다. "그럼 바닥에 침 뱉는 건 괜찮아요?" "당연히(certainly) 금지지." 중

Dec 9 2017.

넌 회원이 대답했다. "아, 괜찮은 줄 알았어요." 앤이 말했다.

게시판 근처를 서성이던 앤의 행동을 지적한 사람은 그레기였다.

"건물 바닥에 담배꽁초 버리는 거 금지야."

"그럼 바닥에 침 뱉는 건 괜찮아요?"

"아니(No), 금지지."

"아, 괜찮은 줄 알았어요."

본문에서는 이 두 장면이 서로 거리를 두고 배치돼 무심코 지나치기 쉽지만, 함께 맞붙여 놓으면 스파크가 각각의 대화에서 미묘하게 다른 어휘를 사용한다는 사실을 알 수 있다. 게다가 이 두 장면은 독자의 체감 시간을 조작하고 있다는 점에서도 사실주의적 가정에서 이탈한다. 예를 들어 윗부분 그레기와 앤의 대화는 한 문단의 흐름 속에 포함되고, 과거시제를 반복함으로써("지적했다", "물었다" 등등) 좀 더 회고적인 분위기를 전달한다. 반면에 아랫부분 둘의 대화는 독립적인 대화 형식으로 속도감 있게 진행돼 종전에 일어난 사건의 반복이 아니라 즉각적인 현재의 사건처럼 다가온다. 실제로 즉석에서 이뤄지는 사건은 과거의 일처럼, 이미 전개된 대화의 복기復記일 뿐인 사건은 실시간으로 일어나는 일처럼 여겨지게 하는 것이다.[115] 소설 첫 문장에서도 초시간적 표현인 "오래전 1945년"이 삽입돼 독자의 통상적인 시간관념을 교란할 것을 예고한다. 1945년은 《가난한 처녀들》이 출간된 1963년 기준에서도 그리 "오래전"이라 하기 어렵고, 니콜라스가 순교한 작중 현시점이 1945년에서 채 10년도 지나지 않았음을 고려하면 더욱 그렇다.

물론 시간적 측면에서도, 겉으로 보기에 《가난한 처녀들》은 선형적이고 비가역적인 근대의 시간을 빈틈없이 재현한다. 1945년 두 차례의 종전 사이 기간을 다룬 《가난한 처녀들》은 중간중간 실제 역사적 사건의 암시인 듯한 구절을 기입함으로써 연대기적 정확성을 확보한다(5월 9일 체코슬로바키아 점령지 해방, "6월 15일 리벤트로프의 체포", "6월 26일 UN 헌장 서명", "8월 6일 히로시마 원자폭탄 투하" 등등[116]). 역사에 대한 어떤 개정 의지도 없는 체념조 언설("1945년의 상황은 원래 이랬지만", "당시에는 만사가 그런 식이었다", "오래전 1945년" 등)을 반복해 이미 완료된 사건으로서 과거를 변별하고, 극도로 짧은 3개월의 과도기에 서사를 집중시켜 현재성을 강조한다.[117]

115 Cairns Craig, p. 140.

116 Muriel Spark Papers, file 24.4, notebook p. 27.

117 단순하게 부연하자면, 18세기 말의 프랑스혁명 이후 과정으로서의 역사, 현재의 구체적인 전제 조건으로서의 역사에 대한 새로운 시간관이 도입되었다. 그 이전까지 역사는 발전하는 것이 아니라 변할 수 없는, 변하지 않고 통일된 인간의 이야기였다. 새로운 진보 개념으로서의 역사는 그 구체적인 문화 산물로 월터 스콧을 위시한 사실주의

그런데 이 현존의 기틀 속에 자꾸만 대안적 시간을 모색하려는 시도들이 포착된다. 5월의 테크 클럽 아가씨들은 현재가 아니라 과거나 미래 어느 시점에 살고 싶어 하고, 보통 사람이 평생에 걸쳐 겪을 "사랑의 발견에서 상실까지의 과정"을 몇 주 만에 경험하기도 한다. 그레기와 루디, 니콜라스, 제인 모두 '비합리적인' "예언(예견)"을 하고, 불가사의하게 적중시킨다(불발탄의 폭발, 니콜라스의 개종, 니콜라스 본인의 유명세, 자동차 좌석 배치 등). 반면에, 연대기적이고 체계적인 계획은 모조리 수포로 돌아간다. 작가의 뒷조사를 통해 협상에서 우위를 확보하려는 조지나, 찰스 모건의 위조 편지로 《안식일 노트》 출간을 수월히 하려 한 니콜라스, 잭 뷰캐넌과의 데이트에 관한 폴린의 계획 중 무엇 하나 제대로 성사되지 않는다.

그리하여 사실주의적인 시대의 관성은 마침내 대안적 시간의 요람이자 발원지인 5월의 테크 클럽을 폭파시키고, "마치 우주 로켓(시대착오적 표현)에 탄 무중력 상태의 비행사들처럼 시간이라는 사소한 현실에서 아득히 벗어나" 있던 5월의 테크 클럽 아가씨와 관련 인물들을 "당연한" 현재의 시간에 도로 붙박

작가들의 연대기적 역사소설을 탄생시켰고, 과거를 현재보다 열등한 것, 떠올리고 싶지 않은 흑역사로 간주하는 관념을 생성해 냈다. 물론 그 반례도 산출했다. 과거를 상상할 수도 손닿을 수도 없는 유토피아적인 것으로 상정하여 더 중요한 현재에 집중하려는 태도이다. 《가난한 처녀들》의 오래되고 이상화된 과거는 그 반향으로 보인다.

아 버린다("열한 명의 아가씨들에게 마침내 시간 문제가 삶의 중대사 중 하나로 다가오기 시작했다"). 더하여, 5월의 테크 클럽의 유산이자 '향수'와 '불변적 시간'의 매개물로서 조안나의 시 낭송이 담긴 니콜라스의 "테이프 녹음"도 함께 소멸된다. 하지만 작가인 스파크 본인은 기어코 이 불가항력적인 근대적 시간의 구속에서 탈출할 비책을 찾은 듯하다. 스파크의 문명文名을 세계에 떨친, 그녀의 전매특허 기법인 플래시포워드flash-forward, 혹은 예변법豫辯法prolepsis을 통해서이다. 처음에 스파크가 "~될 것이었다"는 식의 미래완료형 문장 구성이 특징인 생소한 플래시포워드 기법을 세상에 선보였을 때, 대다수 비평가는 이를 운명예정설에 기초한 칼뱅주의 신의 재현, 혹은 고대 그리스 영웅의 운명을 점지하는 호메로스식 수사의 전유로서 스파크의 가톨릭적·신화적 반동성의 표징으로 판단했다. 그러나 플래시포워드의 해석은 그리 단순하지 않다. 이 기법을 더 자세히 고찰하려면 먼저 그 상보적·대칭적 기법인 플래시백(회상) 혹은 후술법後述法analepsis을 알아봐야 한다.

플래시백은 호메로스의 《오디세이아》에서부터 그 초기 예를 엿볼 수 있는 서양문학의 유구한 기법이지만, 그 형식의 정치성이 본격적으로 각광받은 것은 모더니즘대에 이르러서다. 플래시백이 시간의 전진적인 흐름을 중단시키고 영원한 현재에 과거를 개입시킬 수 있다는 생각이 움트면서부터다. 그래서 제임스 조이스나 버지니아 울프 같은 초기 모더니즘 작가들이 《율리시스》나 《댈러웨이 부인》 등의 작품에서 플래시백 기법을 적극적으로 활용했고, 에벌린 워, 그레이엄 그린 대에 이르러 그 정화精華가 구현됐다. 이 천재적인 작가들은 《다시 찾은 브라이즈헤드》, 《사랑의 종말》 등의 작품에서 텍스트의 태반을 회상으로 구성하고 주인공의 현재 삶과 정체성 형성에 절대적인 영향력을 행사한 과거의 위력을 전면화함으로써, 현재와 과거의 위계를 극적으로 전환했다.

이것은 다시 말해, 스파크의 시대에는 플래시백이 더는 기존의 질서에 균탁龜坼을 일으킬 체제전복적인 기법이 아니게 되었음을 의미한다. 도리어 플래시백은 이제 영국 문단의 지배적·패권적 형식이었고, 역설적으로 그것이 사실주의 문법을 강화하고 있다는 인상마저 풍기기 시작했다. 조금 후대의 논의를 빌리면, 《가난한 처녀들》이 출간되고 3년 후인 1966년 불가리아 학자 츠베탕 토도로프가 프랑스 비평계에 혜성처럼 등장해 회상 형식이 가장 빈번하게 활용되는 장르가 미스터리한 '현실'을 명확히 규명하려는 "탐정소설"임을 그의 저명한 논문 〈탐정소설의 유형학Typology of Detective Fiction〉에서 지적했다.[118] J. M. 번스타인도 플래시백이 과거를 현재에 삽입시키는 것이 아니

118 Tzvetan Todorov, "The Typology of Detective Fiction", *Modern Criticism and Theory:*

라 외려 둘을 명확히 구분하는 연대기적 구조를 확립하는 기법이라고 단언했다.[119] 한때 혁신적이었던 기법이 어느덧 재래 형식을 굳건히 하는 촉매로 포섭돼 버린 현 상황을 스파크 역시 예민하게 인식하고 있었을 것이다. 텍스트에 너무도 편재한 형식이라 눈치채기 쉽지 않지만, 엄밀히 《가난한 처녀들》의 장면 대부분도 불특정한 미래에서 사출하는 '플래시백'이다. 대체로 입체적이지 않은 인물들 사이에서 조안나만이 밀도 있는, 즉 더 '현실감' 있는 정체성을 부여받고, 이는 2장의 '액자식 회상(회상 속 회상)'을 통해 이루어진다. 이때, 회상이 시작되기 전에는 발성법 교사 시험을 준비 중이던 조안나가 회상이 끝난 시점에는 자격증 발급을 기다리는 중으로 소개되는 것은 연대기적·계기적 시간성에 대한 플래시백의 양각적陽刻的 힘을 교묘히 돋을새김한다.

이처럼 플래시백을 흡수하여 더욱 견고해진 사실주의의 감옥에 구멍을 낼 발파 장치로 스파크는 플래시포워드를 낙점했다. 스파크식 플래시포워드의 기법적 효과에 관한 학자들의 중론은 그것이 소격효과疏隔效果('낯설게하기' 혹은 '감정이입의 파괴')

A Reader, eds. Nigel Wood and David Lodge, 2nd ed, London and New York: Longman, 2000, pp. 137~144.

119 J. M. Bernstein, *The Philosophy of the Novel: Lukács, Marxism and the Dialectics of Form*, Minneapolis: University of Minnesota Press, 1984, p. 109.

를 일으킨다는 것이다. 그러나 니콜라스 로에그의 〈배드 타이밍〉이나 타란티노의 〈펄프 픽션〉 같은 할리우드 영화에서 플래시포워드의 활용에 주목한 마크 커리는 이 기법이 관객의 몰입을 전혀 방해하지 않고, 도리어 "목적론적 회고teleological retrospect"를 추동한다고 썼다.[120] 요컨대, 서사를 미리 제시된 미래에 이르게 할 단서로 상정하고 관객이 더욱 능동적으로 장면들의 인과관계를 숙고하게 한다는 것이다. 마찬가지로 《가난한 처녀들》에서도 니콜라스의 죽음이 미리 전제되기 때문에, 이것은 마치 의문의 경고 메시지처럼 독자의 뇌리 한 켠에 똬리를 틀게 된다. 화자가 니콜라스의 죽을 운명을 상기할 때마다 독자는 무의식중에 현재 상황과 니콜라스 사망 사이의 연관성을 가늠하리라. 원인과 결과 사이에 논리적 연결 고리를 찾으려는 이런 시도는 말할 것도 없이 사실주의적 관념의 소산이자, 깊숙이 체화되어 DNA처럼 박혀 버린 근대인의 사고 체계이기도 하다.

그러나 책의 마지막 장을 덮을 때 우리가 깨닫는 것은, 1945년에 일어난 어떤 사건도 니콜라스의 최후에 관한 '합리적인' 당위나 '구체적인' 설명을 제공해 주지 못한다는 사실이다. 시

120 Mark Currie, *About Time: Narrative, Fiction and the Philosophy of Time*, Edinburgh: Edinburgh University Press, 2007, p. 21.

간의 이음매가 빠져 버린 1945년과 니콜라스가 순교한 불분명한 시기의 미래 사이 단층선에는 너무 많은 경우의 수가 놓여 있고, 니콜라스의 미스터리를 규명하거나 해설하려면 결국 인과적 연쇄가 아니라 양자도약의 논리에 의존할 수밖에 없다. 이렇게 스파크는 누군가 죽는다는, 어찌 보면 그리 대수로울 것도 없는 진리 하나를 미리 투척함으로써 당대의 규범적 형식에서부터 우리의 본능적인 사고 체계까지 모든 사실주의적 굴레로부터 눈부신 탈주선을 그려 냈다. 어쩌면 존 업다이크가 스파크를 카프카에 비견한 것은 이 때문일지도 모른다. 천만 갈래의 가능성을 겸유한 카프카 소설의 열린 결말처럼, 그리하여 니콜라스의 미스터리에도 결코 환원될 수 없는 갖가지 창발적인 해설이 충돌하고 착종하고 집산한다. 니콜라스가 현지에서 "완전히 성가신 존재"로 여겨져 "언제 죽어도 이상할 것 없었다"는 그의 "광신"적이고 불쾌감을 주는 면모에 대한 스파크의 추가 서술이, 순교라는 거룩한 행위로 니콜라스의 모든 것을 긍정하는 전칭판단을 방지하고자, 라고 단언하고 싶지만 똑 부러지게 말할 수 없는 것을 그러니 용인하시라.

또한, 이런 비확정성·무체계성은 역설적으로 《가난한 처녀들》의 온갖 사소한 디테일이 니콜라스의 마지막에 관한 근본적인 진실을 폭로하는 핵심 단서로 해석되어도 하등 문제 될 것 없음을 의미하기도 한다. 결국, 사실주의라는 강철 레일을 달리는 인습과 고정관념의 열차에서 뛰어내려, 창조적 개입과 독해의 등불에 의지해 텍스트를 꼼꼼히 톺아 나갈 각오가 된 독자만이 《가난한 처녀들》의 행간에 숨겨진 팽대한 의미의 바다를 감상할 수 있다. 깃털처럼 가벼워 보이는 요소요소들이, 로즈메리 고링이 이 소설을 정의한 용어 "머랭 케이크"[121]처럼 깊고 농후한 의미의 시트Sheet로 겹겹이 중층·과잉결정돼 있음을 목도하는 순간, 그 응축된 풍미에 황홀해하지 않을 도리가 없으리라. 물론 이 풍미의 바다에 도달하려면 카타르시스적 감정에 매몰되지 않아야 한다는 것 또한 몇 번이고 되새길 필요가 있다. 주인공들의 작위적 행위에 윤리적 심판을 내리거나 사디스트 같은 작가를 원망하는 순간, 극상의 풍미를 향한 우리의 기획은 물거품이 된다. 《가난한 처녀들》을 읽을 때는 자못 관대해지거나, 차라리 조금 시니컬해지는 편이 낫다. 그러면 전경화되는 전후 세계의 비참과 폭거에 맞선 5월의 테크 클럽 아가씨들의 재기발랄한 일탈과, 상황의 악마성 혹은 시대의 병폐에 발목이 붙들려 만개할 수 없던 그녀들의 삶에 '진심' 어린 미소와 눈물 한 자락을 지어 보일 수 있다. 그리고 발견할지니…. 우리 시대의 우스꽝스러운 억압과 세뇌로부터 스스로를

121 Rosemary Goring, "Introduction", *The Girls of Slender Means*, by Muriel Spark, Edinburgh: Polygon, 2018, p. xiv.

보호할 유머를. 세계의 부조리에 골수까지 침투해 살별하면서도 유익한 흉터를 남길 "비웃음"이라는 폭탄을.

*

끝으로 번역 저본으로는 2020년 펭귄판을 사용했다. 2018년 폴리곤Polygon판도 더러 참조했는데, 크게 유의할 차이는 없었지만 펭귄판의 "북두칠성(the Plough)"과, 폴리곤판의 "오리온의 허리띠와 북두칠성(Orion's Belt and the Plough)" 사이에서는 고민이 조금 필요했다. 《도이칠란트호의 난파》에 예수를 비유하는 "빛의 오리온"[122]이라는 구절이 있었기 때문이다. 최종적으로, 운문의 자연스러움을 고려해 펭귄판의 것을 유지했다. "slender means"의 번역어 "맨손뿐인"은 피터 박스올, 박누리 옮김, 《죽기 전에 꼭 읽어야 할 책 1001권》(마로니에북스, 2017)의 번역을 참조했다. 제인의 "두뇌 작업"을 강조하고자 스파크가 사용한 표현 "brainwave" 또한 "묘책", "영감" 등으로 번역했음을 밝혀 둔다.

2024년 7월

김재욱

122 제2부 85행

가난한 처녀들

2024년 8월 30일 초판 1쇄 발행
2024년 9월 30일 3쇄 발행

지은이 | 뮤리얼 스파크
옮긴이 | 김재욱
펴낸이 | 노경인 · 김주영

펴낸곳 | 도서출판 앨피
출판등록 | 2004년 11월 23일
주소 | (10545) 경기도 고양시 덕양구 향동로 218
(향동동, 현대테라타워DMC) B동 942호
전화 | 02-710-5526 팩스 | 0505-115-0525
블로그 | bolg.naver.com/lpbook12
전자우편 | lpbook12@naver.com

ISBN 979-11-92647-36-4